हिन्द पॉकेट बुक्स

नाच के बाद

लियो टॉलस्टाय उन्नीसवीं सदी के सर्वाधिक सम्मानित लेखकों में से एक हैं। उनका जन्म रूस के एक संपन्न परिवार में हुआ था। उन्होंने रूसी सेना में भर्ती होकर क्रीमियाई युद्ध (1855) में भाग लिया, लेकिन अगले ही वर्ष सेना छोड़ दी। लेखन के प्रति उनकी रुचि सेना में भर्ती होने से पहले ही जाग चुकी थी। उनके उपन्यास *युद्ध और शान्ति* (1865-69) तथा *आन्ना करेनिना* (1875-77) साहित्यिक जगत में क्लासिक रचनाएँ मानी जाती हैं।

धन-दौलत व साहित्यिक प्रतिभा के बावजूद लियो टॉलस्टाय मन की शांति के लिए तरसते रहे। अंततः 1890 में उन्होंने अपनी धन-संपत्ति त्याग दी। अपने परिवार को छोड़कर वे ईश्वर व गरीबों की सेवा करने हेतु निकल पड़े। उनके स्वास्थ्य ने अधिक दिनों तक उनका साथ नहीं दिया। आखिरकार 20 नवम्बर 1910 को अस्तापवा नामक एक छोटे से रेलवे स्टेशन पर इस धनिक पुत्र ने एक गरीब, निराश्रित, बीमार वृद्ध के रूप में मौत का आलिंगन कर लिया।

टॉल्सटाय

नाच के बाद

अनुवादक

भीष्म साहनी

हिन्द पॉकेट बुक्स

पेंगुइन रैंडम हाउस इम्प्रिंट

हिन्द पॉकेट बुक्स

यूएसए | कनाडा | यूके | आयरलैंड | ऑस्ट्रेलिया | सिंगापुर
न्यू ज़ीलैंड | भारत | दक्षिण अफ्रीका | चीन

हिन्द पॉकिट बुक्स, पेंगुइन रैंडम हाउस ग्रुप ऑफ़ कम्पनीज़ का हिस्सा है,
जिसका पता global.penguinrandomhouse.com पर मिलेगा

पेंगुइन रैंडम हाउस इंडिया प्रा. लि.,
चौथी मंजिल, कैपिटल टावर -1, एम जी रोड,
गुड़गांव-122002, हरियाणा, भारत

पेंगुइन
रैंडम हाउस
इंडिया

प्रथम संस्करण हिन्द पॉकेट बुक्स द्वारा 1966 में प्रकाशित
यह संस्करण हिन्द पॉकेट बुक्स में पेंगुइन रैंडम हाउस द्वारा 2022 में प्रकाशित

10 9 8 7 6 5 4 3 2

इस पुस्तक में व्यक्त विचार लेखक के अपने हैं, जिनका यथासंभव तथ्यात्मक
सत्यापन किया गया है, और इस संबंध में प्रकाशक एवं सहयोगी
प्रकाशक किसी भी रूप में उत्तरदायी नहीं हैं।

ISBN 9789353493936

मुद्रकः रेप्रो इंडिया लिमिटेड

www.penguin.co.in

FSC www.fsc.org MIX Paper from responsible sources FSC® C047271

This is a legitimate digitally printed version of the book and therefore might not
have certain extra finishing on the cover.

दो हुस्सार

उन्नीसवीं शताब्दी के शुरू के दिनों की बात है। उन दिनों रेलें नहीं हुआ करती थीं, न ही बड़ी-बड़ी सड़कें। न तो रोशनी के गैस जला करते थे और न स्टेयरिन बत्तियां। गुदगुदे, कमानीदार कोच भी नहीं हुआ करते थे, और न ही बिना वार्निश का फर्नीचर। जिस तरह के निराश युवक, आंखों पर चश्मे लगाए, आजकल घूमते नज़र आते हैं, वैसे उन दिनों नहीं हुआ करते थे। आजकल जैसी महिलाएं भी नहीं हुआ करती थीं—उदारवादी और दर्शनशास्त्र से प्रेम करनेवाली; और न तो इतनी सुन्दर युवतियां ही, जो आजकल जाने कहां से इतनी संख्या में फूट निकली हैं। बड़ा सीधा-सादा ज़माना था, किसीको मास्को से सेंट पीटर्सबर्ग जाना होता तो घोड़ागाड़ी या छकड़े में भोजन पकाकर साथ ले चलता और वह भी इतनी अधिक मात्रा में कि लगता सारा भंडारा ही उठा लाया है। पूरे आठ दिन गर्द-भरी, कीच-भरी सड़कों पर हिचकोले खाने पड़ते थे। किसी चीज़ पर मन यदि जमता था तो भुनी हुई, चुरमुरी टिकियों पर या गर्मागर्म बूब्लिक पर, या फिर वल्दाई गाड़ियों की घण्टियों की टुनटुन पर। उन दिनों शरद की लम्बी-लम्बी संध्याओं में घरों में चर्बी की बत्तियां जला करती थीं, और उन्हींकी रोशनी में बीस-बीस, तीस-तीस आदमियों के कुटुम्ब मिल बैठा करते थे। नाचघरों के शमादानों में मोम और स्पर्मासिटी की बत्तियां जला करती थीं, फर्नीचर बड़े करीने से रखा जाता था। हमारे बाप-दादों का यौवन आंकते समय लोग केवल यही नहीं देखा करते थे कि उनके चेहरों पर झुर्रियां आई हैं या नहीं, या बाल पके हैं या नहीं, बल्कि यह भी कि वे औरतों पर कितने द्वन्द्वयुद्ध लड़ चुके हैं। अगर किसी लड़की का रूमाल

—जाने में या अनजाने में—हॉल में गिर जाता तो युवक फौरन कमरे के दूसरे छोर से भागकर आते और रूमाल उठा देते। हमारी माताएं चौड़ी आस्तीनों और ऊंची कमरवाले गाउन पहना करती थीं, और गृहस्थी की सभी उलझनें पर्चियां डाल-डालकर सुलझा लिया करती थीं। सुन्दरियां दिन की रोशनी में बाहर निकलने से घबराती थीं। वह ज़माना था फ्री मेसन संस्थाओं का, मार्तीनवादियों, तुगेन्दबन्द, मिलोरा-दोविच, दवीदोव और पुश्किन का। उन्हीं दिनों की बात है कि क० नामक नगर में ज़मींदारों की एक सभा हुई। यह नगर प्रान्त का केन्द्र था और हाल ही में वहां कुलीन वर्ग के प्रतिनिधियों का चुनाव हुआ था।

1

"कोई चिन्ता नहीं, अगर कहीं भी जगह नहीं है तो मैं अपना सामान हॉल में ही टिका लूंगा," एक जवान अफसर ने क० नगर के सबसे बढ़िया होटल में कदम रखते हुए कहा। युवक ने बड़ा ओवरकोट पहन रखा था, और सिर पर हुस्सारों की टोपी थी, और अभी-अभी स्ले गाड़ी पर से उतरा था।

"बहुत बड़ा इजलास हो रहा है, महामहिम, इस जैसा पहले कभी नहीं देखा," एक छोटे-से नौकर ने कहा। इसने पहले ही अफसर के अर्दली से पता लगा लिया था कि अफसर काउण्ट तुर्बीन है। इसी कारण वह उसे महामहिम कहकर सम्बोधित कर रहा था। "अफ्रेमो-व्स्काया ज़मींदारी की मालकिन ने वादा किया है, हुज़ूर, कि आज शाम वह अपनी लड़कियों को लेकर चली जाएगी। अगर हुज़ूर चाहें तो 11 नम्बर कमरे में ठहर सकते हैं," उसने कहा और बरामदे में काउण्ट के आगे-आगे दबे पांव जाने लगा। थोड़ी-थोड़ी देर बाद वह मुड़कर पीछे देखता।

हॉल में, दीवार पर, ज़ार एलेक्सान्द्र की एक पुरानी आदमकद तस्वीर टंगी थी जिसके रंग फीके पड़ चुके थे। उसके नीचे, एक छोटी-सी मेज़ के आसपास कुछ लोग बैठे शैम्पेन पी रहे थे। प्रत्यक्षतः, वे इसी शहर के कुलीन लोगों में से थे। उन्हीं के नज़दीक, दूसरी मेज़ पर सौदा-गरों की एक टोली जमी थी। सभीने गहरे नीले रंग के चोगे पहन रखे थे।

काउण्ट ने हॉल में कदम रखते ही अपने कुत्ते को पुकारा। कुत्ता आकार में बड़ा और भूरे रंग का था, नाम ब्लूहर था। फिर काउण्ट ने झटके से ओवरकोट उतार फेंका। ओवरकोट के कालरों पर अभी भी बर्फ जमी थी। नीचे उसने नीले रंग के साटिन का वर्दी-कोट पहन रखा था। उसने वोद् का शराब का आर्डर दिया और मेज़ पर बैठते ही वहां बैठे लोगों के साथ गप्प-शप्प करने लगा। वे लोग उसके खूबसूरत डील-डौल और बेलाग चेहरे को देखते ही रीझ उठे और उसके सामने शैम्पेन का गिलास भरकर रख दिया। काउण्ट ने पहले वोद्का का एक गिलास चढ़ाया, फिर एक बोतल शैम्पेन अपने नये दोस्तों के लिए मंगवाई। ऐन उसी वक्त बर्फगाड़ी का कोचवान चाय-पानी के लिए बख्शीश मांगने अन्दर आया।

"साशा!" काउण्ट ने पुकारकर कहा, "इसे कुछ पैसे दे दो!"

कोचवान साशा के साथ बाहर चला गया, मगर फौरन ही लौट आया, और अपना हाथ आगे बढ़ाकर हथेली पर रखे पैसे दिखाने लगा।

"यह देखिए हुज़ूर! मैंने हुज़ूर की खातिर कितनी जोखिम उठाई। हुज़ूर ने आधा रूबल देने का वादा भी किया था, मगर देखिए यहां केवल एक चौथाई मिल रही है।"

"साशा! इसे एक रूबल दे दो!"

साशा चिढ़ गया। गाड़ीवान के बूटों की तरफ देखते हुए गहरी आवाज़ में बोला :

"इसके लिए यही बहुत है। मेरे पास और पैसे भी तो नहीं हैं।"

काउण्ट ने अपने बटुए में से पांच-पांच रूबल के दो नोट निकाले। (बटुए में यही कुछ बच रहा था) और एक नोट कोचवान की ओर बढ़ा दिया। गाड़ीवान ने काउण्ट का हाथ चूमा और नोट लेकर बाहर चला गया।

"यह खूब रही!" काउण्ट ने कहा, "केवल पांच रूबल अब मेरे पास बच रहे हैं!"

"इसे कहते हैं असली हुस्सार!" एक आदमी ने मुस्कराकर कहा। उसकी मूंछें, उसकी आवाज़ और लचकदार मजबूत टांगें इस बात की गवाही दे रही थी कि वह घुड़सेना का अवकाश-प्राप्त अफसर हैं। "क्या बहुत दिन तक यहां रुकने का इरादा है, काउण्ट?"

"मेरा बस चले तो एक दिन भी न रहूं। मगर क्या करूं, मुझे

पैसों का इन्तज़ाम करना है। इधर, इस मनहूस होटल में रहने के लिए कमरा तक नहीं मिल रहा।"

"मेरा कमरा हाज़िर है, काउण्ट, आप मेरे कमरे में चले आइए," घुड़सेना के अफसर ने कहा, "मैं 7 नम्बर कमरे में ठहरा हुआ हूं। अगर आपको मेरे साथ रहने में कोई एतराज़ न हो तो मैं तो कहूंगा कि यहां कम से कम तीन दिन तक ज़रूर ठहरिए। आज रात कुलीनों के मार्शल के यहां नाच-गाने की दावत है। वे आपको भी बुलाकर बहुत खुश होंगे।"

"हां, हां, काउण्ट, ज़रूर रुक जाइए," एक खूबसूरत युवक बोला, "आखिर इतनी जल्दी भी क्या है? ये चुनाव तीन साल के बाद कहीं एक बार होते हैं। और नहीं तो यहां की तितलियों को तो देखोगे।"

"साशा! मेरे कपड़े निकालो। मैं पहले हमाम जाऊंगा," काउण्ट ने उठते हुए कहा, "उसके बाद देखेंगे—क्या मालूम, मैं सचमुच मार्शल की ज़ियाफत पर जा पहुंचूं।"

उसने एक बैरे को बुलाया और उसके कान में धीमे से कुछ कहा। बैरा हंसने लगा और बोला, "हर चीज़ मिल सकती है सरकार!" और कहकर बाहर चला गया।

"तो मैं उनसे कह दूंगा कि मेरा सामान तुम्हारे कमरे में रख दें," काउण्ट ने बरामदे में से घूमकर कहा।

"बड़े शौक से," घुड़सेना का अफसर बोला। फिर लपककर दरवाज़े के पास जा पहुंचा। "कमरा नम्बर सात। भूलिएगा नहीं!"

काउण्ट के कदमों की आवाज़ दूर चली गई। घुड़सेना का अफसर मेज के पास लौट आया। अपनी कुर्सी सरकारी अफसर के पास खिसका ली और उसकी आंखों में आखें डालकर मुस्कराते हुए बोला :

"यही वह आदमी है!"

"क्या, सच?"

"हां वही, मैं जो कहता हूं। यही हुस्सार अपने द्वन्द्वयुद्धों के लिए मशहूर है। हर कोई इसे जानता है। इसका नाम तुर्बीन है। मैं शर्त लगाकर कह सकता हूं कि उसने मुझे पहचान लिया था—कोई वजह नहीं कि न पहचाना हो। हम दोनों एक बार, लेबेद्यान में, तीन हफ्ते रंगरलियां मनाते रहे थे। उन दिनों मैं वहां अपनी पलटन के लिए नये घोड़े खरीदने गया हुआ था। वहां एक घटना घटी जिसके लिए हम

दोनों को दोषी ठहराया गया था। इसी कारण वह जान-बूझकर आज मुझे नहीं पहचान रहा था। आदमी अपने ढंग का है, क्यों, मानते हो न?"

"बेशक, खूब आदमी है। चाल-ढाल ही निराली है! इसे देखकर कोई यह नहीं कह सकता कि यह उस तरह का आदमी होगा," सुन्दर युवक बोला, "कितनी जल्दी हिल-मिल गया है। मेरे ख्याल में उम्र भी पच्चीस से ज़्यादा नहीं होगी, क्यों?"

"नहीं, इससे ज़्यादा होगी, सिर्फ देखने में छोटा लगता है। पर इसके गुण तभी नज़र आते हैं जब आदमी इसे अच्छी तरह जान जाए। जानते हो मैडम मिगुनोवा को कौन भगा ले गया था? यही आदमी। साब्लिन की हत्या किसने की थी? मत्नेव को दोनों टांगों से पकड़कर खिड़की के बाहर किसने उठा फेंका था? और ड्यूक नेस्तेरोव से तीन लाख रूबल किसने जीते थे? तुम अन्दाज़ा नहीं लगा सकते कि यह कैसी शाहाना तबीयत का आदमी है। जुआ खेलता है, द्वन्द्वयुद्ध लड़ता है, औरतों को फुसलाता है। इसने असली हुस्सार का दिल पाया है, असली हुस्सार का। लोग हम लोगों की निन्दा तो करते हैं लेकिन वे एक सच्चे हुस्सार के गुण नहीं देख सकते! वाह, वे भी क्या दिन थे!"

और घुड़सेना का अफसर तरह-तरह की रंगरलियों के किस्से सुनाने लगा। उन सबमें वह उन दिनों लेबेद्यान में काउण्ट के साथ शामिल हुआ था। पर सच तो यह है कि ये रंगरलियां न कभी हुई थीं और न हो सकती थीं। एक तो, कभी इससे पहले उसने काउण्ट को देखा तक नहीं था। काउण्ट के फौज में दाखिल होने के दो बरस पहले ही यह फौज से रिटायर होकर चला आया था। दूसरे, यह शख्स कभी घुड़सेना का अफसर भी नहीं रहा था। वह केवल बेलेव्स्की पलटन में चार साल तक सबसे छोटा युंकर भर रहा था। जब इसे एन्साइन के पद पर नियुक्त किया गया तो यह फौज में से इस्तीफा देकर चला आया। हां, दस बरस पहले, विरासत मिलने पर यह एक बार लेबेद्यान ज़रूर गया था, वहां घुड़सेना के कुछेक अफसरों के साथ इसने सात सौ रूबल भी लुटाए थे। घुड़सेना में भरती होना चाहता था। इसलिए इसने अपने लिए एक उल्हन वर्दी भी बनवाई थी जिसकी आस्तीनों पर संतरी रंग के कफ थे। घुड़सेना में दाखिल होने की इसके मन में बड़ी ललक थी। तीन हफ्ते इसने घुड़सेना के अफसरों के साथ लेबेद्यान में बिताए। उन्हींको यह अपने

जीवन का सबसे सुखमय काल मानता रहा। कल्पना ही कल्पना में यह ललक पूरी भी हो गई और इसके दिमाग में एक स्मृति भी छोड़ गई, यहां तक कि स्वयं उसे पक्का विश्वास होने लगा कि वह घुड़सेना में काम कर चुका है। इस विश्वास के बावजूद उसकी शिष्टता तथा ईमानदारी में कोई फरक नहीं आया और वह सचमुच एक भला आदमी बना रहा।

"हां, ठीक है, लेकिन हम जैसे लोगों को वही आदमी समझ सकते हैं जो घुड़सेना में रह चुके हों।" वह कुर्सी के अगल-बगल टांगे फैलाकर बैठ गया और ठुड्डी को आगे की ओर बढ़ाकर, गहरी आवाज़ में बोला, "ज़माना था जब मैं घोड़े पर सवार अपने दल की अगुआई किया करता था; वह घोड़ा नहीं था, कमबख्त शैतान था। घोड़े पर सवार होते ही मेरे अन्दर भी बला की फुरती आ जाती। सेना का कमाण्डर निरीक्षण पर आता है, कहता है, 'लेफ्टिनेंट, यह काम तुम्हारे बिना कोई नहीं कर सकता। मेहरबानी करो, परेड में अपने दल की कमान अपने हाथ में लो।' 'जी साहब,' मैं कहता हूं, और बस, कहने की देर है कि काम हुआ समझो। मैं घोड़े का मुंह घुमाता हूं, और मुच्छल सैनिकों को हुक्म देता हूं। बस,यह गए, वह गए! वाह, क्या सुनाऊं तुम्हें, वे भी क्या दिन थे!"

काउण्ट हमाम से लौट आया। उसका चेहरा लाल हो उठा था और बाल पानी से तर थे। वह सीधे सात नम्बर कमरे में चला गया। वहां घुड़सेना का अफसर, ड्रेसिंग गाउन पहने, मुंह में पाइप रखे चुपचाप बैठा था और अपने इस आकस्मिक सौभाग्य पर मन ही मन खुश हो रहा था कि विख्यात तुर्बीन उसके साथ उसके कमरे में रहेगा। पर उसकी खुशी में डर का हल्का-सा पुट था। 'अगर इसके सिर पर सहसा सनक सवार हो जाए और यह मेरे सारे कपड़े उतरवा दे और नंगा करके मुझे शहर के बाहर ले जाए और वहां बर्फ में ज़िन्दा गाड़ दे, या मेरे सारे शरीर पर कोलतार पोत दे तो क्या होगा? या केवल···मगर नहीं, यह ऐसी हरकत कभी नहीं करेगा, अपने फौजी भाई के साथ ऐसा बर्ताव नहीं करेगा।' और इस विचार से उसके मन को ढाढ़स मिला।

"साशा! कुत्ते को खाना खिलाओ!" काउण्ट ने पुकारकर कहा।

साशा दरवाज़े पर नमूदार हुआ। उसने वोद्का का एक गिलास पहले ही चढ़ा रखा था और काफी सरूर में था।

"अच्छा! तू अभी से धुत हो रहा है, शैतान! थोड़ी देर भी

इन्तज़ार नहीं कर सकता था? जाओ और ब्लूहर को खाना खिलाओ!"

"खाए बिना यह मरेगा नहीं, देखिए तो कितना चिकना हो रहा है," साशा ने कुत्ते को थपथपाते हुए कहा।

"आगे से जवाब मत दो जी! जाओ, इसे खाना खिलाओ।"

"आपको भी बस अपने कुत्ते की ही फिक्र है। अगर नौकर ने एक गिलास पी लिया तो आप उसपर बरसने लगते हैं।"

"खबरदार, मैं मुंह तोड़के रख दूंगा!" काउंट ने ऐसी आवाज़ में चिल्लाकर कहा कि खिड़कियों के शीशे हिल उठे, और घुड़सेना का अफसर भी सहम गया।

"मुझसे भी पूछा होता कि साशा, क्या तुमने कुछ खाया है। लीजिए अगर आपको इन्सान से कुत्ता ही ज़्यादा अज़ीज़ है तो तोड़ दीजिए मुंह मेरा, लगाइए मेरे मुंह पर···" साशा ने कहा। मुंह से ये शब्द निकलने की देर थी कि उसकी नाक पर ऐसा घूंसा पड़ा कि उसका सिर दीवार से जा टकराया और वह नीचे गिर पड़ा। दूसरे क्षण वह उठा और नाक पर हाथ रखे, भागता हुआ कमरे में से निकल गया और बरामदे में जाकर एक सन्दूक पर लेट गया।

"मालिक ने मेरे दांत तोड़ डाले हैं," एक हाथ से अपनी नाक में से बहता खून पोंछते हुए और दूसरे हाथ से ब्लूहर की पीठ खुजलाते हुए साशा बड़बड़ाया। ब्लूहर अपना बदन चाट रहा था। "देखते हो ब्लूहर, मालिक ने मेरे दांत तोड़ डाले हैं, पर कोई बात नहीं, फिर भी वह मेरा सिर का साहब है, मेरा काउंट है, मैं उसकी खातिर आग-पानी में कूदने के लिए तैयार हूं। मैं सच कहता हूं, ब्लूहर। तुम्हें भूख लगी है, क्या?"

कुछ देर तक वह वहां लेटा रहा, फिर उठा, कुत्ते को खिलाया, और काउण्ट की खिदमत करने, उसे चाय पहुंचाने के लिए चल पड़ा। उस वक्त तक उसका नशा लगभग उतर चुका था।

"इसे मैं अपना अपमान समझूंगा," बड़े दयनीय स्वर में घुड़सेना का अफसर काउण्ट को कह रहा था। काउण्ट अफसर के बिस्तर पर लेटा अपने पांव पलंग के चौखटे पर फैलाए हुए था। "आखिर मैं भी एक पुराना सिपाही हूं, आपका साथी हूं। बजाय इसके कि किसी और से आप पैसे लें, मैं खुद, बड़े शौक से 200 रूबल आपकी नज़र कर

दूंगा। इस वक्त मेरे पास ज़्यादा रकम नहीं है—केवल एक सौ रूबल हैं—पर मैं आज ही बाकी रकम का इन्तज़ाम करूंगा। अगर आपने न लिए तो मैं ज़रूर इसे अपना अपमान समझूंगा, काउण्ट।"

"शुक्रिया, दोस्त," उसकी पीठ थपथपाते हुए काउण्ट ने कहा। काउण्ट ने उसी क्षण समझ लिया कि आगे चलकर दोनों के बीच किस तरह के सम्बन्ध पनपेंगे। "शुक्रिया। अगर यह बात है तो हम नाच पर चलेंगे। पर बताओ इस वक्त क्या करें? कुछ इस शहर की सुनाओ तो? कोई तितलियां? कोई छैले? कोई ताशबाज़?"

घुड़सेना के अफसर ने बताया कि सुन्दरियों का एक झुंड का झुंड नाच पर पहुंचेगा। शहर का सबसे बड़ा छैला पुलिस-कप्तान कोल्कोव है—हाल ही में उसका चुनाव हुआ है, पर फिर भी उसमें वह दिलेरी नहीं, वह बेपरवाही नहीं जो एक हुस्सार में होती है, पर यों भला आदमी है। जब से चुनाव शुरू हुए हैं, यहां खूब महफिल जमती है, इल्यूश्का की जिप्सी सगीत-मण्डली के सहगान होते हैं। स्तेशा अकेले गाती है। आज सब लोग सोच रहे हैं कि नाच के बाद जिप्सियों का गाना सुनें।

"और जुआ भी काफी चलता है," वह कहता गया। "लुखनोव यहां आया हुआ है। बड़ा धनी आदमी है, सारा वक्त जुआ खेलता है। यहां एक लड़का इल्यीन है, आठ नम्बर कमरे में रहता है, उल्हन कोर-नेट है, धड़ाधड़ हार रहा है। वे इस वक्त भी खेल रहे होंगे। हर शाम खेलते हैं। और काउण्ट, आप मानेंगे नहीं कि यह इल्यीन कितना भला-मानस है, इसका दिल छोटा नहीं, वह अपनी कमीज़ तक उतारकर दे दे देगा।"

"तो चलो उससे चलकर मिलें। देखें तो यहां कौन लोग आए हैं," काउण्ट ने कहा।

"चलिए, चलिए। वे सब आपसे मिलकर बेहद खुश होंगे।"

2

उल्हन कोरनेट इल्यीन अभी-अभी जागकर उठा था। पिछली शाम उसने आठ बजे जुआ खेलना शुरू किया और सुबह 11 बजे तक बराबर 15 घण्टे तक खेलता रहा। जो रकम वह हार चुका था वह

बहुत बड़ी थी, पर कितनी थी, यह वह खुद भी न जानता था। उसके पास निजी तीन हज़ार रूबल के अलावा पल्टन के खज़ाने के पन्द्रह हज़ार रूबल और भी थे, और ये दोनों रकमें कब की एक दूसरी में मिल चुकी थीं। अब वह बकाया रकम गिनने से घबरा रहा था कि कहीं उसका यह डर ठीक ही साबित न हो कि वह अपनी पूंजी हारने के अलावा पल्टन की रकम में से भी कुछ हार चुका है। दोपहर हो रही थी जब वह सोया और सोते ही गहरी, निःस्वप्न नींद में खो गया। ऐसी नींद केवल जवानी के दिनों में, और वह भी जुए में बहुत कुछ हारने के बाद ही आती है। वह छः बजे शाम को उठा, ऐन उस वक्त जब काउण्ट तुर्बीन होटल में कदम रख रहा था। फर्श पर जगह-अगह ताश के पत्ते और चाक बिखरे पड़े थे। कमरे के बीचोंबीच रखी मेज़ों पर धब्बे ही धब्बे पड़े थे। उसे देखकर उसे पिछली रात के जुए की याद आई और वह सिहर उठा, विशेषकर अपने आखिरी पत्ते, एक गुलाम को याद करके, जिसपर वह पांच सौ रूबल हारा था। पर उसका मन अब भी उसकी वास्तविक स्थिति को मानने से इन्कार कर रहा था। उसने तकिये के नीचे से अपनी पूंजी निकाली और उसे गिनने लगा। कई एक नोट उसने पहचान लिए। जुआ खेलते समय, वे कई हाथ बदल चुके थे। उसे अपनी सभी चालें याद आ हो आईं। वह अपनी सारी रकम, तीन के तीन हज़ार रूबल खो बैठा था। इसके अलावा पल्टन के पैसों में से भी अढ़ाई हज़ार रूबल हार चुका था।

उल्हन लगातार चार दिन से खेल रहा था।

जब वह मास्को से चला तो उसके हाथ में पल्टन का पैसा सौंपा गया था। जब वह क० नगर में पहुंचा तो घोड़ाचौकी के अफसर ने यह कहकर उसे रोक लिया कि नये घोड़े इस वक्त नहीं मिल सकते। मगर यह एक बहाना था, दरअसल अफसर और होटल के मालिक के बीच सांठ-गांठ थी कि रात के वक्त मुसाफिरों को आगे न जाने दिया जाए। उल्हन खिलाड़ी तबीयत का जवान था। मां-बाप ने पल्टन में अफसर बनने पर उसे तीन हज़ार रूबल उपहार में दिए थे। यह देख-कर कि चुनाव के दिनों में क० नगर में बड़ा मौज-मेला रहेगा, उसे कुछ दिन रुक जाने में कोई आपत्ति न हुई, बल्कि वह खुश हुआ कि दिल खोलकर मौज लूटेंगे। पास ही कहीं देहात में, उसका एक परिचित ज़मींदार रहता था। वह घर-गृहस्थीवाला कुलीन सज्जन था। उल्हन

ने सोचा चलो उससे भी मिल आएंगे। उसकी लड़कियों से भी थोड़ा-बहुत मनबहलाव हो जाएगा। वह गाड़ी लेकर उनसे मिलने जा ही रहा था जब घुड़सेना का अफसर वहां आ मौजूद हुआ और अपना परिचय दिया। उसी शाम, बिना किसी बुरे इरादे के, उसने होटल के हॉल में उसका अपने मित्र लुखनोव तथा अन्य जुआरियों से परिचय कराया। उस वक्त से लेकर अब तक उल्हन जुए की मेज़ पर ही बैठा रहा था। उसे अपना कुलीन ज़मींदार मित्र भूल गया, वह नये घोड़े तक मांगना भूल गया। सच तो यह है कि लगातार चार दिन से उसने अपने कमरे के बाहर कदम तक नहीं रखा था।

इल्यीन ने कपड़े पहने, नाश्ता किया और टहलता हुआ खिड़की के पास जाकर खड़ा हो गया। थोड़ा घूम लूं तो मन पर से यह ताश का बोझ तो कुछ हल्का होगा। उसने अपना बरानकोट पहना और बाहर निकल आया। सामने लाल-लाल छतोंवाले सफेद मकान थे। उनके पीछे सूर्य छिप चुका था और चारों ओर संध्या-प्रकाश की लालिमा छाई हुई थी। हवा में हल्की-हल्की गर्मी थी। सड़कों पर कीच था और आसमान में से गीली बर्फ के गाले धीरे-धीरे पड़ रहे थे। यह सोचकर उसका दिल उदास हो उठा कि आज का दिन मैंने सोचकर गवा दिया, और अब वह खत्म हुआ चाहता है।

'यह खोया हुआ दिन फिर कभी लौटकर नहीं आएगा,' उसने सोचा। फिर मन ही मन कहने लगा, 'मैंने अपना सारा यौवन ही बर-बाद कर डाला है।' पर यह वाक्य उसने इसलिए नहीं कहा कि वह सचमुच अपने यौवन को बर्बाद हुआ समझता था। वास्तव में उसने इस विषय पर कभी सोचा ही न था। उसने केवल इसलिए ये शब्द कहे थे कि यह वाक्यांश उसे सहसा याद हो आया था।

'अब मैं क्या करूं?' वह सोचने लगा, 'किसीसे पैसे उधार लूं और यहां से चला जाऊं?' उसी वक्त सड़क की पटरी पर से एक लड़की गुजरी। 'कितनी बेवकूफ-सी जान पड़ती है!' अचानक यह अजीब-सा खयाल उसके मन में उठा। 'यहां कोई आदमी ऐसा नहीं जिससे मैं उधार मांग सकूं। मैंने अपना यौवन बर्बाद कर डाला।' वह उस तरफ बढ़ गया जहां दूकानों की कतार थी। एक दूकान के बाहर एक व्यापारी लोमड़ी की खाल का ओवरकोट पहने खड़ा था और ग्राहकों की राह देख रहा था। 'अगर मैंने वह अड्डा नहीं छोड़ दिया होता तो अपनी हारी

हुई रकम पूरी कर लेता।' एक बूढ़ी भिखारिन उसके पीछे-पीछे चलने लगी और सुबकती हुई उससे भीख मांगने लगी। 'कोई आदमी नहीं है जिससे मैं उधार मांग सकूं।' एक आदमी रीछ की खाल का कोट पहने, गाड़ी में बैठा, पास से गुज़रा। एक चौकीदार ड्यूटी पर खड़ा था। 'क्या मैं कोई ऐसी बात कर सकता हूं जिससे सनसनी फैल जाए! इन लोगों पर गोली चला दूं? पर कुछ भी मज़ा नहीं आएगा! मैंने अपना यौवन बर्बाद कर डाला। यह घोड़ों का साज़ कितना बढ़िया है! इसे यहां बेचने के लिए लटका रखा है! वाह, क्या लुत्फ आए जो आदमी स्ले में तीन घोड़े जोते और उन्हें सरपट भगाता हुआ सर्र से निकल जाए! होटल में लौट चलूं। अब कुछ ही देर में लुखनोव आ जाएगा और चौकड़ी फिर बैठेगी।' वह लौट आया और आते ही फिर पैसे गिने। नहीं, पहली बार गिनने में कोई गलती नहीं हुई थी—पल्टन के पैसों में से अब अढ़ाई हज़ार रूबल गायब थे। 'मैं पहले पत्ते पर पचीस का दांव लगाऊंगा, दूसरे पर 'कार्नर' का दांव, फिर दांव को सात गुना बढ़ा दूंगा, फिर पन्द्रह, तीस, साठ गुना, तीन हज़ार रूबल तक। फिर मैं वह घोड़े का साज़ खरीदकर यहां से निकल जाऊंगा। पर वह शैतान, मुझे जीतने नहीं देगा। मैंने अपना यौवन बर्बाद कर डाला।' इसी तरह के खयाल उल्हन के मन में चक्कर काट रहे थे जब लुखनोव ने कमरे में प्रवेश किया।

"क्या तुम्हें जागे देर हो गई, मिखाइलो वसील्येविच?" लुखनोव ने पूछा, और अपनी पतली-तीखी नाक पर से सुनहरे रंग का चश्मा उतारा और जेब में से लाल रंग का रेशमी रूमाल निकालकर उसे पोंछने लगा।

"नहीं, अभी-अभी उठा हूं। खूब गहरी नींद सोया।"

"क्या तुम्हें मालूम है, अभी-अभी यहां एक हुस्सार आया है? ज़ुवल्शेव्स्की के कमरे में ठहरा है। क्या तुमने सुना?"

"नहीं, मैंने नहीं सुना। और लोग कहां हैं?"

"वे रास्ते में प्रयाखिन से मिलने के लिए रुक गए। अभी पहुंचा चाहते हैं।"

उसके मुंह से ये शब्द निकले ही थे कि और लोग भी आ पहुंचे : स्थानीय सुरक्षा-सेना का एक अफसर जो हमेशा लुखनोव के साथ रहता था; बड़ी-सी तोते जैसी नाक और गहरी काली-काली आंखोंवाला

यूनान का एक व्यापारी; एक मोटा, थलथल-पिलपिल ज़मींदार, जो दिन के वक्त शराब का कारखाना चलाता था और रात को आधे-आधे रूबल के दांव पर जुआ खेलता था। उनमें से प्रत्येक व्यक्ति जल्दी से जल्दी खेल में जुट जाने के लिए बेचैन हो रहा था। लेकिन मुख्य खिलाड़ियों में से कोई भी यह दिखाना नहीं चाहता था। लुखनोव तो खास तौर पर बड़े आराम से बैठा मास्को में गुण्डागर्दी की चर्चा कर रहा था:

"ज़रा सोचो तो!" वह कह रहा था, "मास्को, हमारा सबसे बड़ा शहर है, लेकिन गुंडागर्दी का अड्डा बना हुआ है। वहां रात के वक्त गुंडे, हाथों में कांटे उठाए, भूत-पिशाच बने हुए सड़कों पर घूमते फिरते हैं, बेवकूफों को डराते और मुसाफिरों को लूटते हैं, और कोई कुछ नहीं कहता। मैं पूछना चाहता हूं कि आखिर पुलिस सोच क्या रही है?"

उल्हन बड़े ध्यान से गुण्डागर्दी के किस्से सुन रहा था। पर आखिर उससे न रहा गया। वह उठा और चुपचाप बाहर जाकर नौकर को ताश लाने का हुक्म दिया। सबसे पहले मोटे ज़मींदार ने सबके दिल की बात कही :

"तो दोस्तो, इस सुनहरे वक्त को क्यों बर्बाद किया जाए? आइए दो-दो हाथ हो जाएं।"

"तुम तो उतावले होगे ही, कल रात की सारी जीत के पैसे जो घर छोड़ आए हो," यूनानी बोला।

"लेकिन देर बहुत हो गई है," सुरक्षा-सेना का अफसर बोला।

इल्यीन ने लुखनोव की ओर देखा। दोनों की आंखें मिलीं, पर लुखनोव उसी स्थिरता से गुंडों का ज़िक्र करता रहा। कभी उनके भूत-पिशाचों जैसे लिबास का वर्णन करता, कभी उनके बड़े-बड़े पंजों का।

"तो पत्ते बांटें?" उल्हन ने पूछा।

"इतनी जल्दी क्या है?"

"बेलोव!" उल्हन ने पुकारा, और उसका चेहरा किसी कारण लाल हो उठा। "मेरे लिए खाना लाओ। मैंने एक कौर तक मुंह में नहीं डाला। शैम्पेन लाओ और ताश लाकर यहां रखो।"

ऐन उसी वक्त काउण्ट और ज़वल्शेव्स्की कमरे में दाखिल हुए। बातों-बातों में पता चला कि तुर्बीन और इल्यीन फौज के एक ही डिवीजन में है। दोनों में फौरन दोस्ती हो गई। शैम्पेन से उन्होंने एक-दूसरे

की सेहत का जाम पिया, और कुछ ही मिनटों में यों घुल-मिलकर बातें करने लगे जैसे बचपन के मित्र हों। काउण्ट पर इल्यीन का बहुत अच्छा प्रभाव पड़ा। काउण्ट उसकी तरफ देख-देखकर मुस्कराने लगा और बार-बार उसे यह कहकर छेड़ने लगा कि तुम तो अभी बच्चे हो।

"ऐसे होते हैं उल्हन!" वह कहने लगा, "क्या मूंछें हैं! कैसी ज़ालिम मूंछें हैं।"

इल्यीन के ऊपरले होंठ पर के रोएं बिल्कुल सुनहरे थे।

"तो क्या ताश खेलने जा रहे हो?" काउण्ट ने पूछा, "मैं तो सोचता हूं कि तुम जीतोगे, इल्यीन, तुम बढ़िया खिलाड़ी हो, है न?" मुस्कराते हुए वह बोला।

"खेलने के लिए तैयार तो वे जरूर हैं," लुखनोव ने ताश की गड्डी खोलते हुए कहा, "तुम भी शामिल हो जाओ, काउण्ट?"

"नहीं, आज नहीं। अगर मैं खेला तो तुम्हारे कपड़े तक उतारा लूंगा। जब मैं खेलता हूं तो बैंकों का दिवाला बोल जाता है। पर इस वक्त मेरे पास पैसे नहीं हैं। मेरे पास जो कुछ था मैं वोलोचक के नज़दीक घोड़ा-चौकी पर हार आया हूं। एक कमबख्त फौजी ने मेरा सफाया कर दिया। हाथों में अंगूठियां पहने हुए था। ज़रूर कोई पत्तेबाज़ रहा होगा।"

"क्या तुम्हें ज़्यादा देर घोड़ा-चौकी पर रुकना पड़ा?" इल्यीन ने पूछा।

"पूरे बाईस घण्टे। वह मनहूस चौकी मुझे हमेशा याद रहेगी। पर मैं यह भी जानता हूं कि वहां का घोड़ों का कारिन्दा मुझे भी कभी नहीं भूलेगा।"

"क्यों, क्या हुआ?"

"हुआ यह कि जब मेरी गाड़ी वहां पहुंची तो वह कमबख्त मेरे सामने आ खड़ा हुआ। कैसा मनहूस चेहरा था उसका! कहने लगा, 'घोड़े नहीं हैं।' अब मैंने एक उसूल बना रखा है, कि जब भी कोई मुझसे कहे कि घोड़े नहीं हैं तो मैं सीधे कारिन्दे के कमरे में चला जाता हूं, अपना ओवरकोट तक नहीं उतारता। उसके दफ्तर में नहीं जाता, बल्कि उसके निजी कमरे में जा पहुंचता हूं और जाते ही सब दरवाज़े और खिड़कियां खोल देने का हुक्म दे देता हूं, समझो जैसे कमरा धुएं से भरा हो। यहां पर भी मैंने यही किया। तुम्हें तो मालूम है न, पिछले

महीने कैसा पाला पड़ा था। चार डिग्री नीचे तक। कारिन्दा मेरे साथ बहस करने लगा। मैंने सीधे एक घूंसा नाक पर जमाया। एक बुढ़िया, और कुछ लड़कियां और औरतें चीखने-चिल्लाने लगीं। उन्होंने अपने बरतन-बरतन उठाए और गांव की ओर जाने लगीं। मैंने रास्ता रोक लिया, और चिल्लाकर कहा: "मुझे घोड़े दे दो, तो मैं चला जाऊंगा, अगर नहीं दोगे तो मैं किसी को बाहर नहीं जाने दूंगा। बेशक यहां सर्दी में ठिठुरकर मर जाओ।' "

"इन लोगों को सीधा करने का यही तरीका है!" मोटे ज़मींदार ने ठहाका मारकर हंसते हुए कहा, "सर्दी में झींगुरों की तरह जमकर मर जाने दो।"

"पर मेरी नज़र उनपर से किसी कारण हट गई। मैं कहीं चला गया, और इस बीच कारिन्दा और वे औरनें वहां से सरक गईं। केवल एक बुढ़िया वहां पर रह गई। वह रूसी तन्दूर के चबूतरे पर पड़ी छींके मार रही थी और बार-बार भगवान का नाम ले रही थी। उसे मैंने बन्धक बना लिया। उसके बाद हमारे बीच समझौते की बातचीत शुरू हुई। कारिन्दा लौट आया और दूर ही से खड़े-खड़े गिड़गिड़ाने लगा कि भगवान के लिए बुढ़िया को छोड़ दो। पर मैंने अपने कुत्ते ब्लूहर को उसपर छोड़ दिया—ब्लूहर कारिन्दों की गन्ध पहचानता है। पर उस शैतान कारिन्दे ने फिर भी मुझे घोड़े दूसरे दिन सुबह ही जाकर दिए। इस तरह उस कमबख्त फौजी अफसर से भेंट हुई। मैं साथवाले कमरे में चला गया और उसके साथ खेलने लगा। क्या तुमने मेरे ब्लूहर को देखा है? ब्लूहर, इधर आओ!"

ब्लूहर खाया। सब जुआरियों ने बड़ी कृपालुता से उसकी ओर देखा, पर ज़ाहिर था कि उनका ध्यान किसी दूसरे काम की ओर अधिक था।

"पर दोस्तो, तुम खेलते क्यों नहीं? मेरी खातिर अपना खेल न खराब करो। तुम जानते हो, मैं बड़ा बातूनी आदमी हूं," तुर्बीन ने कहा। "यह भी ताश का दिलचस्प खेल है। इसे कहते हैं 'प्यार-बिसार'।"

3

लुखनोव ने दो मोमबत्तियां अपनी तरफ खिसकाईं, जेब में से मोटा-सा

भूरे रंग का बटुआ निकाला—वह नोटों से भरा था—धीरे-धीरे उसे खोला, मानो कोई रहस्यमय कृत्य सम्पन्न कर रहा हो। फिर उसमें से सौ-सौ रूबल के दो नोट निकाले और उन्हें ताश के नीचे रख दिया।

"कल की तरह आज भी, दो सौ रूबल का बैंक होगा," वह बोला, और अपनी ऐनक ठीक करके ताश की नई गड्डी खोलने लगा।

इल्यीन तुर्बीन से बातें करने में मशगूल था। बिना आंख उठाए बोला :

"ठीक है।"

खेल शुरू हुआ। लुखनोव मशीन की-सी सफाई से पत्ते बांटता, केवल किसी-किसी वक्त रुककर बड़े आराम से एक प्वाइण्ट लिख लेता, या अपनी ऐनक के ऊपर से पैनी आंखों से देखता हुआ शिथिल-सी आवाज़ में कहता, "तुम्हारी चाल है।" मोटा ज़मींदार सबसे ज़्यादा शोर मचा रहा था। ऊंची-ऊंची आवाज़ में अपना हिसाब जोड़ता, नाटी, स्थूल उंगलियों से वह पत्तों के कोने मोड़ता जिससे दाग पड़ जाते। सुरक्षा-सेना का अफसर बड़ी साफ लिखाई में अपने प्वाइंट लिखता और मेज़ के नीचे हाथ ले जाकर हल्के से पत्तों के कोने मोड़ देता। बैंक बांटने-वाले की बगल में यूनानी बैठा था और अपनी काली-काली आंखों से इतने ध्यान से खेल को देखे जा रहा था मानो वह इस इंतज़ार में हो कि कोई घटना घटने वाली है। मेज़ के पास खड़े ज़वल्शेव्स्की में सहसा स्फूर्ति आ जाती, अपनी जेब में से नीले या लाल रंग का नोट निकालकर, उसपर एक पत्ता फेंकता, थाप देकर उसपर हाथ रखता, ऊंची आवाज़ में किस्मत बुलाता, "आ जा, सात आए सात!" मूंछों को दातों तले दबाता, कभी एक पांव पर अपने शरीर का बोझ डालता, कभी दूसरे पर। उसका चेहरा लाल हो उठता, सारे बदन में झुरझुरी होने लगती, और उस वक्त तक होती रहती जब तक उसके हाथ में पत्ता न आ जाता। इल्यीन के पास, सोफे पर, एक प्लेट में बछड़े का गोश्त और खीरे के टुकड़े रखे थे। वह उन्हें उठा-उठाकर खा रहा था, और जल्दी से उंगलियों को जैकेट पर ही पोंछते हुए, एक के बाद दूसरा पत्ता फेंक रहा था। तुर्बीन शुरू से ही सोफे पर बैठा था। वह फौरन भांप गया कि ऊंट किस करवट बैठेगा। लुखनोव आंख उठाकर उल्हन की तरफ देखता तक न था, न ही उससे एक शब्द भी कहता, वह केवल अपने चश्मे में से किसी-किसी वक्त उसके हाथों की ओर देखता लेकिन उल्हन

के हाथ के पत्तों में से अधिकांश पत्ते मारे जाते।

"यह पत्ता तो मैं खुद लेना चाहता था," लुखनोव ने, मोटे गुद-गुदे शरीरवाले ज़मींदार के पत्ते की तरफ इशारा करते हुए कहा। वह आधे-आधे रूबल के दांव पर खेल रहा था।

"तुम इल्यीन के पत्ते ले लो—तुम मेरे पत्तों की क्यों चिन्ता करते हो?" ज़मींदार ने जवाब दिया।

यह ठीक था कि उनमें से किसीको भी इतने बुरे पत्ते नहीं पड़ रहे थे जितने इल्यीन को। हर बार वह हार जाता और घबराकर मेज़ के नीचे उस बदकिस्मत पत्ते को फाड़कर फेंक देता और फिर कांपते हाथों से दूसरा पत्ता उठाता। तुर्बीन सोफे पर से उठ खड़ा हुआ और यूनानी से कहने लगा कि तुम मुझे अपनी कुर्सी पर बैठने दो। उसके साथवाली कुर्सी पर लुखनोव बैठा था और बैंक चला रहा था। यूनानी ने जगह बदल ली और काउण्ट उसकी कुर्सी पर बैठकर बड़े ध्यान से लुखनोव के हाथों की ओर देखने लगा।

"इल्यीन!" सहसा काउण्ट बोल उठा। वह अपने साधारण लहजे में बोला था, फिर भी उसकी आवाज़ सबसे ऊंची थी। "एक ही पत्ते की बाज़ी क्यों लगाते हो? तुम्हें खेलना नहीं आता!"

"मैं कुछ भी खेलूं, फिर भी हारता हूं।"

"अगर तुम्हारे दिल में यह ख्याल बैठा हुआ है तो तुम ज़रूर हारोगे। लाओ, मुझे दो अपने पत्ते।"

"नहीं, नहीं, शुक्रिया, मैं किसीको अपनी जगह नहीं खेलने देता। अगर खेलना चाहते हो तो तुम खुद खेलो।"

"मैंने कह दिया कि मैं नहीं खेलना चाहता। मैं तो तुम्हारी खातिर कह रहा हूं। तुम्हें यों हारता देखकर मुझे दुःख होता है।"

"हारना तो मेरी किस्मत में लिखा है!"

काउण्ट ने फिर कुछ नहीं कहा, कोहनियां मेज़ पर टिकाईं और लुखनोव के हाथों पर फिर आंखें गड़ा दीं।

"बहुत बुरी बात है!" उसने सहसा ऊंची आवाज़ में एक-एक शब्द पर बल देते हुए कहा।

"बहुत-बहुत बुरी बात है!" उसने दोबारा पहले से भी ऊंची आवाज़ में कहा और सीधा लुखनोव की आंखों में आंखें डालकर देखने लगा।

खेल जारी रहा।

लुखनोव ने इल्यीन का एक और पत्ता उठाया। इसपर तुर्बीन बोला :

"बहुत बुरा काम है!"

"किस बात पर नाराज़ हो रहे हो, काउण्ट?" लुखनोव ने नरमी से पर साथ ही बेरुखी दिखाते हुए कहा।

"जिस ढंग से तुम इल्यीन के पत्ते उठाते हो, इससे बड़ी बाजियां तुम जीत लेते हो और छोटी हार जाते हो। यह बहुत बुरा है।"

लुखनोव ने कन्धे बिचकाए और भौंहें सिकोड़ीं मानो कह रहा हो कि हर एक की अपनी-अपनी किस्मत है, और खेल में जुटा रहा।

"ब्लूहर! इधर आओ!" काउण्ट चिल्लाया और उठ खड़ा हुआ। "पकड़ लो इसे, ब्लूहर!"

ब्लूहर इस तेज़ी से सोफे के नीचे से उछलकर निकला कि सुरक्षा-सेना का अफसर गिरते-गिरते बचा। कुत्ता भागकर अपने मालिक के पास जा पहुंचा और गुर्राने लगा। वह पूंछ हिलाता हुआ कमरे में बैठे लोगों की तरफ यों देखने लगा मानो कह रहा हो, 'बताओ इनमें कौन बुरा आदमी है!'

लुखनोव ने पत्ते रख दिए और कुर्सी पीछे की ओर खींच दी।

"इस हालत में खेलना नामुमकिन है," उसने कहा, "मुझे कुत्तों से नफरत है। कौन आदमी खेल सकता है जब कमरा कुत्तों से भरा हो?"

"और कुत्ते भी इस जैसे—यह कुत्ता नहीं जोंक है, मैं सोचता हूं," सुरक्षा-सेना के अफसर ने सुर में सुर मिलाते हुए कहा।

"कहो, मिखाइलो वसील्येविच, खेल जारी रखें या बंद कर दें?" लुखनोव ने अपने मेज़बान से पूछा।

"कृपा करके हमारा खेल खराब न करो, काउण्ट" इल्यीन ने तुर्बीन से कहा।

इसपर तुर्बीन ने इल्यीन की बांह पकड़ी और उसे कमरे से बाहर ले जाने लगा।

"ज़रा इधर तो आओ।"

काउण्ट की आवाज़ साफ सुनाई दे रही थी। वह जान-बूझकर ऊंची आवाज़ में बोल रहा था। यों भी उसकी आवाज़ तीन कमरे दूर तक सुनाई देती थी।

"क्या तुम पागल हो गए हो? देखते नहीं कि वह ऐनकवाला आदमी छंटा हुआ पत्तेबाज़ है?"

"नहीं, नहीं, यह कैसे हो सकता है?"

"और मत खेलो, मैं कहता हूं। मुझे तो इसमें कुछ लेना-देना नहीं है। कोई और वक्त होता तो मैं खुशी से यही पैसे तुमसे खुद जीतकर ले जाता, पर आज रात, न मालूम क्यों, मुझसे यह बर्दाश्त नहीं हो सकता कि वे लोग तुम्हें लूटकर ले जाएं। क्या अपने पैसों से खेल रहे हो?"

"हां तो!...अ...क्यों?...क्यों पूछते हो?"

"मैं भी इसी रास्ते सफर कर चुका हूं, दोस्त, इन पत्तेबाज़ों की सब चालें जानता हूं। वह ऐनकवाला आदमी पत्तेबाज़ है, मैं फिर कहता हूं। खेलना छोड़ दो, इसी वक्त छोड़ दो। मैं तुम्हें एक दोस्ताना मशविरा दे रहा हूं।"

"मैं सिर्फ एक हाथ और खेलूंगा।"

"मैं जानता हूं 'एक हाथ और' का क्या मतलब होता है। चलो, यह भी देख लेते हैं।"

वे वापस आ गए। एक ही हाथ में इल्यीन ने इतने पत्ते फेंके और उनमें से इतने ज़्यादा पत्ते हारे कि उसे बहुत भारी नुकसान हुआ।

तुर्बीन ने मेज़ पर दोनों हाथ फैला दिए।

"बस, हो चुका!" उसने चिल्लाकर कहा, "अब और मत खेलो।"

"अब मैं कैसे छोड़ सकता हूं? तुम इतनी मेहरबानी करो कि मुझे अकेला छोड़ दो," इल्यीन ने खीझकर, बिना तुर्बीन की ओर देखे, मुड़े हुए पत्तों को गड्डी में मिलाते हुए कहा।

"तो जाओ भाड़ में! अगर हारने में इतना मज़ा आ रहा है तो हारो। मैं यहां और नहीं ठहर सकता। ज़वल्शेव्स्की, चलो मेरे साथ, मार्शल के यहां चलें।"

वे बाहर निकल गए। किसीने एक शब्द भी नहीं कहा, और लुख-नोव ने उस वक्त तक पत्ते नहीं बांटे जब तक उनके कदमों की आवाज़ और कुत्ते के पंजों की चाप बरामदे में से आती रही।

"कैसा आदमी है!" ज़मींदार ने हंसते हुए कहा।

"खैर, अब हम आराम से खेल तो सकते हैं," सुरक्षा-सेना के अफ-

सर ने फुसफुसाकर कहा।

और खेल जारी रहा।

4

साज़िन्दे आस्तीने चढ़ाए पहले से ही भण्डारे में तैयार खड़े थे। सब-के सब मार्शल के घर के बन्धक-दास थे। इस अवसर पर भण्डारे को आर्केस्ट्रा के लिए खाली कर लिया गया था। इशारा पाते ही वे पोलैण्ड का राष्ट्रीय नाच—'अलेक्सान्द्र-येलिज़वेता'—बजाने लगे। हॉल मोम-बत्तियों की रोशनी से जगमग कर रहा था। नाच करनेवाले जोड़े, एक-एक करके, बड़े बांकपन से, लकड़ी के फर्श पर उतरने लगे। सबसे आगे गवर्नर मार्शल की पत्नी का बाज़ू थामे हुए आया। उसकी छाती पर सितारा चमक रहा था। उसके पीछे मार्शल गवर्नर की पत्नी का बाज़ू थामे हुए आया। इसके बाद अलग-अलग क्रम से जोड़े उतरने लगे। सभी लोग इलाके के शासक परिवारों में से थे। उसी वक्त ज़वल्शेव्स्की अन्दर दाखिल हुआ। नीले रंग का फ्रॉक-कोट, कन्धों पर झब्बे, ऊंचा कॉलर, पांवों में ऊंचे मोज़े और नाच के जूते चढ़ाए था। उसके अन्दर पहुंचते ही हॉल इत्र की खुशबू से महमह करने लगा। चमेली का इत्र वह मूंछों, कोट के कॉलर और रूमाल पर मानो उंडेल लाया था। साथ में एक बांका हुस्सार था। हुस्सार ने चुस्त, नीले रंग की घुड़सवारों की बिर्जस पहन रखी थी, और ऊपर सुनहरी कढ़ाई का लाल कोट पहने था। कोट पर व्लादीमिर क्रास तथा 1812 का तमगा चमक रहा था। काउण्ट का कद सामान्य कद से ज़्यादा नहीं था, पर शरीर का गठन अत्यन्त सुन्दर था। उसकी स्वच्छ, नीली आंखें चमक रही थीं। गहरे भूरे बालों में बड़े-बड़े कुण्डल बनते थे। इनसे उसका चेहरा और भी निखर आया था। मार्शल के घर में उसका प्रवेश अप्रत्याशित नहीं था। जिस सुन्दर युवक से वह होटल में मिला था, उसने मार्शल को सूचना दे दी थी कि सम्भव है काउण्ट भी नाच-पार्टी में शरीक हो। इस समाचार के प्रति लोगों की प्रतिक्रिया अलग-अलग ढंग की हुई थी। पर सामान्यतया किसीको भी बहुत खुशी नहीं हुई थी। "क्या मालूम वह हमारी खिल्ली उड़ाए," पुरुषों और बड़ी उम्र की स्त्रियों को तो यह ख्याल आया था। "क्या मालूम वह मुझे भगा ले जाए।" यह

ख्याल अधिकांश युवतियों के मन में उठा था।

पोलैण्ड के संगीत की धुन समाप्त हुई और नाचनेवाले जोड़े एक-दूसरे के सामने झुककर अलग हुए। स्त्रियां स्त्रियों में जा मिली और पुरुष पुरुषों में। ज़वल्शेव्स्की गर्व और खुशी से फूला न समा रहा था। काउण्ट को घर की मालकिन के पास ले गया। मार्शल की पत्नी मन ही मन डर रही थी कि कहीं सबके सामने काउण्ट उसकी हंसी न उड़ाने लगे, लेकिन ऊपर से, सिर एक ओर को झुकाए, बड़े गरूर और सर-परस्ती के लहजे में बोली, "बहुत खुशी हुई। उम्मीद है आप भी नाचेंगे।" और यह कहकर एक ऐसी अविश्वास-भरी नज़र से उसकी ओर देखा मानो कह रही हो, 'अगर तुमने किसी महिला का अपमान किया तो तुम निरे गुण्डे साबित होगे।' पर काउण्ट ने मिनटों में उसका दिल जीत लिया। उनकी विनम्रता, शिष्टता, हंसोड़ तबीयत और सुन्दर रूप को देखकर उसकी बदगुमानी जाती रही। यहां तक कि मालकिन के चेहरे का भाव बदल गया, 'देखा, मैं इस तरह के लोगों को सीधे रास्ते पर लाना जानती हूं। उसे फौरन पता चल गया कि वह किससे बात कर रहा है। देखते जाओ, सारी शाम मेरे आगे-पीछे न घूमता रहे तो कहना।" पर ऐन इसी वक्त गवर्नर काउण्ट के पास आया और बातें करने के लिए उसे एक ओर ले गया। वह काउण्ट के पिता से परिचित था। यह देखकर स्थानीय कुलीनों के शक दूर हो गए। उनकी नज़रों में काउण्ट और भी ऊंचा उठ गया। थोड़ी देर बाद जब-ल्शेव्स्की ने उसका परिचय अपनी बहिन से कराया। वह एक गोल-मटोल, युवा विधवा थी। जब से काउण्ट ने कमरे में कदम रखा था, वह अपनी काली-काली आंखों से उसे निहार रही थी। काउण्ट ने उससे वॉल्ज़ नृत्य नाचने का प्रस्ताव किया। साज़िन्दे उस समय इस नाच की धुन बजा रहे थे। काउण्ट बहुत अच्छा नाचता था और उसे नाचते देखकर लोगों के मन से रहा-सहा खिंचाव भी दूर हो गया।

"क्या खूब नाचता है!" एक मोटी-सी औरत बोली। वह देहात के किसी कुलीन की पत्नी थी और काउण्ट की थिरकती टांगों की ओर देखे जा रही थी, और अपने-आप ताल दिए जा रही थी, "एक, दो, तीन; एक, दो तीन, वाह! बहुत अच्छा!" नीली बिर्जस में काउण्ट बड़ी फुर्ती से हॉल में इधर से उधर पैंतरे लेकर नाच रहा था।

"उफ, कितना अच्छा नाचता है, वाह-वाह!" एक दूसरी स्त्री

ने कहा। वह शहर में कुछ दिन के लिए आई हुई थी। इस सोसाइटी में उसे अशिष्ट समझा जाता था। "आश्चर्य की बात कि उसकी एड़ी किसीको छूती तक नहीं। वाह, कितनी सफाई से कदम रखता है!"

काउण्ट ऐसा नाचा कि इलाके के तीन सबसे अच्छे नाचनेवालों को मात कर गया। इनमें से एक था गवर्नर का सहकारी अफसर। कद का लम्बा और बाल सन जैसे थे। नाच में अपने फुर्तीलेपन के लिए मशहूर था। जिस किसी स्त्री के साथ नाचता, उसे अपने साथ खूब ज़ोर से चिपकाए रखता। इस बात के लिए भी मशहूर था। दूसरा था घुड़सेना का अफसर, जिसका बदन वॉल्ज़ नाचते वक्त बड़े खूबसूरत अन्दाज़ से झूमता। वह बड़ी नज़ाकत से और जल्दी-जल्दी एड़ियां टकराता था। इसी तरह वहां एक और आदमी इतना अच्छा नाचता था कि लोग उसे हर नाच-पार्टी की जान समझते थे, हालांकि उसका दिमाग बहुत तेज़ न था। वह गैरफौजी आदमी था। जब से पार्टी शुरू हुई वह नाचता रहा और सांस लेने तक के लिए नहीं रुका। हर नाच के बाद वह कुर्सियों पर बैठी स्त्रियों के पास जाता और क्रमानुसार एक-एक से नाचने का अनुरोध करता। केवल किसी-किसी वक्त, मुंह पर से पसीना पोंछने के लिए रुकता था। उसका मुंह लाल और पसीने से तर था, और रूमाल भीग चुका था। काउण्ट ने सबको मात दी और स्त्रियों में से सबसे मुख्य तीन स्त्रियों के साथ नाचा। उनमें से एक गदराए डील-डौल की थी, अमीर, खूबसूरत और बेवकूफ। दूसरी मंझले कद की थी, बहुत सुन्दर तो न थी पर नाज़ुक थी और बड़ी शानदार पोशाक पहने हुए थी; और तीसरी एक छोटी-सी स्त्री, जो देखने में साधारण मगर यों बड़ी चतुर थी। अन्य स्त्रियों के साथ भी वह नाचा। या यों कहिए कि सभी सुन्दर स्त्रियों के साथ वह नाचा। और उस नाच-पार्टी पर बहुत-सी सुन्दर स्त्रियां आई हुई थीं—पर जो स्त्री उसे सबसे ज़्यादा पसन्द आई, वह थी ज़वल्शेव्स्की की विधवा बहन। उसके साथ वह एक-एक बार क्वाड्रिल, एकोसाएज़ तथा मज़ुर्का नाचा। शुरू-शुरू में क्वाड्रिल नाचते वक्त उसने उसके रूप की बार-बार सराहना की, उसकी तुलना वीनस से, डायना से, गुलाब के फूल से, और किसी अन्य फूल से करता रहा। नन्ही विधवा जवाब में केवल अपनी सफेद सुघड़ गर्दन एक ओर टेढ़ी कर लेती, और पलकें झुका लेती। उसकी आंखें उसके सफेद मलमल के फ्रॉक पर टिक जातीं, और वह हाथ में पकड़ा हुआ पंखा

बदलकर दूसरे हाथ में कर लेती। "हाय, काउण्ट, आप मुझ बना रहे हैं," वह कहती, या इसी तरह का कोई दूसरा वाक्य कहती। उसकी आवाज़ गहरी थी, और उसमें मासूमियत और सादगी और भोलापन था। काउण्ट सोचता कि वह सचमुच स्त्री नहीं, फूल है, गुलाब का फूल नहीं, कोई पूरा खिला हुआ, जंगली फूल है—गुलाबी और सफेद रंग का। उस फूल में खुशबू तो नहीं, मगर लगता है, दूर, किसी सुन्दर, पुराने हिम-तट पर अकेला खिल रहा है।

उसका भोलापन, सादगी, और साथ ही उसके रूप की ताज़गी देखकर काउण्ट के दिल की अजीब कैफियत होने लगी। बातचीत के दौरान वह कई बार चुपचाप उसकी आंखों में देखता रह जाता। उसकी सुडौल गर्दन और बांहों को देखते हुए उसे उत्कट इच्छा होती कि उसे बांहों में भरकर चूम ले। उसके लिए अपने को काबू में रखना मुश्किल हो जाता। नन्ही विधवा अपने प्रभाव का भास पाकर बड़ी खुश थी। पर काउण्ट के रवैये में कोई चीज़ उसे बेचैन करने लगी और वह घबरा उठी। काउण्ट उसे खुश करने के लिए उसके आगे-पीछे घूम रहा था, बल्कि इतनी शिष्टता से पेश आ रहा था कि ज़माने का रंग देखते हुए वह कुछ ज़रूरत से ज़्यादा जान पड़ती थी। वह भागकर उसके लिए पीने की चीज़ें ले आया; उसका रूमाल गिरा तो झट से उठा दिया। एक बार विधवा ने बैठने की इच्छा प्रकट की। एक दूसरा युवक भाग-कर कुर्सी ले आया। वह नन्ही विधवा का प्रेमी था और कण्ठमाला का रोगी जान पड़ता था। काउण्ट ने झपटकर कुर्सी उसके हाथ से छीन ली और विधवा को उसपर बिठा दिया। इस तरह सारा वक्त वह छैला बना उसकी टहल करता रहा।

पर छैला बनने की सब कोशिशों के बावजूद विधवा पर कोई असर नहीं हुआ। यह देखकर काउण्ट उसके सामने मसखरा बनने की कोशिश करने लगा, उसे तरह-तरह के चुटकले सुनाने लगा। उसे कहता, "बस, आपके हुक्म की देर है, यकीन मानिए, मैं सिर के बल खड़ा हो जाऊंगा, कहेंगी तो मुर्ग की तरह बांग देने लगूंगा, खिड़की में से कूद पड़ूंगा, नदी पर जमी बर्फ में, जहां कहीं भी सूराख नज़र आया, छलांग लगा दूंगा।" काउण्ट का यह दांव चल गया। नन्ही विधवा खिल उठी, और ठहाके मार-मारकर हंसने लगी। उसके दांतों की खूबसूरत, सफेद लड़ियां बार-बार झिलमिलाने लगीं। उसका दिल छैले के प्रति पसीजने

लगा। इधर काउण्ट पागल हुआ जा रहा था। क्वाड्रिल के खत्म होते न होते वह अपनी सुध-बुध खो बैठा।

क्वाड्रिल नाच समाप्त हुआ। इलाके के सबसे अमीर ज़मींदार का बेटा नन्ही विधवा के पास आया। 18 बरस का निठल्ला युवक, मुद्दत से विधवा की मुहब्बत में पागल हुआ जा रहा था। (यह वही कण्ठ-माला का रोगी था जिसके हाथ से काउण्ट ने कुर्सी छीन ली थी)। परन्तु विधवा उसके साथ बड़ी बेरुखी से पेश आई। जो उत्तेजना काउण्ट ने उसके अन्दर पैदा कर दी थी, उसका दसवां हिस्सा भी यह लड़का पैदा नहीं कर सकता था।

"तुम अच्छे आदमी हो जी!" वह बोली। उसकी आंखें काउण्ट की पीठ पर लगी थीं और वह मन ही मन हिसाब लगा रही थी कि उसके कोट पर कितने गज़ सुनहरी गोट लगी होगी। "मुझसे तो वादा किया था कि स्ले-गाड़ी पर सैर कराओगे और चाकलेट लाकर दोगे?"

"मैं तो हाज़िर हुआ था आन्ना फ्योदोरोव्ना, मगर तुम घर पर नहीं थीं। मैं वहां तुम्हारे लिए सबसे बढ़िया चाकलेटों का डिब्बा छोड़ आया हूं," युवक ने जवाब दिया। कद का लम्बा होने के बावजूद उसकी आवाज़ पतली-सी थी।

"तुम हमेशा बहाने ढूंढ़ते रहते हो। मुझे तुम्हारे चाकलेटों की ज़रूरत नहीं। यह मत समझो कि······"

"मैं देख रहा हूं आन्ना फ्योदोरोव्ना, तुम्हारा रुख बदल रहा है। मैं इसका कारण भी जानता हूं। यह तुम अच्छा नहीं कर रही हो," वह बोला। वह कुछ और भी कहना चाहता था मगर व्याकुलता में उसके होंठ इस कदर कांपने लगे कि वह आगे कुछ कह न पाया।

आन्ना फ्योदोरोव्ना ने उसकी ओर कोई ध्यान नहीं दिया और सारा वक्त तुर्बीन की ओर देखती रही।

दावत का मेज़बान, मार्शल, काउण्ट के पास आया। वह बड़े रोब-दाब वाला हट्टा-कट्टा बुज़ुर्ग आदमी था और मुंह में उसके एक भी दांत नहीं था। काउण्ट के बाज़ू पर हाथ रखकर, वह उसे अपने साथ पढ़ने-वाले कमरे में ले चला। वहां सिगरेट, शराब आदि का प्रबन्ध था। तुर्बीन के बाहर निकलने की देर थी कि आन्ना फ्योदोरोव्ना के लिए नाच-घर वीरान हो उठा। अपनी एक सहेली को साथ लेकर वह सीधी शृंगार-कक्ष में चली गई। उसकी सहेली, दुबली-पतली, अधेड़ उम्र की अन-

ब्याही स्त्री थी।

"कहो, पसन्द आया?" सहेली ने पूछा।

"पर यह मेरे आगे-पीछे क्यों घूमता है?" आन्ना फ्योदोरोव्ना बोली, और शीशे के सामने जाकर अपना रूप निहारने लगी।

वह कुछ-कुछ शर्मा रही थी, चेहरा दमक रहा था और आंखें हंस रही थीं। सहसा, वह एक पैर पर, पंजे के बल खड़ी हो गई, और खिल-खिलाकर हंसते हुए, बैले-नर्तकियों की नकल उतारते हुए, दोनों एड़ियां टकराकर हवा में उछली।

"तुम क्या जानो, उसने मुझसे यादगार के लिए कोई चीज़ मांगी है," उसने सहेली से कहा, "पर उसे कुछ भी नहीं मिलेगा। एक चीज़ भी नही-ई ईं दू-ऊ-ऊंगी!" अन्तिम दो शब्द उसने गाकर उंगली नचाते हुए कहे। हाथों पर उसने मुलायम चमड़े के दस्ताने पहन रखे थे।

पढ़नेवाले जिस कमरे में मार्शल तुर्बीन को ले गया था वहां तरह-तरह की शराबे, शैम्पेन, वोद्का, प्लेटों में हल्की-फुल्की खाने की चीज़ें रखी थीं। कमरा तम्बाकू के धुएं से अटा था। शहर की कुलीन समाज के सदस्य, खड़े या बैठे हुए, चुनावों की चर्चा कर रहे थे।

"हमारे इलाके के कुलीनों ने उसे चुना है, उसे इज्ज़त बख्शी है," पुलिस-कप्तान कह रहा था। उसे हाल ही में चुना गया था। वह अभी से नशे की हिलोर में था। "उसे कोई हक नहीं था कि अपना फर्ज़ अदा करने में आनाकानी करे, कोई हक नहीं था···"

काउण्ट के अन्दर आ जाने पर बातचीत का सिलसिला टूट गया। हरेक के साथ काउण्ट का परिचय कराया गया। पुलिस-कप्तान ने बड़े तपाक से हाथ मिलाया और बार-बार उसे शाम की पार्टी में शामिल होने का न्योता देने लगा। यह पार्टी नाच के बाद नये शराबघर में होने-वाली थी। "वहां सब लोग जिप्सियों का सहगान सुनेंगे," उसने कहा। काउण्ट ने निमन्त्रण स्वीकार किया और फिर उसके साथ कितने ही गिलास शैम्पेन के पिए।

"मगर साहिबान, आप लोग नाच क्यों नहीं रहे हैं?" काउण्ट ने पढ़नेवाले कमरे में से बाहर निकलते हुए पूछा।

"हमें नाच से क्या लेना-देना?" पुलिस-कप्तान ने हंसते हुए कहा, "हम बोतल को ही बगल में लेकर खुश रहते हैं, काउण्ट। और हां,

काउण्ट, ये सब लड़कियां मेरे देखते ही देखते बड़ी हुई हैं। कभी-कभी तो मैं भी एकोसाएज़ नाच में शामिल हो जाता हूं। अब भी थोड़े-बहुत पैंतरे मार सकता हूं, काउण्ट।"

"तो फिर आओ, अभी नाचें," तुर्बीन ने कहा, "जिप्सियों का गाना सुनने से पहले यहां भी थोड़ा मज़ा ले लें।"

"क्यों नहीं। आओ दोस्तो, और नहीं तो अपने मेज़बान को खुश करने के लिए ही सही।"

तीन लाल-लाल चेहरोंवाले कुलीन उठ खड़े हुए। जब से नाच शुरू हुआ था वे पढ़नेवाले कमरे में बैठे शराब पीते रहे थे। उन्होंने हाथों पर दस्ताने चढ़ाए—एक ने काली खाल के, बाकी दोनों ने सिल्क के बुने हुए। तीनों नाचघर की ओर जाने लगे। परन्तु सहसा, कण्ठ-माला का रोगी युवक वहां आ पहुंचा। उसे देखकर सबके सब रुक गए। युवक के होंठ नीले पड़ गए थे और वह मुश्किल से आंसू रोक पा रहा था। सीधा तुर्बीन के पास जाकर बोला :

"क्या समझते हो तुम अपने-आपको? काउण्ट हो तो क्या हर किसीको धक्के देते फिरोगे? इस जगह को हाट-बाज़ार समझ रखा है?" उसकी सांस फूल रही थी। "यह सरासर बदतमीज़ी है···"

उसके होंठ कांपने लगे और गला रुंध गया।

"क्या है?" तुर्बीन की भवें चढ़ गईं। "क्या कहा, पिल्ले?" तुर्बीन ने चिल्लाकर कहा और युवक के दोनों हाथ पकड़कर इस ज़ोर से दबाए कि उसका चेहरा लाल हो गया—अपमान के कारण इतना नहीं, जितना डर के कारण। "क्या मेरे साथ द्वन्द्वयुद्ध लड़ना चाहते हो? अगर यह बात है तो मैं तैयार हूं।"

तुर्बीन ने उसके हाथ छोड़ दिए। उसी वक्त दो आदमी उस लड़के को बाज़ुओं से पकड़कर कमरे के पीछे दरवाज़े की ओर धकेल ले गए।

"पागल हो गए हो? बहुत पी ली है, क्या? हम तुम्हारे बाप से शिकायत करेंगे। तुम्हें हुआ क्या है?" उन्होंने उससे पूछा।

"मैं पिए हुए नहीं हूं। यह लोगों को धक्के लगाता फिरता है, और माफी तक नहीं मांगता। उल्लू का पट्ठा!" युवक ने बिलख-कर कहा और सचमुच रोने लगा।

उसकी शिकायतों की ओर किसीने कान नहीं दिया, और उसे घर भेज दिया गया।

"इसकी ओर कोई ध्यान न दो, काउंट," पुलिस-कप्तान और ज़वल्शेव्स्की दोनों ने एक साथ कहा। दोनों तुर्बीन को तसल्ली देने के लिए बेकरार थे।

"वह तो बच्चा है, अभी तक उसकी घर में पिटाई होती है। सोलह साल की तो उसकी उम्र है। न मालूम उसपर कौन-सा जनून सवार हो गया। ज़रूर पागल हो गया होगा। उसका पिता बड़ा नेक आदमी है, बड़ी इज़्ज़त है उसकी, चुनावों में हमारा उम्मीदवार था।"

"भाड़ में जाए अगर द्वन्द्वयुद्ध नहीं लड़ना चाहता तो···"

और काउंट फिर नाचनेवाले हॉल में चला गया और बड़े मज़े से फिर उसी नन्ही विधवा के साथ एकोसाएज़ नाच नाचने लगा। जो लोग उसके साथ अध्ययन-कक्ष में से नाचने के लिए आए थे उनका नाच देख-देखकर तुर्बीन को हंसी आने लगी। एक बार पुलिस-कप्तान का पांव फिसला और वह नाचते जोड़ों के बीच धड़ाम से गिर पड़ा। काउंट इतने ज़ोर से ठहाका मारकर हंसा कि सारा हॉल उसकी हंसी से गूंजने लगा।

5

जिस समय काउंट पढ़नेवाले कमरे में गया हुआ था, उस वक्त आन्ना फ्योदोरोव्ना ने सोचा कि उसे काउंट की तरफ बेरुखी बनाए रखनी चाहिए। वह अपने भाई के पास गई और बड़े अनमने ढंग से बोली, "यह तो बताओ, भैया, यह हुस्सार कौन है जो मेरे साथ अभी नाच रहा था?" घुड़सेना का अफसर पूरा ब्योरा देकर बताने लगा कि तुर्बीन बड़ा माना हुआ हुस्सार है। केवल इसलिए नाच पर आया है कि रास्ते में पैसे चोरी हो जाने के कारण उसे शहर में रुक जाना पड़ा। अब उसने खुद काउंट को एक सौ रूबल अपनी जेब से दे रखे हैं, मगर यह बहुत मामूली रकम है। फिर अपनी बहिन से पूछने लगा कि क्या तुम दो सौ रूबल और उधार दे सकती हो? पर इस बारे में किसीसे भी जिक्र नहीं करना, काउंट से तो बिल्कुल ही नहीं। आन्ना फ्योदोरोव्ना ने अपने भाई को वचन दिया कि वह उसी दिन शाम को रुपये भेज देगी; और इसका जिक्र भी किसीसे नहीं करेगी। पर एकोसाएज़ नाच के समय उसके मन में तीव्र इच्छा उठी कि काउंट को वह रकम

खुद दे दे जितनी भी उसे ज़रूरत हो। पर काउंट को अपने मुंह से यह बात कहने के लिए वह काफी देर के बाद साहस बटोर पाई। पहले तो झिझकती-शरमाती रही, पर आखिर, बड़ी कोशिश के बाद उसने बात छेड़ी :

"मेरे भाई ने मुझे बताया है कि रास्ते में आपके साथ कोई दुर्घटना हो गई थी, और अब आपको पैसे की तंगी है। अगर ज़रूरत हो तो मुझसे ले लीजिए। मुझे बड़ी खुशी होगी।"

पर कहते ही आन्ना फ्योदोरोव्ना डर गई और उसका चेहरा लाल हो गया। काउंट का चेहरा भी मुर्झा गया।

"आपका भाई तो जाहिल है," उसने रुखाई के साथ कहा, "आप यह तो जानती हैं, कि अगर कोई आदमी किसी दूसरे आदमी का अपमान करे तो उसे द्वन्द्वयुद्ध की चुनौती दी जाती है। पर अगर कोई औरत किसी मर्द का अपमान करे तो जानती हैं क्या नतीजा होता है?"

शर्म के मारे बेचारी आन्ना फ्योदोरोव्ना का गला और कान जलने लगे। उसने आंखें नीची कर ली और मुंह से एक शब्द भी न निकाल पाई।

"ऐसी औरत को सबके सामने चूम लिया जाता है," काउंट ने झुककर उसके कान में फुसफुसाकर कहा। "इजाज़त हो तो मैं आपका हाथ चूम लूं," उसने बड़ी देर चुप रहने के बाद धीमी आवाज़ में कहा। उसे उस स्त्री की घबराहट को देखकर दया आने लगी थी।

"ओह, मगर इस वक्त तो नहीं," आन्ना फ्योदोरोव्ना ने गहरी सांस खींचकर कहा।

"फिर कब? मैं तो कल सुबह जा रहा हूं। और आप इसकी ऋणी हैं।"

"पर यहां पर मैं इसे कैसे अदा कर सकती हूं?" आन्ना फ्योदोरोव्ना ने मुस्कराकर कहा।

"तो मुझे इजाज़त दीजिए कि मैं आपसे मिल सकूं और आपका हाथ चूमूं। मौका तो मैं खुद ढूंढ़ निकालूंगा।"

"आप कैसे ढूंढ़ निकालेंगे?"

"यह मेरा काम है। आपसे मिलने के लिए मैं कुछ भी करने को तैयार हूं। आपको तो कोई एतराज़ नहीं?"

"नहीं तो।"

एकोसाएज़ समाप्त हुआ। इसके बाद उन्होंने फिर एक बार मज़ुर्का नाच नाचा। काउंट ने वह कौशल दिखाया—कभी उड़ता रूमाल पकड़ता, कभी एक घुटने के बल बैठता और बिल्कुल वारसा के लोगों की तरह दोनों एड़ियां टकराता! जो वयोवृद्ध मेज़ों पर बैठे ताश खेल रहे थे वे भी वहां से उठकर नाच देखने लगे। घुड़सेना के अफसर ने भी अपनी हार मान ली। वह आदमी नृत्यकला में सर्वोत्कृष्ट माना जाता था। इसके बाद भोजन आरम्भ हुआ। लोगों ने अन्तिम बार 'ग्रोस फाटेर' नाच नाचा, और मेहमान विदा होने लगे। सारा वक्त काउंट की आंखें उस नन्ही विधवा पर जमी रहीं। जब उसने कहा था कि वह उसकी खातिर बर्फ में बने सुराख में कूद सकता है तो यह अतिशयोक्ति नहीं थी। यह प्यार हो या सनक, या केवल हठीलापन—इस समय उसकी सभी इच्छाएं एक ही बात पर केन्द्रित थीं कि वह उस स्त्री से मिले और उससे प्यार करे। जब उसने देखा कि अन्ना फ्योदोरोव्ना घर की मालकिन से विदा ले रही है, तो वह भागता हुआ नौकरों के कमरे में गया, वहां से, बिना ओवरकोट लिए सीधा सड़क पर जा पहुंचा जहां मेहमानों की गाड़ियां खड़ी थीं।

"आन्ना फ्योदोरोव्ना जाइत्सेवा की गाड़ी लाओ!" उसने पुकारा। एक बड़ी-सी गाड़ी फाटक की तरफ बढ़ने लगी। उसमें चार आदमियों के बैठने की जगह थी, और लैम्प लगे थे। "रुको!" उसने कोचवान को पुकारा और घुटनों तक बर्फ में भागता हुआ उसकी ओर आया।

"क्या बात है?" कोचवान ने पूछा।

"मुझे गाड़ी में बैठना है," काउंट ने जवाब दिया, और दरवाज़ा खोलकर साथ-साथ भागने लगा। फिर उछलकर गाड़ी में चढ़ने की कोशिश की। "रुको गधे, सूअर?"

"रुक जाओ वास्का!" कोचवान ने पोस्टिलियन को पुकारा और घोड़ों की लगाम खींची। "आप दूसरे आदमी की गाड़ी में क्यों बैठना चाहते हैं, हुज़ूर? यह गाड़ी तो आन्ना फ्योदोरोव्ना की है।"

"चुप रहो, सूअर! यह लो एक रूबल और नीचे उतरकर दरवाज़ा बन्द करो," काउण्ट ने कहा। कोचवान अपनी जगह से नहीं हिला। काउण्ट ने स्वयं सीढ़ी को ऊपर उठाया, खिड़की खोली, और किसी तरह दरवाज़ा बन्द कर लिया। गाड़ी में से बासी गन्ध आ रही

थी, जैसी जले बालों से आती है। ऐसी गन्ध अक्सर पुरानी घोड़ा-गाड़ियों में से आया करती है जिनके गद्दों पर सुनहरी गोट लगी हो। घुटनों तक गीली बर्फ में रहने के कारण काउण्ट की टांगें सुन्न हो रही थीं। वह हल्के से बूट और घुड़सवारी की बिर्जस पहने था। सिर से पांव तक ठिठुर रहा था। कोचवान सीट पर बैठा बड़बड़ा रहा था, लगता जैसे अभी नीचे उतर आएगा। पर काउण्ट ने उसकी ओर कोई ध्यान नहीं दिया। न ही उसे किसी तरह की झेंप हुई। उसका चेहरा तमतमा रहा था और दिल धक-धक कर रहा था। ऐंठी हुई उंगलियों से उसने पीली डोरी को पकड़ लिया और साथवाली खिड़की में से बाहर झांकने लगा। रोम-रोम प्रत्याशित घड़ी का इन्तज़ार कर रहा था। उसे ज़्यादा देर इन्तज़ार नहीं करना पड़ा। फाटक पर किसीने पुकारा, "मदाम ज़ाइत्सेवा की गाड़ी लाओ!" कोचवान ने लगाम झटकी, और गाड़ी बड़ी-बड़ी कमानियों पर झूलती हुई आगे बढ़ी। गाड़ी की खिड़कियों के सामने घर की जगमगाती खिड़कियां झलकने लगीं।

"खबरदार, चोबदार को मेरे बारे में कुछ भी मत कहना, सुन रहे हो, बदमाश?" सामनेवाली छोटी-सी खिड़की में से काउण्ट ने सिर निकालकर कहा। गाड़ियों में यह खिड़की कोचवान से बात करने के लिए रखी जाती है। "अगर कुछ भी कहा तो तुम्हारी खबर लूंगा। और अगर मुंह बन्द रखा तो दस रूबल इनाम दूंगा।"

काउण्ट ने ज़ोर से खिड़की बन्द कर दी। उसी वक्त गाड़ी भी झटके से खड़ी हो गई। काउण्ट कोने में दुबक गया, सांस रोक ली, और आंखें बन्द कर लीं। वह बहुत घबरा रहा था कि कहीं कोई बाधा न खड़ी हो जाए। दरवाज़ा खुला, एक-एक करके सीढ़ी के पटरे उतरे, एक स्त्री के गाउन की सरसराहट सुनाई दी। पहले जहां गाड़ी में बासी गंध व्याप रही थी, अब चमेली की खुशबू का झोंका आया, नन्हे-नन्हे पैरों के सीढ़ियां चढ़ने की आवाज़ आई, और अन्ना फ्योदोरोव्ना अपने क्लोक के पल्ले से काउण्ट की टागों को मानो सहलाते हुए, हांफती हुई बगल की सीट पर बैठ गई।

क्या उसने काउण्ट को देख लिया था? कौन कह सकता है। आन्ना फ्योदोरोव्ना स्वयं भी नहीं कहेगी, पर जब काउण्ट ने उसका बाज़ू पकड़कर धीमे से कहा, "मैं ज़रूर आपका हाथ चूमूंगा," तो वह चौंकी नहीं। उसने कोई जवाब भी नहीं दिया। केवल अपना हाथ उसके हाथ में

ढीला छोड़ दिया। हाथ पर दस्ताना चढ़ा था। काउण्ट ने बाज़ू के ऊपर, जहां दस्ताना नहीं था, बार-बार चूमना शुरू कर दिया। गाड़ी चल दी।

"कुछ तो कहिए। आप नाराज़ तो नहीं हैं?"

आन्ना फ्योदोरोव्ना सकुचाकर कोने में दबक गई। फिर सहसा, बिना किसी प्रत्यक्ष कारण के, उसकी आंखें छलछला आईं और सिर काउण्ट की छाती पर टिक गया।

6

पुलिस-कप्तान—जिसने चुनाव जीता था—और पार्टी के अन्य लोग, नये शराबघर में देर से पी-पिला रहे थे और जिप्सियों का गाना सुन रहे थे। घुड़सेना का अफसर भी उन्हीं में शामिल था। सहसा वहां काउण्ट भी पहुंच गया और आते ही पार्टी में शामिल हो गया। उसने नीली बनात का क्लोक पहन रखा था जिसके नीचे रीछ की खाल का अस्तर लगा था। यह क्लोक आन्ना फ्योदोरोव्ना के स्वर्गीय पति का था।

"आइए हुज़ूर आइए! हम तो आस खो बैठे थे, कि अब आप आएंगे।" एक जिप्सी ने काउण्ट का क्लोक उतरवाते हुए कहा। वह भागकर दरवाज़े के पास जा खड़ा हुआ था। काले बाल, ऐंची आंखें, जब हंसता तो उसके सफेद दांत झिलमिलाने लगते। "लेबेद्यान के बाद आज आपके दर्शन हुए। स्तेशा तो आपके विछोह में मरी जा रही है।"

स्तेशा भी भागती हुई काउण्ट से मिलने आई। जिप्सी लड़की, मानो सांचे में ढली हो—सांवला रंग, चेहरे पर लाली, चमकती, बड़ी-बड़ी, काली आंखें, उनपर लम्बी-लम्बी, घनी पलकें जो लगता आंखों की शोखी में मिठास घोल रही हैं।

"आह, काउंट आ गए! हमारी आंखों का तारा, हमारा नन्हा-सा काउंट, हाय, मैं तो खुशी से मरी जा रही हूं," वह बोली। उसका चेहरा खिल उठा था।

इल्यूश्का भी मिलने के लिए भागता आया। वह भी दिखाना चाहता था कि काउंट के आने पर बड़ा खुश है। बूढ़ी औरतें, प्रौढ़ाएं, युवतियां सभी दौड़-दौड़कर आने लगीं और काउंट को घेरकर खड़ी हो गईं। कुछेक तो उसे अपना सगा-सम्बन्धी मानती थीं, क्योंकि वह उनके बच्चों

का धर्मपिता बना हुआ था। कुछेक ने उसके साथ सलीब अदला-बदली किए थे।

काउंट ने सभी जिप्सी युवतियों के होंठ चूमे। बूढ़ी जिप्सी स्त्रियों और पुरुषों ने उसे कन्धे पर तथा हाथ पर चुम्बन किया। कुलीन पुरुष भी इसे मिलकर बेहद खुश हुए, विशेषकर इसलिए कि नाच-रंग का जोश, अपने शिखर पर पहुंचने के बाद अब ठण्डा पड़ने लगा था। हरेक आदमी थका-थका-सा महसूस कर रहा था, सोचता था कि बस, काफी हो गया, तृप्ति हो गई। शराब अब नसों को उत्तेजित नहीं कर पा रही थी, बल्कि मेदे पर बोझ बनने लगी थी। मेहमान जितना हंसी-मज़ाक कर सकते थे, कर चुके थे और अब एक-दूसरे से ऊब गए थे। सब गीत गाए जा चुके थे। अब उनकी धुनें इनके मस्तिष्क में खलबली और शोर मचा रही थीं। अब भी नये-नये और दिलेराना करतब दिखाए जा रहे थे, पर किसीका भी मन उनमें नहीं लग रहा था। पुलिस-कप्तान बड़े अटपटे ढंग से फर्श पर एक बूढ़ी औरत के पांवों के पास बैठा था।

"शैम्पेन!" वह पांव पटककर चिल्लाया, "काउंट आ गए हैं! शैम्पेन लाओ! मैं एक पूरा हौज़ शैम्पेन से भर दूंगा और उसमें गुस्ल करूंगा। मेरे रईस मेहरबानो! आज मैं ऐसे बड़े-बड़े लोगों की महफिल में हूं! मैं कितना खुशकिस्मत आदमी हूं! स्तेशा, गाओ, 'खुली सड़क' वाला गीत गाओ!"

घुड़सेना का अफसर भी मस्त था, पर उसकी मस्ती का रंग कुछ दूसरा ही था। वह एक कोच के कोने में, ऊंचे कद की एक खूबसूरत जिप्सी लड़की की बगल में बैठा था। वह बार-बार आंखें मिचकाता, और शराब के धुंधलके को दूर करने के लिए सिर झटकता एक ही वाक्य दोहराए जा रहा था—"ल्युबाशा, मेरे साथ भाग चलो।" ल्युबाशा सुन रही थी, और मुस्करा रही थी, मानो उसकी बात उसे बड़ी मनोरंजक और साथ ही साथ, कुछ-कुछ करुणाजनक लग रही हो। किसी-किसी वक्त वह आंख उठाकर ऐंची आंखोंवाले एक आदमी की ओर देखती, जो उसके सामने एक कुर्सी के पीछे खड़ा था। यह उसका पति, साश्का था। इस प्रेमालाप के जवाब में उसने झुककर घुड़सेना के अफसर से धीमी-सी आवाज़ में कहा, "मुझे कुछ रिबन तो ले दो, और एक इत्र की शीशी, पर किसीको बताना मत।"

"हुर्रा!" काउंट के अन्दर आने पर घुड़सेना का अफसर चिल्लाया।

सुन्दर युवक इधर से उधर चहलकदमी कर रहा था। उसकी चाल में अस्वाभाविक-सी दृढ़ता थी, और चेहरे पर चिन्ता की झलक। वह 'हरम-खाने में बगावत' नामक संगीत-रचना में से कोई धुन गुनगुना रहा था।

एक वृद्ध कुटुम्बपति को ये कुलीन लोग बड़ी मिन्नत-समाज करके, जिप्सियों का लालच देकर ले आए थे। उससे कहा था कि आप न गए तो महफिल फीकी रहेगी, आप नहीं जाएंगे तो हम भी नहीं जाएंगे। यहां पहुंचकर वह बुज़ुर्ग एक सोफे पर लेट गया था और अभी तक वहीं पड़ा था। किसीको रत्ती-भर भी उसकी परवाह न थी। एक सरकारी कर्मचारी अपना फ्रॉक-कोट उतारकर, एक मेज़ के ऊपर टांगें चढ़ाए बैठा था और बार-बार अपने बालों को बिगाड़ रहा था, यह दिखाने के लिए कि उससे बड़ा लफंगा कोई नहीं है। काउंट के अन्दर आने पर, इसने कमीज़ का कॉलर खोल दिया और मेज़ पर और भी फैलकर बैठ गया। किस्सा यह क काउंट के आ जाने से पार्टी में फिर जान आ गई।

जिप्सी लड़कियां पहले कमरे में इधर-उधर घूम रही थीं, अब चक्कर बनाकर बैठ गईं। काउंट ने स्तेशा को घुटनों पर बिठा लिया और शैम्पेन का आर्डर दे दिया। स्तेशा जिप्सी-मण्डली में अकेली गाती थी।

इल्यूश्का ने गिटार उठाई और सामने बैठ गया, और स्तेशा को 'प्ल्यास्का' गाने का इशारा किया। 'प्ल्यास्का' जिप्सियों की एक संगीत-रचना है जिसमें बहुत-से गाने एक विशेष क्रम से गाए जाते हैं। गानों के बोल हैं: 'जब कभी सड़क पर चलता हूं,' 'ऐ हस्सारो!' 'सुनो और समझो' आदि। स्तेशा खूब गाती थी। उसकी भरपूर, गहरी आवाज़ में बड़ी लोच थी। लगता, न जाने किन गहराइयों से आवाज़ निकल रही है। होंठों पर लुभावनी मुस्कान, चंचल, कटीली नज़रे, गाने के साथ-साथ वह फर्श पर नन्हे-नन्हे पैरों से थाप देती जाती। हर बार, सहगान से पहले, हल्की-हल्की, भरभरी चीखें मारती। सुननेवालों के दिल के तार बज उठते। बेसुध होकर गाती थी। इल्यूश्का गिटार पर संगत कर रहा था। गीत के साथ उसका तन-मन एकरस हो रहा था। उसकी पीठ हिल रही थी, पांव फर्श पर थाप दे रहे थे, होंठों पर मुस्कान खेल रही थी। गीत की लय के साथ-साथ उसका सिर झूम रहा था। आंखें स्तेशा के चेहरे पर गड़ी थीं। उसकी एकाग्रता और तन्मयता को देखकर लगता था पहली बार उसका गीत सुन रहा हो। गीत के अन्तिम स्वर

शान्त हुए। इल्यूश्का सहसा तनकर खड़ा हो गया, मानो दुनिया में वह अपने बराबर किसीको न समझता हो। जान-बूझकर, बड़े गर्व से उसने गिटार को घुटने पर झटका। गिटार घूमती हुई हवा में उछली। फिर वह स्वयं एड़ियों से फर्श पर टंकार देने लगा, बाल झटककर पीछे को हटाए और भौंहें चढ़ाए सहगान-मंडली की ओर देखा। इसके बाद वह नाचने लगा। उसका अंग-अंग थिरक उठा। बीस आदमी, ज़ोरदार ऊंची आवाज़ में, एक साथ गाने लगे। लगता जैसे सभी एक-दूसरे से होड़ ले रहे हों और अदाकारी में अपनी मौलिकता तथा विशेषता दिखाना चाहते हों। बूढ़ी स्त्रियां अपनी जगह पर ही बैठी-बैठी, रूमाल हिला-हिलाकर हंसने और हल्के-हल्के थिरकने लगीं, और गीत की लय के साथ-साथ चिल्ला-चिल्लाकर एक-दूसरी से होड़ लेने लगीं। मर्द उठ-कर अपनी कुर्सियों के पीछे खड़े हो गए और गहरी, गंभीर आवाज़ में गाने लगे। उनके सिर एक ओर को झुके थे और गलों की नसें फूल रही थीं।

जब भी स्तेशा का स्वर ऊंचा उठता, इल्युश्का अपनी गिटार को उसके चेहरे के नज़दीक ले जाता, मानो उसकी मदद करना चाहता हो। सुन्दर युवक पागलों की तरह चिल्लाने लगता कि सुनो, अब स्तेशा पंचम स्वर में गाएगी।

जब नाच की धुन बजने लगी तो दुन्याशा सामने आ गई, और कंधे और उरोज हिलाती हुई काउंट के सामने नाचने और चक्कर लगाने लगी। फिर जैसे तैरती हुई कमरे के ऐन बीचोंबीच जा पहुंची। इसपर तुर्बीन उछलकर खड़ा हो गया, जैकेट उतार डाली —अब वह केवल एक लाल कमीज़ पहने था—और उसके साथ मिलकर नाचने लगा। उसने टांगों के वे करतब दिखाए कि जिप्सी एक-दूसरे की ओर देखकर मुस्क-राने लगे और उसके नृत्य-कौशल पर 'वाह-वाह' करने लगे।

पुलिस-कप्तान एक तुर्क की तरह उकड़ूं बैठा था। अपनी छाती पर घूंसा मारते हुए बोला, "वाह वा!" और काउण्ट की टांगों के साथ चिपटकर अपना भेद बताने लगा कि मैं जब वहां आया था तो मेरे पास पूरे दो हज़ार रूबल थे और उनमें से अब केवल पांच सौ बच रहे हैं, मगर कोई परवाह नहीं, मैं इन पैसों के साथ जो चाहूंगा करूंगा, बस सिर्फ तुम्हारी इजाज़त चाहिए। वृद्ध कुटुम्बपति उठ बैठा और घर जाने लगा, मगर उसे किसीने नहीं जाने दिया। सुन्दर युवक ने एक जिप्सी

लड़की को बड़ी मिन्नत-समाजत के बाद अपने साथ नाचने के लिए राज़ी कर लिया। घुड़सेना का अफसर, यह दिखाने के लिए कि वह काउंट का गहरा मित्र है, अपने कोने में से निकल आया और अपनी बांहें उसके गले में डाल दीं।

"आह दोस्त!" वह बोला, "तुम आखिर हमें छोड़कर चले क्यों गए थे?" काउण्ट ने कोई उत्तर न दिया। ज़ाहिर था कि वह कुछ और ही सोच रहा था। "तुम कहां चले गए थे? तुम बड़े दुष्ट हो! मैं जानता हूं तुम कहां गए थे।"

किसी कारण तुर्बीन को यह घनिष्ठता अच्छी नहीं लगी। बिना मुस्कराए और बिना कुछ कहे उसने घुड़सेना के अफसर को घृणा से घूरकर देखा और फिर एक साथ ही इतनी अश्लील और भद्दी गालियां देने लगा कि वह सकते में आ गया और समझ नहीं पाया कि उसे मज़ाक समझे या क्या। आखिर वह खिसियाकर मुस्कराता हुआ वापस अपनी जिप्सी लड़की के पास लौट गया और उसे आश्वासन देने लगा कि मैं ज़रूर ईस्टर के बाद तुम्हारे साथ ब्याह कर लूंगा। सारी मंडली ने मिलकर एक और गीत गाया, इसके बाद एक और। फिर नाच शुरू हुआ। एक-दूसरे के सम्मान में गीत गाए गए। सभी यह समझ रहे थे कि हम बहुत ही आनन्द लूट रहे हैं। शैम्पेन की नदी बह रही थी। काउंट ने भी बहुत शराब पी। उसकी आंखों में नमी आ गई मगर वह लड़खड़ाया नहीं; बल्कि पहले से भी बढ़िया नाचने लगा। जब भी किसीसे बात करता तो स्थिर आवाज़ में। जब जिप्सी सहगान गाने लगे तो वह भी उनमें शामिल हो गया, और जब स्तेशा 'प्रेम-पंखों की उड़ान' वाला गीत गाने लगी तो काउण्ट भी सुर में सुर मिलाकर साथ-साथ गाने लगा। गीत अभी चल ही रहा था कि शराबघर का मालिक आया और मेहमानों से घर जाने का आग्रह करने लगा। सुबह के तीन बजा चाहते थे।

काउण्ट ने उसकी गरदन पीछे से पकड़ ली और उसे पालथी मार-कर नाचने को कहा। उसने नाचने से इन्कार कर दिया। काउण्ट ने शैम्पेन की एक बोतल उठाई, शराबघर के मालिक को सिर के बल खड़ा कर दिया और दूसरे लोगों से कहा कि उसे पकड़े रखें। फिर सारी की सारी बोतल उसपर उंडेल दी। लोग सारा वक्त हंसते रहे।

पौ फट रही थी। सिवाय काउण्ट के, सभी लोगों के चेहरे ज़र्द और

थके हुए थे।

"मास्को जाने का वक्त हो गया है," उसने सहसा कहा और उठ खड़ा हुआ, "मेरे साथ होटल तक चलिए, साहिबान, और मुझे विदा कीजिए, और आइए, वहां एक साथ चाय पिएंगे।"

सभी तैयार हो गए, सिवाय उस वृद्ध कुटुम्बपति के जो अब सो रहा था। उसे वहीं छोड़ दिया गया। सबके सब दरवाज़े पर खड़ी तीन बर्फगाड़ियों में जैसे-तैसे घुसकर बैठ गए, और होटल के लिए रवाना हो गए।

7

"घोड़े जोत दो!" जिप्सियों तथा अन्य मेहमानों के साथ होटल के हॉल में कदम रखते हुए काउंट ने चिल्लाकर कहा। "साशा!—जिप्सी साशा नहीं, मेरा साशा—घोड़ों के कारिन्दे को जाकर कह दो कि अगर उसने खराब घोड़े दिए तो मैं उसकी खाल उधेड़ दूंगा। और हमारे लिए चाय लाओ! ज़वल्शेव्स्की, तुम चाय का इन्तज़ाम करो, और मैं चलकर देखता हूं कि इल्यीन का काम कैसे चल रहा है।" यह कहकर तुर्बीन बाहर बरामदे में निकल आया और उल्हन के कमरे की ओर चल दिया।

इल्यीन अभी-अभी खेलकर हटा था। अपनी सारी रकम, आखिरी कोपेक तक हार चुका था और अब सोफे पर लेटा था। सोफे में घोड़े के बाल भरे थे और वह जगह-जगह से फटा हुआ था। इल्यीन एक-एक करके घोड़े के बाल सोफे में से खींचकर निकालता, उन्हें मुंह में डालता, दांतों से काटता और थूक देता। एक मेज़ पर, जहां ताश के पत्ते बिखरे पड़े थे, दो मोमबत्तियां जल रही थीं। एक तो लगभग नीचे कागज़ तक जल चुकी थी। उनकी क्षीण रोशनी सुबह के उजाले से संघर्ष कर रही थी जो खिड़की में से आ रहा था। उस समय उल्हन के मन में कोई भी विचार न था। उसकी सभी मानसिक शक्तियां जुए की उत्तेजना के कारण धूमिल हो रही थीं। उसे पछतावा तक न हो रहा था। एक वक्त उसने यह ज़रूर सोचने की कोशिश की थी कि अब मैं क्या करूंगा। एक कोपेक भी मेरे पास नहीं है, मैं इस जगह से कैसे जाऊंगा, फौज के पन्द्रह हज़ार रूबल कैसे लौटाऊंगा, फौज का कमाण्डर क्या कहेगा, मेरी मां क्या कहेगी, मेरे साथी क्या कहेंगे—और सहसा अपने प्रति

घृणा और डर ने उसे जकड़ लिया। मन में से इन बातों को हटाने के लिए वह सोफे पर से उठ खड़ा हुआ और कमरे में टहलने लगा। टहलते हुए वह बड़े ध्यान से फर्श में लगी लकड़ी के जोड़ों पर कदम रखता। मन ही मन एक बार फिर उसे वे सभी दांव एक-एक करके याद आने लगे जो उसने खेले थे। छोटी से छोटी तफसील याद आई। उसे याद आया कि वह एक बार बिलकुल जीतने लगा था—उसने एक नहला उठाया था और हुकुम के बादशाह पर दो हज़ार रूबल लगाए थे : दाईं तरफ—बेगम, बाईं तरफ—इक्का, दाईं तरफ—ईंट का बादशाह, और—वह सब कुछ हार गया था। अगर छक्का दाईं तरफ होता और ईंट का बादशाह बाईं तरफ तो वह अपनी सारी की सारी रकम जीत लेता और इस रकम पर दांव लगाकर पन्द्रह हज़ार रूबल ऊपर से और साफ जीत लेता। तब वह अपनी फौज के कमाण्डर से एक सवारी घोड़ा खरीद लेता, और एक फिटन गाड़ी और घोड़ों की जोड़ी अलग। और क्या? उफ! कमाल हो जाता, सचमुच कमाल हो जाता!

वह फिर एक बार सोफे पर लेट गया और घोड़े के बाल चबाने लगा।

'सात नम्बर कमरे में गा क्यों रहे हैं?' उसने सोचा। 'ज़रूर तुर्बीन कोई दावत दे रहा होगा। शायद मुझे भी उनके साथ शामिल होना चाहिए और खूब पीनी चाहिए।"

ऐन उसी वक्त काउंट कमरे में दाखिल हुआ।

"कहो, सब पैसे साफ हो गए कि नहीं?" उसने पूछा।

'मैं सोने का बहाना करूंगा,' इल्यीन ने सोचा, 'नहीं तो मुझे बातें करनी पड़ेंगी, और मैं बहुत थका हुआ हूं।'

पर तुर्बीन उसके पास चला आया और उसके बाल सहलाने लगा।

"तो सब सफाया हो गया, क्यों? सब कुछ हार गए? क्या बात है?"

इल्यीन ने कोई जवाब न दिया।

काउंट ने उसकी आस्तीन खींची।

"हां, मैं हार गया हूं। तुम्हें इससे क्या?" इल्यीन ने शिथिल-सी आवाज़ में कहा जिससे क्रोध और उपेक्षा का भाव झलकता था। उसने करवट तक नहीं बदली।

"क्या सब कुछ?"

"हां, सब कुछ। तो क्या हुआ? तुम्हें इससे क्या?"

"सुनो, मुझे अपना दोस्त समझकर सच-सच बता दो," काउंट ने कहा। शराब के नशे में उसकी कोमल भावनाएं जाग उठी थीं। वह अब भी युवक के बाल सहलाए जा रहा था। "मैं तुमसे सचमुच प्यार करने लगा हूं। मुझे सच-सच बताओ, अगर तुम फौज का पैसा हार बैठे हो तो मैं तुम्हारी मदद करूंगा। मुझे अभी बतला दो, यह न हो कि मौका हाथ से निकल जाए। क्या वह फौज का पैसा था?"

इल्यीन सोफे पर से उछलकर खड़ा हो गया।

"अगर तुम सचमुच चाहते हो कि मैं तुम्हे बता दूं तो मेरे साथ इस तरह बातें मत करो जैसे कि···जैसे कि···तुम मेरे साथ बात मत करो···मेरे सामने अब एक ही रास्ता रह गया है कि अपने को गोली का निशाना बना लूं," गहरी निराश आवाज़ में उसने कहा, और दोनों हाथों से सिर पकड़कर बैठ गया और फूट-फूटकर रोने लगा, हालांकि घड़ी-भर पहले वह एक सवारी घोड़ा खरीदने के स्वप्न देख रहा था।

"वाह, तुम तो लड़कियों से भी गए-बीते हो। हम सबपर यह बीत चुकी है। अभी भी कुछ न कुछ हो सकता है, मामला सुधर सकता है। तुम यहां मेरा इन्तज़ार करो।"

काउंट बाहर चला गया।

"जमींदार लुखनोव किस कमरे में ठहरा हुआ है?" उसने प्यादे से पूछा।

प्यादा उसे कमरा दिखाने के लिए साथ हो लिया। लुखनोव के नौकर ने बार-बार यह कहकर रोकने की कोशिश की कि मालिक अभी-अभी अन्दर गए हैं और अभी कपड़े उतार रहे होंगे। लेकिन काउंट सीधा कमरे में घुस गया। लुखनोव ड्रेसिंग गाउन पहने मेज़ के सामने बैठा नोट गिन रहा था। नोटों के पुलिन्दे सामने पड़े थे। मेज़ पर राईन शराब की एक बोतल भी थी। यह शराब उसे सबसे अधिक पसन्द थी। इतने पैसे जीतने के बाद आज उसने अपने को थोड़ा-सा ऐश करने की इजाज़त दे रखी थी। लुखनोव ने चश्मे से काउंट की तरफ तीखी और उपेक्षापूर्ण नज़र से देखा मानो वह उसे जानता ही न हो।

"लगता है आपने मुझे पहचाना नहीं," काउंट ने बड़ी दृढ़ता से सीधे मेज़ के पास जाकर कहा।

लुखनोव ने काउंट को पहचान लिया और बोला :

"मैं आपकी क्या सेवा कर सकता हूं?"

"मैं आपके साथ खेलना चाहता हूं," सोफे पर बैठते हुए तुर्बीन ने कहा।

"क्या इस वक्त?"

"हां।"

"किसी दूसरे वक्त मैं बड़ी खुशी से आपके साथ खेलूंगा, काउंट, मगर इस वक्त मैं थका हुआ हूं और सोना चाहता हूं। क्या आप थोड़ी शराब पिएंगे? बहुत बढ़िया शराब है।"

"मैं इसी वक्त खेलना चाहता हूं।"

"आज रात को और खेलने का मेरा कोई इरादा नहीं। शायद और कुछ लोग आपसे खेलना चाहेंगे। मैं नहीं खेल सकूंगा, काउंट, आशा है आप मुझे माफ करेंगे।"

"तो क्या आप नहीं खेलेंगे?"

लुखनोव ने धीरे से कन्धे बिचका दिए मानो काउंट की इच्छा पूरी न करने पर खेद प्रकट कर रहा हो।

"किसी हालत में भी नहीं खेलेंगे?"

उसने फिर कन्धे बिचकाए।

"मैं बड़ी संजीदगी से आपसे पूछ रहा हूं। आप खेलेंगे या नहीं?"

लुखनोव चुप रहा।

"खेलेंगे या नहीं?" काउंट ने फिर कहा, "अच्छी तरह सोच लीजिए।"

लुखनोव फिर भी चुप रहा, और अपनी ऐनक के शीशों के ऊपर से काउंट के चेहरे की ओर देखने लगा। काउंट के चेहरे पर एक छाया-सी घिरती आ रही थी।

"खेलेंगे या नहीं?" काउंट ने ज़ोर से चिल्लाकर कहा, और मेज़ पर इतने ज़ोर का घूंसा मारा कि शराब की बोतल नीचे जा गिरी और शराब फर्श पर बहने लगी। "आप जानते हैं कि आपने धोखा देकर पैसे जीते हैं! आप खेलेंगे या नहीं? मैं आखिरी बार आपसे पूछ रहा हूं।"

"मैंने कह दिया है कि मैं नहीं खेलूंगा। आपका रवैया बड़ा अजीब है, काउंट। शरीफ लोग यों अन्दर नहीं घुस आते और तलवार की नोक पर धमकियां नहीं देने लगते।"

इस बीच थोड़ा-सा विराम आया जब काउंट का चेहरा अधिकाधिक सफेद पड़ता गया। सहसा लुखनोव के सिर पर एक इतने ज़ोर का घूंसा पड़ा कि वह सुन्न हो गया और सोफे पर गिर पड़ा। उसने नोटों का पुलिन्दा पकड़ने की कोशिश की, फिर बड़े ज़ोर से चिल्ला उठा। उम्मीद नहीं हो सकती थी कि उस जैसा शान्त और गम्भीर आदमी इतना ऊंचा चिल्लाने लगेगा। तुर्बीन ने पैसे मेज़ पर से उठा लिए, नौकर को धक्का देकर रास्ते में से हटाया, जो अपने मालिक की चीख सुनकर भागा हुआ अन्दर आया था, और दरवाज़े की ओर लपका।

"अगर आप द्वन्द्व युद्ध लड़ना चाहते हैं तो मुझे मंज़ूर है। मैं और आधे घण्टे तक अपने कमरे में रहूंगा," काउंट ने दरवाज़े पर पहुंचकर कहा।

"चोर! दगाबाज़!' कमरे के अन्दर से आवाज़ आई, "मैं तुम्हें कैद करवा दूंगा!"

इल्यीन अब भी निराश, सोफे पर लेटा हुआ था। रह-रहकर उसका गला रुंध जाता। उसे काउंट के वचन पर विश्वास नहीं था कि वह मामले को ठीक कर देगा। पहले उसके मन पर एक धुंधलका-सा छाया हुआ था और तरह-तरह के विचार चक्कर काट रहे थे। परन्तु काउंट के सहानुभूतिपूर्ण शब्दों ने उसके दिल पर गहरा असर किया था और उसे अपनी दुःस्थिति का बोध होने लगा था। यह विचार भी उसके मन में घूम रहा था कि उसका यौवन जिससे लोगों को इतनी आशाएं थीं, उसका आत्मसम्मान, उसके साथियों का उसके प्रति आदर-भाव, प्रेम और मैत्री के स्वप्न—सव सदा के लिए धूल में मिल गए हैं। आंसुओं का सोता अब सूखता जा रहा था और उसके स्थान पर गहरी निराशा छा रही थी, और आत्महत्या के विचार, अधिकाधिक दृढ़ता के साथ उसके मन में उठ रहे थे। आत्महत्या के प्रति घृणा और डर का भाव अब नहीं उठता था। ऐन इसी वक्त उसे काउंट के पांवों की आहट सुनाई दी।

काउंट के चेहरे पर अब भी क्रोध के चिह्न थे, उसके हाथ अब भी कुछ-कुछ कांप रहे थे। पर उसकी आंखें प्रसन्नता तथा आत्मसन्तोष से चमक रही थीं।

"लो, मैं सब जीत लाया हूं!" उसने कहा और मेज़ पर नोटों का पुलिन्दा फेंक दिया, "इन्हें गिनकर देख लो कि रकम पूरी है या नहीं।

और जल्दी से हॉल में पहुंचो, मैं जा रहा हूं, वह बोला, और बिना यह दिखाए कि उसने उल्हन के चेहरे पर कृतज्ञता और खुशी का भाव देख लिया है, वह कोई जिप्सी धुन गुनगुनाता हुआ कमरे में से बाहर निकल गया।

8

साशा, कमरबन्द कसे, अन्दर आया और सूचना दी कि घोड़े तैयार हैं। फिर काउण्ट से कहने लगा कि मेहरबानी करके अपना बड़ा ओवरकोट वापस मंगवा लीजिए। उसकी कीमत तीन सौ रूबल से कम नहीं। फर का तो उसपर कॉलर लगा है। और उस बदमाश को उसका नीला चोगा वापस भेजें। कैसा मनहूस चोगा उसने मार्शल के घर आपको दिया है। पर तुर्बीन ने जवाब दिया कि ओवरकोट लेने की कोई ज़रूरत नहीं, और अपने कमरे में कपड़े बदलने के लिए चला गया।

घुड़सेना का अफसर जिप्सी लड़की के पास चुपचाप बैठा बराबर हिचकियां ले रहा था। पुलिस-कप्तान ने वोद्का का आर्डर दिया और सब लोगों को निमन्त्रण दिया कि उसके घर चलकर नाश्ता करें। कहने लगा, "मैं वादा करता हूं कि मेरी पत्नी ज़रूर जिप्पिसियों के साथ नाचेगी।" सुन्दर युवक बड़ी संजीदगी से इल्यूश्का को समझाने की कोशिश कर रहा था कि पियानो ज़्यादा जानदार साज़ है, और गिटार पर 'अ' फ्लैट नहीं बज सकती। सरकारी कर्मचारी एक कोने में बैठा चाय पी रहा था, और चूंकि अब दिन चढ़ आया था, अपने भ्रष्टाचार पर लज्जित जान पड़ता था। जिप्सी अपनी भाषा में एक-दूसरे के साथ झगड़ रहे थे, और ज़िद कर रहे थे कि रईसों के सम्मान में एक गीत और गाएं, मगर स्तेशा आपत्ति कर रही थी कि 'बड़ोराय' (मतलब 'काउण्ट' या 'राजकुमार,' ठीक-ठीक अर्थ में 'बड़ा रईस') नाराज़ होंगे। किस्सा यह कि नाचरंग की टिमटिमाती लौ भी बुझने को थी।

"बस, आखिरी बार विदाई का गीत और सब अपने-अपने घर जाओ," सफरी पोशाक पहने काउण्ट ने कमरे में कदम रखते हुए कहा। वह पहले से भी ज़्यादा ताज़ादम, खूबसूरत और खुश लग रहा था।

जिप्सी आखिरी गीत गाने के लिए वृत्त बनाकर खड़े हो गए। उसी वक्त इल्यीन हाथों में नोटों का पुलिन्दा पकड़े अन्दर आया और

काउण्ट को एक तरफ ले गया।

"मेरे पास फौज के सिर्फ पन्द्रह हज़ार रूबल थे और तुमने मुझे सोलह हज़ार तीन सौ रूबल दे दिए हैं," उसने कहा, "यह बाकी रुपया तुम्हारा है।"

"खूब! तो लाओ दे दो!"

इल्यीन ने पैसे दे दिए। फिर शर्माकर काउण्ट की तरफ देखा और कुछ कहने को हुआ, मगर मुंह से बोल नहीं निकले और वह खड़ा शर्माता रहा, यहां तक कि उसकी आंखों में आंसू आ गए, और काउण्ट का हाथ अपने हाथ में लेकर ज़ोर से दबाने लगा।

"अब तुम जाओ! और इल्यूश्का, सुनो! यह लो कुछ पैसे। तुम लोग गाते हुए मुझे शहर के फाटक तक छोड़ आओ," और उसने एक हज़ार तीन सौ रूबल जो इल्यीन ने उसे दिए थे, जिप्सी की गिटार पर फेंक दिए। मगर एक सौ रूबल जो उसने पिछली रात घुड़सेना के अफसर से उधार लिए थे, उन्हें लौटाने का ख्याल उसे नहीं आया।

सुबह के दस बज रहे थे। सूरज मकानों की छतों के ऊपर चढ़ आया था, सड़कों पर लोगों की चहल-पहल शुरू हो गई थी। दूकानदारों ने कब से दूकानों के दरवाज़े खोल दिए थे। कुलीन लोग और सरकारी कर्मचारी गाड़ियों में इधर-उधर आ-जा रहे थे। स्त्रियां एक दुकान से दूसरी दूकान पर चहलकदमी करती हुई जा रही थीं। जिप्सियों की टोली, पुलिस-कप्तान, घुड़सेना का अफसर, सुन्दर युवक, इल्यीन और रीछ की खाल के अस्तरवाला नीला चोगा पहने काउंट बाहर होटल की सीढ़ियों पर आकर खड़े हो गए। धूप खिल रही थी और बर्फ पिघल रही थी। तीन बर्फगाड़ियां होटल के दरवाज़े पर आकर खड़ी हो गईं। एक-एक के साथ तीन-तीन घोड़े जुते थे और घोड़ों की पूंछे दोहरी करके बांध दी गई थीं। सारी की सारी पार्टी हंसी-मज़ाक करती हुई उनपर सवार हो गई। पहली गाड़ी में काउंट, इल्यीन, स्तेशा, इल्यूश्का और काउंट का नौकर साशा बैठ गए। काउंट का कुत्ता ब्लूहर बेहद उत्तेजित था। वह दुम हिलाता हुआ आया और बीचवाले घोड़े पर भूंकने लगा। जिप्सी और अन्य लोग दूसरी गाड़ियों में बैठ गए। ज्यों ही वे होटल से निकले गाड़ियां एक-दूसरी के पीछे आ गईं, और जिप्सी एक स्वर में गाने लगे।

गीतों की गूंज और छोटी-छोटी घण्टियों की टुनटुन के बीच वह

मण्डली सारा शहर लांघती हुई बाहर शहर के फाटक तक जा पहुंची। रास्ते में जो भी गाड़ी आई उसे मजबूर होकर, एक तरफ़, पटरी पर चढ़ जाना पड़ा।

दूकानदार और पैदल जानेवाले सभी लोग, विशेषकर वे लोग जो उनसे परिचित थे, सब हैरान थे कि ये शरीफ घरानों के आदमी, दिन-दहाड़े, शराब के नशे में चूर गाती हुई जिप्सी लड़कियों और जिप्सी मर्दों को साथ लिए, शहर की सड़कों पर कैसे घूम रहे हैं।

शहर के फाटक में से निकलकर बर्फगाड़ियां रुक गईं। हरेक ने बारी-बारी काउंट से विदा ली।

इल्यीन ने चलने से पहले बहुत शराब पी ली थी, और खुद लगाम हाथ में लिया था। वह सहसा उदास हो गया, और काउंट से एक दिन और रुक जाने के लिए बार-बार इसरार करने लगा। जब वह समझ गया कि यह नामुमकिन है तो रोते हुए अपने नये दोस्त के गले लगकर कसमें खाने लगा कि मैं अपनी फौज में वापस लौटते ही अर्ज़ी कर दूंगा कि मेरा तबादला तुर्बीन की हुस्सार फौज में कर दिया जाए। काउंट खास तौर पर बड़े जोश में था। उसने घुड़सेना के अफसर को सड़क के किनारे लगे बर्फ के ढेर पर पटक दिया। वह सुबह से काउंट के साथ घनिष्ठता बढ़ाने की कोशिश कर रहा था। पुलिस-कप्तान पर काउंट ने अपना कुत्ता छोड़ दिया। स्तेशा को बांहों में उठा लिया और धमकी देने लगा कि कि मैं तुम्हें ज़बर्दस्ती मास्को ले जाऊंगा। आखिर वह कूद-कर बर्फ़गाड़ी पर चढ़ गया और ब्लूहर को अपने साथ बिठा लिया, हालांकि ब्लूहर को खड़े रहना पसन्द था। साशा ने फिर एक बार घुड़-सेना के अफसर से आग्रह किया कि काउंट के बड़े ओवरकोट का पता लगाकर ज़रूर भेज देना, फिर कोचवान की सीट पर जाकर बैठ गया। काउंट ने टोपी उतारी और हवा में हिलाते हुए बोला, "लो, हम चले!" और कोचवान की तरह घोड़ों को चटकारा। तीनों बर्फगाड़ियां अलग-अलग दिशाओं में चल दीं।

बर्फ से ढकी घाटी दूर तक फैली थी, और उदास लग रही थी। उसके बीचोंबीच सड़क, बल खाती हुई, मैले फीते की तरह चली गई थी। धूप, पिघलती बर्फ के ऊपर की सख्त पपड़ी पर ज़ोरों से चमक रही थी, और पीठ और चेहरे पर सुखद गरमाहट का भास होता था। घोड़ों

की पीठ पसीने से तर हो रही थी और उनपर से भाप उड़ने लगी थी। बर्फगाड़ी की घण्टियां टुनटुना रही थीं। एक किसान सामान से लदी स्लेज़ के साथ-साथ भागा जा रहा था। लगाम की जगह उसने रस्सियां बांध रखी थीं। सहसा वह रस्सियां खींचने लगा ताकि काउण्ट की बर्फ-गाड़ी बेरोक निकल जाए। ऐसा करते हुए, सड़क पर खड़े पानी में उसके छाल के जूते भीग गए। एक और बर्फगाड़ी पर मोटी-सी किसान औरत बैठी थी। दमकता लाल चेहरा, उसने भेड़ की खाल का कोई पहन रखा था और उसी में अपने छोटे-से बच्चे को भी रखे हुए थी। वह लगाम के सिरे से घोड़े को बार-बार पीट रही थी। सफेद रंग का घोड़ा बड़ी धीमी रफ्तार से चल रहा था। सहसा काउण्ट को आन्ना फ्योदो-रोव्ना की याद आई।

"वापस चलो!" उसने चिल्लाकर कहा।

कोचवान नहीं समझा।

"गाड़ी मोड़ो, वापस शहर को चलो! फौरन!"

बर्फगाड़ी फिर शहर के फाटक में से अन्दर दाखिल हुई, और तेज़ी से मदान ज़ाइत्सेवा के घर के सामने जा खड़ी हुई। काउण्ट उतरा और भागता हुआ लकड़ी की सीढ़ियां चढ़ गया और बड़े-बड़े डग भरता हुआ ड्योढ़ी और बैठक लांघ गया। उसने देखा कि नन्ही विधवा अभी तक बिस्तर में है। लपककर उसने उसे बांहों में भर लिया, फिर ऊपर उठाया, उसकी उनींदी आंखों को चूमा और बाहर भाग गया। आन्ना फ्योदोरोव्ना उस समय औंघा-नींदी में थी। वह केवल अपने होंठों पर ज़बान ही फेर पाई और इतना भर गुनगुनाई, "हुआ क्या है?"

काउण्ट कूदकर बर्फगाड़ी पर चढ़ गया, कोचवान को पुकारा, और बिना रुके, या लुखनोव या नन्हीं विधवा या स्तेशा के बारे में तनिक भी सोचे, सदा के लिए क॰ नगर से चला गया। उस वक्त वह केवल मास्को के बारे में सोच रहा था कि वहां क्या होनेवाला है।

9

बीस वर्ष बीत चुके हैं। तब से अब तक बहुत-सी घटनाएं घट चुकी हैं। बहुत-से लोग मर-खप गए हैं, कइयों ने जन्म लिया है, कई बड़े हुए हैं, या बुढ़ा गए हैं, संख्या के नाते व्यक्तियों से भी अधिक विचार पैदा हुए

हैं और मर गए हैं। उन गए दिनों का बहुत कुछ बुरा और बहुत कुछ अच्छा खत्म हो गया है, कई नई अच्छी बातें पनपी हैं और इनसे भी अधिक कई नई बुराइयां पैदा हो गई हैं।

काउण्ट फ्योदोरोव्ना तुर्बीन को मरे कितने ही बरस बीत चुके हैं। वह एक द्वन्द्वयुद्ध में एक परदेसी के हाथों मारा गया था। उसे उसने सड़क पर चाबुक की मूठ से पीटा था। काउण्ट तुर्बीन का बेटा बिल्कुल अपने बाप की तस्वीर है। वह तेईस वर्ष का खूबसूरत जवान है और घुड़सेना में अफसर है। पर स्वभाव में छोटा तुर्बीन अपने बाप से बिल्कुल भिन्न है। उसमें पिछली पीढ़ी के लोगों के विशेष गुण, उनका अल्हड़-पन, उनकी मस्ती, और साफ-साफ कहें तो उनकी विलासिता लेशमात्र भी नहीं है। कुशाग्रबुद्धि है, सुशिक्षित है, प्रतिभासम्पन्न है। इन गुणों के अलावा उसमें कुछेक विशिष्ट गुण हैं—शिष्टता और आराम की ज़िन्दगी से मोह, लोगों और परिस्थितियों को व्यावहारिक स्तर पर समझना और जीवन के प्रति एक सतर्क विवेकशील दृष्टिकोण। नौकरी में छोटे काउण्ट ने बड़ी जल्दी तरक्की की है। तेईस साल की ही उम्र में वह लेफ्टिनेण्ट बन गया है। जिन दिनों फौजी मुहिम शुरू हुई उसने निश्चय कर लिया कि मोर्चे पर जाने से उसे फौज में तरक्की जल्दी मिलेगी। इसलिए उसने अपना तबादला हुस्सारों की फौज में करवा लिया। यहां वह कप्तान के पद पर काम करता रहा। फिर जल्दी ही उसे एक सैनिक टुकड़ी की कमान दी गई।

सन् 1848 के मई महीने में हुस्सारों की स० फौज क० के इलाके में से गुजर रही थी। छोटे काउंट तुर्बीन की सैनिक टुकड़ी को मोरो-ज़ोव्का गांव में रात बिताती थी। आन्ना फ्योदोरोव्ना इस गांव की मालकिन थी। आन्ना फ्योदोरोव्ना अब भी जीवित थी, और उम्र में बड़ी हो चुकी थी, यहां तक कि उसने अपने को अब जवान समझना छोड़ दिया था। इस तथ्य का भास स्त्रियों को सचमुच ही बड़ी देर के बाद होता है। शरीर मोटा हो गया था। कहते हैं, मोटी होने से स्त्री उम्र में और भी छोटी लगने लगती है। पर उसके कोमल और गोरे मोटापे पर गहरी झुर्रियों का जाल बिछने लगा था। अब वह गाड़ी में बैठकर कभी भी शहर को नहीं जाती थी। सच तो यह है कि उसके लिए गाड़ी पर चढ़ना भी मुश्किल हो गया था। पर अब भी वह पहले जैसी हंसोड़ तबीयत और बेवकूफ थी। अब चेहरे की लुनाई उसकी

मूढ़ता को छिपा नहीं सकती थी। उसकी बेटी लीज़ा और भाई उसके साथ रहते थे। उसके भाई से हम परिचित हैं। यह वही घुड़सेना का अफसर था। बेटी तेईस वर्ष की हो चली थी और ठेठ रूसी देहाती सुन्दरी थी। भाई, अपनी आराम-तलब तबीयत के कारण सारी विरासत लुटा चुका था और अब बुढ़ापे में बहिन के दरवाज़े पर बैठा था। सिर के बाल बिल्कुल सफेद हो चुके थे, ऊपर का होंठ अन्दर की ओर मुड़ गया था। पर मूंछों को उसने वस्मा लगाकर काला कर रखा था। झुर्रियां न केवल उसके गालों और माथे पर ही फैली थीं, बल्कि उसकी नाक और गले पर भी अपना जाल बिछाए थीं। पीठ झुक गई थी, पर फिर भी टेढ़ी और शिथिल टांगों में पहले के घुड़सेना के अफसर की कुछ-कुछ लोच बाकी थी।

जिस दिन का हम ज़िक्र कर रहे हैं, उस रोज़ आन्ना फ्योदोरोव्ना परिवार और नौकर-चाकरों के साथ अपने पुराने घर की छोटी-सी बैठक में बैठी थी। घर के बरामदे का दरवाज़ा और खिड़कियां पुराने ढंग के बाग में खुलती थीं। बाग का आकार सितारे की शक्ल का था और उसमें लाइम के पेड़ लगे थे। आन्ना फ्योदोरोव्ना के बाल पक गए थे। वह हल्के बैंगनी रंग की दगली जाकेट पहने, सोफे पर बैठी महोगनी लकड़ी की मेज़ पर ताश बिछा रही थी। बूढ़ा भाई, नीला कोट और साफ सफेद पतलून पहने, हाथ में सफेद धागा और सलाइयां पकड़े, खिड़की के पास बैठा कोई जाली-सी बुन रहा था। यह हुनर उसे उसकी भांजी ने सिखा दिया था। अब इस काम में उसकी दिलचस्पी भी खूब बढ़ गई थी। उसमें कोई उपयोगी काम करने की योग्यता नहीं थी। बीनाई कमज़ोर पड़ गई थी, इस कारण वह अखबार तक नहीं पढ़ सकता था, हालांकि अखबार पढ़ना उसे बहुत अच्छा लगता था। पिमोच्का नाम की एक छोटी-सी लड़की उसके पास बैठी थी और लीज़ा की देख-रेख में अपना सबक पढ़ रही थी। इस लड़की को आन्ना फ्योदोरोव्ना ने गोद ले रखा था। लीज़ा स्वयं मामाजी के लिए बकरी की ऊन के मोज़े बुन रही थी। दिन ढल रहा था। डूबते सूरज की तिरछी किरनें लाइम के पेड़ों में से छन-छनकर आ रही थीं। आखिरी खिड़की का शीशा और उसके पास रखा किताबदान चमक रहे थे। बाग और कमरा, दोनों पर गहरी निस्तब्धता छाई थी। किसी-किसी वक्त जब बाग में अबाबील पर फड़फड़ाती या अन्ना फ्योदोरोव्ना गहरी सांस

लेती, या उसका बूढ़ा भाई टांग पर टांग रखते समय बड़बड़ाता तो यह निस्तब्धता भंग होती जान पड़ती।

"यह पत्ता कहां पर रखूं, लीज़ा, मेरी बच्ची, ज़रा बतला दो मैं बार-बार भूल जाती हूं," आन्ना फ्योदोरोव्ना ने तनिक रुककर कहा।

लीज़ा ने बुनना नहीं छोड़ा। उसी तरह बुनते-बुनते मां के पास जा खड़ी हुई और एक नज़र पत्तों को देखा।

"ओह, तुमने तो सब गड़बड़ कर दी, मां!" उसने कहा और पत्तों को फिर से ठीक करके रखने लगी। "यह तो यों होना चाहिए। लेकिन कोई बात नहीं, तुम्हारा अनुमान भी ठीक था, तुम्हारी इच्छा पूरी हो जाएगी।" और मां की नज़र से छिपाकर उसने चुपके से एक पता हटा दिया।

"तुम हमेशा मुझे बनाती रहती हो, हमेशा यही कहती रहती हो कि मैं ठीक खेल रही हूं।"

"ठीक ही तो कहती हूं, मां। देखो, निकल आया कि नहीं?"

"बहुत अच्छा, बहुत अच्छा, तू बड़ी समझदार है। तो क्या अब चाय न पी जाए?"

"मैंने समावार गरम करने के लिए पहले से ही कह दिया है। जाकर देखती हूं। क्या चाय यहां मंगवाऊं? पिमोच्का, अपना सबक जल्दी-जल्दी खत्म करो, फिर हम दोनों घूमने चलेंगी।"

यह कहकर लीज़ा दरवाज़े में से बाहर निकल गई।

"लीज़ा, लीज़ोच्का!" लीज़ा के मामा ने पुकारा। उसकी आंखें अब भी जाली पर जमी थीं। "फिर एक फंदा गिर गया जान पड़ता है। ज़रा आकर ठीक कर दो तो बेटी।"

"अभी आई, एक मिनट में। मैं उन्हें शक्कर का ढेला तोड़ने के लिए दे आऊं।"

लीज़ा ने ठीक ही कहा था। तीन ही मिनट में वह भागती हुई कमरे में लौट आई, और सीधी मामा के पास जाकर उसका कान पकड़ लिया।

"फंदे गिराओगे तो आपको यही सज़ा मिलेगी, वह हंसते हुए बोली, "आज का सबक भी आपने पूरा नहीं किया।"

"चलो, चलो, इसे ठीक कर दो। मालूम होता है कहीं गांठ पड़ गई है।"

लीज़ा ने सलाइयां हाथ में लीं, सिर पर बंधे रूमाल में से पिन खींचकर निकाला, दो-तीन बार फन्दे को उठाकर अपनी जगह पर ले आई, और जाली मामा के हाथ में दे दी। खिड़की में से हवा बह-बहकर अन्दर आ रही थी। पिन निकालने से लीज़ा के सिर पर का रूमाल फूल उठा था।

"मेरा मेहनताना लाइए," रूमाल में पिन खोंसते हुए उसने कहा और अपना गोरा गुलाबी गाल, मामा के सामने कर दिया ताकि वह उसे चूम सके। "आज चाय के साथ आपको रम मिलेगी। आज शुक्र-वार है, मालूम है न?"

वह फिर लौटकर चायवाले कमरे में चली गई।

आओ, मामाजी आओ, देखो, हुस्सार आ रहे हैं!" उसने स्पष्ट ऊंची आवाज़ में पुकारा।

आन्ना फ्योदोरोव्ना और उसका भाई चायवाले कमरे में पहुंचे। कमरे की खिड़कियां ऐन गांव के सामने खुलती थी। खिड़कियों में से बहुत कम दिखाई पड़ता था। धूल के बवण्डर उड़ रहे थे और उनमें केवल एक भीड़-सी जाती हुई दिखाई दे रही थी।

लीज़ा का मामा आन्ना फ्योदोरोव्ना से बोला :

"बड़े अफसोस की बात है कि हमारा घर इतना छोटा है और नये कमरे भी अभी तक बनकर तैयार नहीं हुए, वरना हम कुछ अफसरों को अपने यहां ठहरने के लिए बुला लेते। हुस्सार अफसर बड़े खुश-मिज़ाज जवान होते हैं। मुझे तो उनसे मिलने की बड़ी इच्छा होती है।"

"मुझे भी उन्हें अपने यहां ठहराने में बड़ी खुशी होती, भैया, पर ठहराने के लिए हमारे पास जगह जो नहीं है। एक मेरा सोनेवाला कमरा है, एक छोटा कमरा लीज़ा के पास है, एक बैठक और एक तुम्हारा कमरा, बस। हम उन्हें ठहरा कहां सकते हैं? खुद ही सोचो। मिखाइलो मत्वेयेव ने गांव के मुखिया का बंगला उनके लिए ठीक करवा दिया है। वह कहता है कि वह भी साफ-सुथरा है।"

"लीज़ोच्का, हम उन्हीं हुस्सारों में से तुम्हारे लिए वर चुनेंगे, कोई खूबसूरत-सा हुस्सार युवक," मामा ने कहा।

"मैं हुस्सार नहीं चाहती, मुझे उल्हन ज़्यादा अच्छे लगते हैं। आप उल्हन फौज में ही थे न मामाजी? मैं तो उन हुस्सारों को दूर से भी

नहीं देखूंगी, लोग कहते हैं वे बड़े अल्हड़ तबीयत के होते हैं।"

लीज़ा के गालों पर हल्की-सी लाली दौड़ गई पर वह फिर टुनटुना-कर हंसने लगी :

"लो देखो, ऊस्त्युश्का दौड़ी चली आ रही है, उससे पूछे कि क्या देखकर आई है," उसने कहा।

आन्ना फ्योदोरोव्ना ने ऊस्त्युश्का को बुला भेजा।

"तुम्हें घर में कोई काम नहीं जो यों फौजियों को देखने भागती फिरती हो," आन्ना फ्योदोरोव्ना ने कहा, "बताओ, अफसरों के ठहराने का क्या इन्तज़ाम किया गया है?"

"येरेम्किन के बंगले में ठहरेंगे। दो अफसर हैं, मालकिन, और मैं क्या बताऊं दोनों इतने सुन्दर हैं! कहते हैं, उनमें से एक काउण्ट है।"

"नाम क्या है?"

"कज़ारोव या तुर्बीनोव, या कुछ ऐसा ही। मुझे ठीक से याद नहीं।"

तुम तो पागल हो, कुछ भी नहीं बता सकतीं। कम से कम उसका नाम तो मालूम किया होता।"

"आप कहें तो मैं अभी भागकर पूछ आऊं?"

"हां, क्यों नहीं, यह करने में तो तुम बड़ी होशियार हो, मैं खूब जानती हूं। नहीं, घर पर बैठो, अबकी बार दनीलो जाएगा। भैया, उसे भेज दो, और कहना, पूछकर आए कि अफसरों को किसी चीज़ की ज़रूरत तो नहीं। हमें उनकी पूरी-पूरी खातिरदारी करनी चाहिए। और उसे कहना कि वहां जाकर कहे कि मालकिन ने भेजा है।"

बुढ़िया और उसका भाई फिर चाय के कमरे में बैठ गए। लीज़ा नौकरानियों के कमरे में शक्कर रखने चली गई। वहां पर भी ऊस्त्युश्का हुस्सारों की ही बातें कर रही थी।

"ओह, छोटी मालकिन, क्या बताऊं तुम्हें, काउण्ट कितना सुन्दर है!" वह कहने लगी, "बिल्कुल जैसे कोई फरिश्ता हो। काली-काली भवें, अगर तुम्हें ऐसा पति मिल जाए तो कितनी सुन्दर जोड़ी बने, क्यों?"

अन्य नौकरानियों ने मुस्कराकर हामी भरी। बूढ़ी धाय खिड़की के पास बैठी मोज़ा बुन रही थी। उसने गहरी सांस ली, और उसी खिंची सांस में प्रार्थना के शब्द बुदबुदाने लगी।

"तो हुस्सारों के बारे में यही कुछ देखकर आई हो!" लीज़ा बोली,

"इस तरह की बातों के अलावा तुम्हें कुछ सूझता ही नहीं। ऊस्त्युश्का, जाओ और फलों का रस ले आओ। कुछ-कुछ खट्टा होना चाहिए जो हुस्सारों को पसन्द आए।"

इसके बाद लीज़ा शक्कर का प्याला उठाए, हंसती हुई, बाहर निकल गई।

'मैं भी उस हुस्सार को देखना चाहती हूं, जाने कैसा है,' वह सोचने लगी, 'सुनहरे बालोंवाला है या काले बालोंवाला? बेशक, उसे हम लोगों से भी मिलकर खुशी होगी। पर शायद वह यहां से चला जाएगा और उसे मालूम तक न हो पाएगा कि यहां कोई लड़की थी जो उसके बारे में सोचती रही थी। अब तक कितने ही युवक यहां आए और चले गए। मामाजी और ऊस्त्युश्का के सिवाय मुझे कोई देखनेवाला तक नहीं है। क्या फरक पड़ता है कि मेरे बाल किस ढंग से बने हैं, या मेरे फ्रॉक की आस्तीन किस काट की है, मेरी तारीफ करनेवाला तो यहां कोई है ही नहीं।' अपनी गोल-गोल बांहों की ओर देखते हुए उसने ठण्डी सांस भरी और सोचने लगी, 'वह कद का ऊंचा-लम्बा होगा, बड़ी-बड़ी आंखें होंगी, शायद पतली-सी काली मूंछ होगी। मैं बाईस बरस की हो चली, अभी तक किसीने मुझसे प्रेम नहीं किया, सिवाय इवान इपातिच के, जिसके मुंह पर चेचक के दाग हैं। चार साल पहले तो मैं और भी ज़्यादा खूबसूरत हुआ करती थी। लड़की तो अब मैं रही ही नहीं। सारा लड़कपन बीत गया और मैं किसीका मन नहीं रिझा पाई। उफ, मेरी किस्मत ही खोटी है। मैं तो बस, बदनसीब देहातिन हूं!'

मां ने आवाज़ दी। लीज़ा के विचारों की श्रृंखला टूट गई। मां उसे चाय ढालने के लिए बुला रही थी। लीज़ा सिर झटककर चायवाले कमरे में चली गई।

सबसे अच्छी घटनाएं वे होती हैं जो अचानक घट जाएं। जितनी अधिक कोशिश करके हम किसी चीज़ को प्राप्त करना चाहें, उतना ही परिणाम बुरा निकलता है। देहात में बच्चों की शिक्षा की ओर कोई ध्यान नहीं दिया जाता। इसलिए अधिकांश स्थितियों में उन्हें जो शिक्षा मिलती है, वह अद्भुत होती है। लीज़ा के साथ भी ऐसा ही हुआ। आन्ना फ्योदोरोव्ना का दिमाग छोटा था, और स्वभाव अत्यन्त आलसी। लीज़ा को किसी प्रकार की शिक्षा भी वह नहीं दे पाई। न संगीत सिखाया, न फ्रांसीसी भाषा–जिसका सीखना परमावश्यक माना जाता

है। लीज़ा के जन्म से पहले, मां-बाप को उम्मीद भी न थी कि बच्ची इतनी स्वस्थ और सुन्दर निकलेगी। अन्ना फ्योदोरोव्ना ने उसे एक धाय के सिपुर्द कर दिया जो इसकी देखभाल करती थी। धाय ही उसे खाना खिलाती, उसे गाढ़े के फ्रॉक और बकरी की खाल के जूते पहनाती, बाहर घुमाने ले जाती जहां बच्ची बेर और खुमियां इकट्ठी करती फिरती। एक युवा विद्यार्थी उसे पढ़ना-लिखना और गणित सिखाने आया करता। इसी तरह सोलह साल बीत गए। तब अचानक आन्ना फ्योदोरोव्ना ने देखा कि लीज़ा तो बड़ी खिली तबीयत की, मिलनसार और मेहनती लड़की निकल आई है, और एक सहेली का ही नहीं, बल्कि छोटी-सी घर-मालकिन का भी स्थान लेने लगी है। आन्ना फ्योदोरोव्ना स्वयं बड़ी दयालु स्वभाव थी। हमेशा किसी बन्धक-दास के बच्चे या किसी पितृ-हीन बालक को गोद लिए रहती थी। लीज़ा, दस वर्ष की उम्र से ही, इन गोद लिए बच्चों की देख-भाल करने लगी थी। वह उन्हें वर्णमाला सिखाती, कपड़े पहनाती, गिरजे में ले जाती, शरारत करते तो डांटती, दण्ड देती। फिर घर में लीज़ा का बूढ़ा मामा आकर रहने लगा। दुबला-पतला पर नेकदिल आदमी था। उसकी देखभाल भी लीज़ा को एक बच्चे की तरह करनी पड़ती। इसके अलावा घर में नौकर-चाकर थे। गांव के बन्धक-दास अपना दुखड़ा रोने इसके पास आते। कोई बीमार होता किसीको कहीं दर्द होता, यह उन्हें इलाज के लिए एल्डर के फूलों का रस, पेपरमिण्ट और कपूर का सत्त देती। साथ ही सारे घर का प्रबन्ध करती। घर की सारी ज़िम्मेवारी अचानक ही इसके सिर पर आ पड़ी थी। उधर प्रेम की लालसा भी हृदय में दबी पड़ी थी जो प्रकृति-प्रेम तथा धर्म में व्यक्त होने लगी। इस तरह लीज़ा, अचानक ही, एक व्यस्त, हंसमुख, आज़ाद तबीयत, मिलनसार, शुद्ध हृदय तथा धर्मानुरक्त लड़की निकल आई। हां, जब कभी गिरजे में पड़ोसिनों को नये चलन की टोपियां पहने देखती, जिन्हें वे क० नगर से लाई होतीं, तो लीज़ा के हृदय में ईर्ष्या की टीस उठती। मां बूढ़ी भी थी और झगड़ालू भी, उसकी सनकें लीज़ा को रुलाकर छोड़तीं। प्रेम के उसके स्वप्न अटपटे और बेडौल-से होते। पर घर के काम-काज में वे स्वप्न मिट जाते। वह दिन-भर व्यस्त रहती। यह काम उसके लिए परमावश्यक हो गया था। अब बाईस वर्ष की अवस्था में, शारीरिक तथा नैतिक सौन्दर्य से सम्पन्न, इस विकासोन्मुख युवती की आत्मा पर एक भी धब्बा, एक भी पश्चात्ताप

का चिह्न न था जो इसकी दीप्ति और शान्ति को कम कर सके। लीज़ा मंझले कद की थी, डील-डौल में गोलाई अधिक थी। नाक-नक्श तीखे नहीं थे। आंखें बादामी रंग की और बहुत बड़ी नहीं थीं, निचली पलको के नीचे हल्की-सी छाया पड़ती थी; बाल लम्बे और सुनहरे थे। जब चलती तो खुले डग भरती हुई, झूमकर। जब वह व्यस्त होती और उसके मन पर किसी चिन्ता का बोझ न होता तो उसके चेहरे का भाव हर देखनेवाले को यही कहता जान पड़ता : उन लोगों के लिए जीवन सुख-मय वरदान होता है जिनकी अन्तरात्मा साफ हो और जिनके हृदय में किसके लिए प्रेम हो। ऐसे समय में भी जब किसी क्लेश या क्रोध के कारण, या घबराहट या दुःख के कारण उसका मन विक्षिप्त होता, तो बरबस उसकी आंखें आंसुओं से भर आतीं, होंठ स्थिर हो जाते और बाईं आंख के ऊपर की भौंह सिकुड़ जाती। उस समय न चाहते हुए भी उसके दयालु और निष्कपट हृदय की ज्योति, किसी प्रकार की भी कृत्रिमता से अस्पृश्य, उसके गालों के गढ़ों, उसके होंठों के कोनों और उसकी चमकती आंखों में झलकती रहती।

10

जिस समय घुड़सेना की टुकड़ी मोरोज़ोव्का गांव में दाखिल हुई उस समय सूरज डूब चुका था, मगर हवा में अभी गर्मी थी। टुकड़ी के आगे-आगे, गांव की गर्द-भरी सड़क पर, एक चितकबरी गाय भागी चली जा रही थी। किसी-किनी वक्त वह रुकती, और रंभाने लगती। वह यह नहीं समझ पा रही थी, कि घोड़ों के सामने से हटने के लिए केवल रास्ता छोड़ देना काफी है। बूढ़े किसान, गांव की स्त्रियां और बच्चे हुस्सारों को देखने के लिए सड़क के दोनों तरफ भीड़ लगाए खड़े थे। हुस्सार काले हिनहिनहिनाते घोड़ों पर सवार, हाथों में छोटी-छोटी लगामें थामे, गर्द के बवण्डर में से बढ़े चले आ रहे थे। टुकड़ी के दायें हाथ, दोनों अफसर, घोड़ों की पीठ पर शिथिल-से बैठे थे। उनमें से एक काउंट तुर्बीन था। वह कमाण्डर था। दूसरा पोलोज़ोव नाम का एक युवक था, जिसकी हाल ही में नियुक्ति हुई थी।

गांव के सबसे बढ़िया बंगले में से, सफेद कोट पहने एक हुस्सार निकला और सिर पर से फौजी टोपी उतारकर सीधा अफसरों के पास

गय।

"रहने का क्या इन्तज़ाम हुआ है?" काउंट ने उससे पूछा।

"हुज़ूर के लिए?" सेना के पड़ाव-प्रबन्धक ने कहा। वह बिल्कुल तनकर खड़ा था। "आपके लिए हमने गांव के मुखिया का यह बंगला साफ करवा दिया है। ज़मींदार के घर में हमने एक कमरा तलब किया मगर वह नहीं मिला। मालकिन कमीनी-सी औरत है।"

"अच्छी बात है," काउंट ने घोड़े पर से उतरकर टागें सीधी करते हुए कहा और मुखिया के बंगले की तरफ चल दिया। "क्या मेरी गाड़ी आ गई है?"

"हुज़ूर," पड़ाव-प्रबन्धक ने अपनी टोपी से फाटक के सामने खड़ी गाड़ी की ओर इशारा करते हुए जवाब दिया, और आगे-आगे बंगले के दरवाज़े की ओर भागकर जाने लगा। दरवाज़े पर एक किसान परिवार अफसरों को देखने के लिए भीड़ लगाए खड़ा था। उसने झटके से फाटक खोला। एक बूढ़ी औरत गिरते-गिरते बची। फिर एक तरफ को हटकर प्रबन्धक खड़ा हो गया ताकि काउंट अन्दर जा सके। बंगला अभी-अभी धोकर साफ किया गया था।

बंगला बड़ा और खुला था, लेकिन बहुत साफ नहीं था। एक जर्मन अर्दली लोहे का पलंग बिछाकर अब सफरी बैग में से बिस्तर के कपड़े निकाल रहा था।

"उफ कितनी गन्दी जगह है!" काउंट ने खीझकर कहा, "द्यादेंको, क्या ज़मीदार के घर में पड़ रहने के लिए थोड़ी-सी भी जगह नहीं मिल सकतीं?"

"हुज़ूर, हुक्म देंगे तो मैं अभी जाऊंगा और घर खाली करवा लूंगा, द्यादेंको ने जवाब दिया, "पर हुज़ूर, ज़मींदार का घर भी बहुत मामूली-सा है, इस बंगले से ज़्यादा अच्छा नहीं है।"

"अब बहुत देर हो गई है। तुम जाओ।" और काउंट बिस्तर पर लेट गया और दोनों हाथ सिर के नीचे रख लिए।

"जोहान्न!" उसने अपने अर्दली को पुकारा, "यह फिर तुमने बिस्तर के बीच में गांठ-सी क्या रहने दी है! क्या बात है? क्या तुम बिस्तर भी ठीक तरह से नहीं लगा सकते?"

जोहान्न उसे ठीक करने के लिए आगे बढ़ा।

"रहने दो अब, बहुत देर हो गई है। मेरा ड्रेसिंग गाउन कहां

है?"

अर्दली ड्रेसिंग गाउन लाया।

पहनने से पहले काउंट ने उसके किनारे को ध्यान से देखा।

"मुझे पहले ही मालूम था। तुमने वह धब्बा साफ नहीं किया। मैं नहीं समझ सकता कि तुमसे ज़्यादा निकम्मा नौकर भी किसीके पल्ले पड़ सकता है।" और अर्दली के हाथ से गाउन छीनकर खुद पहनने लगा। "क्या जान-बूझकर ऐसा करते हो? बात क्या है? चाय तैयार है?"

"मुझे वक्त ही नहीं मिला हुज़ूर।"

"गधा कहीं का!"

काउंट ने एक फ्रांसीसी नावल उठा ली जिसे ऐसे मौकों के लिए वह साथ रखता था, और थोड़ी देर तक चुपचाप लेटकर पढ़ता रहा। जोहान्न बाहर दरवाज़े के पास समावार गरम करने के लिए चला गया। ज़ाहिर है कि काउंट का पारा तेज़ था। वह थका हुआ था, धूल-मिट्टी के कारण गन्दा हो रहा था, कसकर कपड़े पहन रखे थे और पेट खाली था।

"जोहान्न!" उसने फिर पुकारा, "इधर आओ और दस रूबल का हिसाब दो जो मैंने तुम्हें दिए थे। शहर में क्या-क्या खरीदा था?"

हिसाब के पुर्ज़े पर काउंट नज़र दौड़ाने लगा, और चीज़ों की महंगाई के बारे में बड़बड़ाता हुआ कुछ बोला।

"मैं चाय के साथ रम पिऊंगा।"

"मैंने रम तो नहीं खरीदी।"

"खूब! कितनी बार मैंने तुमसे कहा है कि रम साथ रखा करो!"

"मेरे पास काफी पैसे नहीं थे।"

"पोलोज़ोव ने क्यों नहीं खरीदी थी? तुम उसीके आदमी से ले लेते।"

"कोरनेट पोलोज़ोव? मुझे मालूम नहीं। उसने सिर्फ चाय और चीनी खरीदी थी।"

"नालायक! हट जाओ यहां से! तुमने मुझे इतना परेशान कर रखा है जितना कभी किसीने नहीं किया। तुम्हें अच्छी तरह मालूम है कि मार्च पर मैं चाय के साथ रम पीना पसन्द करता हूं।"

"ये दो चिट्ठियां सदर मुकाम से हुज़ूर के नाम आई हैं," अर्दली ने

कहा।

काउंट ने बिस्तर पर लेटे-लेटे चिट्ठियां खोलीं और पढ़ने लगा। ऐन उसी वक्त कोरनेट अन्दर दाखिल हुआ। उसका चेहरा खिल रहा था। वह सिपाहियों को उनके ठिकाने तक पहुंचाने गया हुआ था।

"कहो तुर्बीन, देखने में तो यह जगह बुरी नहीं है। पर मैं थककर चूर हो गया हूं। दिन-भर बहुत गरमी रही।"

"बुरी नहीं है! गन्दी, बदबूदार खोली है यह, और चाय के साथ रम भी पीने को नहीं है, तुम्हारी मेहरबानी से। तुम्हारा पाजी नौकर भी खरीदना भूल गया और मेरा आदमी भी। तुमने अपने आदमी को तो कह दिया होता।"

वह फिर चिट्ठियां पढ़ने लगा। पहला खत पढ़ चुकने के बाद उसने उसे मरोड़कर फर्श पर फेंक दिया।

इस बीच, दरवाज़े के पास कोरनेट अपने नौकर के कान में फुस-फुसाकर पूछने लगा :

"तुमने रम क्यों नहीं खरीदी? पैसे तो थे तुम्हारे पास?"

"हम ही क्यों सब चीज़ें खरीदा करें? सब खर्च यों भी मैं ही करता हूं। उस जर्मन को तो बस पाइप पीने के अलावा कोई काम ही नहीं।"

दूसरा खत, ज़ाहिर है, अरुचिकर नहीं था, क्योंकि काउंट उसे पढ़ते हुए मुस्करा रहा था।

"कहां से आया है?" पोलोज़ोव ने पूछा। वह कमरे में लौट आया था और अंगीठी के पास तख्ते पर अपना बिस्तर बिछा रहा था।

"मिना की तरफ से आया है," काउंट ने खुशी-खुशी जवाब दिया और खत आगे बढ़ा दिया, "पढ़ना चाहते हो? बड़ी प्यारी लड़की है! हमारी लड़कियों से बहुत अच्छी है! ज़रा पढ़के देखो इस खत में कितनी सूझ और कितना नाज़ुक दिल है। एक ही बात उसमें बुरी है—वह पैसे मांगती है।"

"हां, यह बुरी बात है," कोरनेट ने कहा।

"मैंने उसे कुछ पैसे देने का वादा किया था, पर फिर हम लोग इस मार्च पर निकल आए···हां, फिर···अगर टुकड़ी की कमान मेरे हाथ में तीन महीने तक रही तो मैं उसे कुछ न कुछ भेज दूंगा। मुझे पैसे देने से बिल्कुल इन्कार नहीं। अच्छी लड़की है न, क्यों?" उसने मुस्कराते

हुए, पोलोज़ोव के चेहरे का भाव देखते हुए, पूछा।

"बिल्कुल अनपढ़ है, मगर है भोली-भाली। लगता है तुम्हें सचमुच प्यार करती है," कोरनेट ने कहा।

"ठीक है। उस जैसी लड़कियों का ही प्यार सच्चा होता है, अगर वे प्यार करें तो।"

"और दूसरा खत कहां से आया है?" कोरनेट ने खत लौटाते हुए पूछा।

"ओह, वह? एक आदमी है, बेहूदा-सा, जिससे मैं जुए में पैसे हार गया था। तीसरी बार मुझसे पैसे मांग रहा है। इस वक्त तो मैं उसे कुछ नहीं दे सकता। कैसी फिज़ूल-सी चिट्ठी है!" काउंट ने कहा। उस घटना को याद करके वह क्रुद्ध हो उठा था।

इसके बाद दोनों अफसर कुछ देर तक चुप रहे। कोरनेट काउंट को बहुत मानता था। काउंट की मनःस्थिति को देखते हुए, वह भी चुपचाप चाय पीता रहा। बातचीत करने से घबराता था। किसी-किसी वक्त वह तुर्बीन के सुन्दर चेहरे की तरफ नज़र उठाकर देख-भर लेता। तुर्बीन किसी विचार में खोया हुआ, बराबर खिड़की में से बाहर देखे जा रहा था।

"हो सकता है सब कुछ ठीक-ठीक हो जाए," सहसा काउंट ने सिर झटका और पोलोज़ोव की ओर देखते हुए कहा, "अगर हमारी रेजिमेंट में इस साल तरक्कियां मिलने जा रही हैं, और साथ ही हमें फौजी कार्यवाही पर भी भेजा जाएगा, तो मुमकिन है मैं अपने दोस्तों से आगे निकल जाऊं। वे इस वक्त गार्ड में कप्तान हैं।"

चाय का दूसरा दौर शुरू हुआ। इसमें भी इसी तरह के विषयों पर वार्तालाप चलता रहा। तब आन्ना फ्योदोरोव्ना का सन्देश लेकर दनीलो आ पहुंचा।

"मालकिन जानना चाहती हैं कि हुज़ूर काउण्ट फ्योदोर इवानोविच तुर्बीन के सुपुत्र तो नहीं हैं?" अपनी ओर से जोड़ते हुए दनीलो ने पूछा, क्योंकि उसने अफसर का नाम सुन रखा था और स्वर्गीय काउंट के क० नगर में विश्राम के बारे में भी जानता था। "हमारी मालकिन आन्ना फ्योदोरोव्ना उन्हें बहुत अच्छी तरह जानती थीं।"

"वह मेरे पिता थे। अपनी मालकिन से कहो कि हम उनके बहुत आभारी हैं कि उन्होंने हमारी सुध ली। हमें किसी चीज़ की ज़रूरत

नहीं, हां, उन्हें इतना कहना कि अगर हमें अपनी कोठी में या कहीं और रहने के लिए साफ़-सा कमरा दिला सकें तो हम बहुत आभार मानेंगे।"

"तुमने यह क्यों कहा?" दनीलो के चले जाने पर पोलोज़ोव ने पूछा। "क्या फरक पड़ता है? हमें एक ही रात तो यहां रहना है, उसके लिए हम क्यों उन्हें परेशान करें?"

"तुम और तुम्हारी ज़मीर! मुर्गीखानों में सो-सोकर तुम्हारा जी नहीं भरा? तुममें व्यावहारिक सूझ तो नाम की भी नहीं। अगर एक रात के लिए भी हम कहीं आराम से सो सकें, तो हम क्यों न मौके का फायदा उठाएं? वे तो इसे अपना मान समझेंगे।"

"बस एक बात मुझे पसन्द नहीं, कि वह औरत मेरे पिता को जानती थी," धीरे से मुस्कराते हुए काउण्ट ने कहा। उसके दांत चमक रहे थे। "जब कभी मुझे अपना पिता याद आता है तो बड़ी शर्म महसूस होती है। कहीं बदनामी और कहीं कर्ज़, यही कहानियां सुनने को मिलती हैं। इसीलिए उनके पुराने वाकिफकारों से मैं दूर रहता हूं। पर वह ज़माना ही ऐसा था," उसने गम्भीरता से कहा।

"मैं तुम्हें एक बात बताना भूल गया," पोलोज़ोव बोला, "मुझे एक बार उल्हन ब्रिगेड का एक कमांडर मिला था। उसका नाम इल्यीन था। वह तुम्हें बहुत मिलना चाहता था। तुम्हारे पिता का तो वह बड़ा आदर करता था।"

"वह इल्यीन खुद कोई निकम्मा आदमी रहा होगा। बात यह है कि जो सज्जन मेरे साथ घनिष्ठता बढ़ाने के लिए यह दावा करते हैं कि मेरे पिता के मित्र थे, वही मुझे ऐसी कहानियां सुनाते हैं जिन्हें सुनकर मैं शर्म से गड़ जाता हूं, हालांकि वे उन्हें चुटकुले समझकर सुनाते हैं। मैं हर बात को ठण्डे दिल से, उसकी असलीयत में जाकर देखता हूं। मैं समझता हूं कि मेरा बाप बड़ा तेज़ मिज़ाज आदमी था और कई बार बड़ी अनुचित बातें कर बैठता था। लेकिन वह ज़माना ही ऐसा था। अगर आज के ज़माने में पैदा हुआ होता तो वह एक बहुत कामयाब आदमी होता, क्योंकि यह मानना पड़ता है कि वह बहुत ही योग्य आदमी था।"

लगभग पन्द्रह मिनट के बाद दनीलो वापस आया और अपनी मालकिन की ओर से दोनों के नाम निमन्त्रण लाया कि वे उसके घर पर रात बिताएं।

11

जब आन्ना फ्योदोरोव्ना को मालूम हुआ कि यह हुस्सार युवा अफसर काउंट फ्योदोर तुर्बीन का बेटा है तो वह अत्यन्त उद्विग्न हो उठी।

"हाय भगवान! दनीलो, फौरन भागकर वापस आओ और उनसे कहो कि मालकिन चाहती हैं कि आप हमारे यहां आकर रहें," उसने कहा और भागती हुई नौकरानियों के कमरे में गई, "लीज़ोच्का! ऊस्त्युश्का! वे लोग तुम्हारे कमरे में ठहर सकते हैं, लीज़ा! तुम आज रात अपने मामा के कमरे में चली जाओ, और आप भैया···आपको भैया, आज रात बैठक में सोना पड़ेगा। एक रात वहां सोने से तुम्हें तकलीफ नहीं होगी।"

"बिल्कुल नहीं, बहिन, मैं फर्श पर लेट रहूंगा।"

"अगर उसकी शक्ल बाप से मिलती है तो वह ज़रूर बड़ा खूबसूरत होगा। ओह, उसका मुखड़ा देखने को कैसा जी चाह रहा है!···तुम देखोगी तो जानोगी, लीज़ा! उसका बाप बहुत ही खूबसूरत आदमी था! यह मेज़ कहां लिए जा रही हो? इसे यहीं रहने दो," आन्ना फ्योदो-रोव्ना ने उद्विग्न होकर कहा, "दो पलंग मंगवा लो—एक कारिंदे के घर से मिल जाएगा—और वह बिलौरी शमादान जो मेरे जन्मदिन पर मुझे भैया ने दिया था वह लेती जाओ और उसमें स्टेयरिंग बत्ती लगा दो।"

आखिर सब तैयारी मुकम्मल हो गई। मां के बार-बार दखल देने के बावजूद लीज़ा ने अपना कमरा अपनी रुचि के अनुसार सजाया। वह बिस्तर के लिए नई चद्दरें ले आई, उनमें से इत्र की खुशबू आ रही थी। फिर खुद अपने हाथ से दोनों बिस्तर बिछाए। पलंग के साथ एक मेज़ पर पानी का जग और शमादान रखे; खुशबूदार कागज़ को नौकरानियों के कमरे में जलाया; और अपना बिस्तर अपने मामा के कमरे में लगा दिया। जब आन्ना फ्योदोरोव्ना का मन कुछ शान्त हुआ तो वह अपनी रोज़ की जगह पर जा बैठी और ताश की गड्डी निकाल ली···पर पत्ते नहीं बिछाए। अपनी गोल-मटोल कोहनी मेज़ पर टिका-कर सपने देखने लगी, 'वक्त कैसे गुज़र जाता है! कितनी तेज़ी से गुज़र जाता है!' उसने धीमी-सी आवाज़ में मन ही मन कहा। लगता है जैसे कल की बात हो···बिल्कुल वह मेरी आंखों के सामने

है···कैसा बेपरवाह आदमी था!' और आन्ना फ्योदोरोव्ना की आंखों में आंसू आ गए। "अब लीज़ोच्का की बारी है—पर इसमें वह बात नहीं जो मुझमें थी जब मैं इसकी उम्र की थी—बड़ी सुन्दर बच्ची है, मगर···वह बात नहीं जो मुझमें थी···"

"लीज़ोच्का, अच्छा हो अगर तुम आज अपनी मसलिन की पोशाक पहन लो।"

'क्या तुम उनकी आवभगत करना चाहती हो, मां? मगर इसकी क्या ज़रूरत है, मां?' यह सोचकर ही कि वह अफसरों से मिलेगी, लीज़ा से अपनी उत्तेजना दबाए न दबती थी। 'मैं तो समझती हूं इसकी कोई ज़रूरत नहीं।'

सच तो यह है कि वह उनसे मिलने के लिए बेताब थी बल्कि मिलने से डरती भी थी। दिल ही दिल में उसे यह भास हो रहा था कि उसे अपार सुख मिलनेवाला है, परन्तु इस सुख में व्याकुलता छिपी होगी।

'मुमकिन है वे खुद हमसे मिलना चाहें, लीज़ोच्का!' मन ही मन सोचते हुए और बेटी के बाल सहलाते हुए अन्ना फ्योदोरोव्ना ने कहा। 'इसके बालों में भी वह बात नहीं जो मेरे बालों में थी जब मैं जवान थी···ओह, लीज़ोच्का, मैं चाहती हूं तुम्हें···' और उसने सचमुच ही उसके लिए मन ही मन किसी बात की कामना की। पर वह न ही यह आशा कर सकती थी कि लीज़ा की युवा काउंट के साथ शादी होगी, और न ही वह चाहती थी कि लीज़ा का युवा काउंट के साथ उसी तरह का सम्बन्ध हो जैसा बड़े काउंट के साथ उसका अपना रहा था। तिसपर भी उसके मन में किसी चीज़ की कामना उठ रही थी। शायद उसे यह आशा थी कि वह अपनी बेटी के द्वारा उन भावनाओं को पुनः जागृत कर पाए जो किसी समय स्वर्गीय काउंट के प्रति उसके हृदय में उठी थीं।

काउंट के आ जाने से घुड़सेना का बूढ़ा अफसर भी कुछ-कुछ उत्तेजित हो उठा था। वह अपने कमरे में गया और अन्दर से ताला लगा लिया। पन्द्रह मिनट बाद वह फौजी कोट और नीली घुड़सवारी की बिर्जस पहने बाहर निकला। जब कोई लड़की पहली बार नाच पर जाने के लिए गाउन पहनकर आती है तो वह खुश भी होती है और लजाती झेंपती भी है। यही स्थिति घुड़सेना के अफसर की थी जब वह

उस कमरे में दाखिल हुआ जो मेहमानों के लिए तैयार किया गया था।

"देखें तो नई पीढ़ी के हुस्सार कैसे हैं, बहिन। अगर सच्चे मानों में कोई हुस्सार हुआ है तो वह बड़ा काउंट ही था। देखें ये लोग कैसे है।"

दोनों अफसर पिछले दरवाज़े से अपने कमरे में दाखिल हुए।

"मैंने क्या कहा था?" काउंट ने कहा और धूल से अटे बूट पहने नये बिस्तर पर लेट गया। "क्या यह जगह उस झोंपड़े से अच्छी नहीं? वहां तो झींगुर ही झींगुर थे।"

"ज़्यादा अच्छी है, ज़रूर, मगर हमने फिज़ूल ही मेज़बानों का एहसान सिर पर लिया।"

"छिः! आदमी की नज़र हमेशा व्यावहारिक होनी चाहिए। निश्चय ही हमारे आने से वे बेहद खुश हैं··· मुलाज़िम!" उसने ज़ोर से कहा, "उनसे कहो कि इस खिड़की के ऊपर कोई पर्दा-वर्दा टांग दें ताकि रात को हवा तंग न करे।"

ऐन इसी वक्त वह बुज़ूर्ग अफसरों से परिचय प्राप्त करने के लिए कमरे में दाखिल हुआ। वह यह कहे बिना नहीं रह सका—और यह स्वाभाविक ही था—कि मैं स्वर्गीय काउंट का साथी रह चुका हूं, वह मेरे दोस्त थे, उन्होंने मुझपर बड़े एहसान किए थे। ये बातें कहते वक्त बूढ़े के चेहरे पर लाली दौड़ गई। एहसान से उसका मतलब, क्या उन 100 रूबलों से था जो काउंट ने उसे वापस नहीं दिए थे, या इस बात से कि काउंट ने उसे बर्फ पर पटक दिया था, या उसपर गालियों की बौछार की थी? इसका जवाब देना मुश्किल है—बुज़ुर्ग ने इसकी व्याख्या नहीं की। युवा काउंट घुड़सेना के बूढ़े अफसर के साथ बड़ी इज़्ज़त से पेश आया, और उन्हें वहां ठहराने के लिए उसे धन्यवाद दिया।

"काउंट, माफ करना, यह कमरा बहुत आरामदेह नहीं है," (ऊंचे रुतबे के आदमियों से बात करने की उसकी आदत छूट गई थी, यहां तक कि वह उसे 'हुज़ूर' कहकर सम्बोधित करने जा रहा था) "मेरी बहिन का घर बहुत छोटा है। हम उस खिड़की पर अभी कुछ टांग देंगे, जिससे हवा अन्दर नहीं आएगी," उसने कहा, और पर्दा लाने के बहाने, पांव घसीटता कमरे से निकल गया। वास्तव में वह घरवालों से अफसरों की चर्चा करना चाहता था।

इसके बाद खूबसूरत ऊस्त्युश्का हाथों में मालकिन की शाल उठाए, उसे खिड़की पर टांगने के लिए कमरे में दाखिल हुई। मालकिन ने उससे यह भी कहा था कि अफसरों से पूछना कि क्या वे चाय पीना चाहेंगे?

जगह अच्छी थी, साफ-सुथरी थी। इस बात का असर काउंट पर भी हुआ। उसकी उदासी जाती रही। ऊस्त्युश्का के साथ वह हंसी-मज़ाक करने लगा। वह इस लापरवाही से बातें करने लगा कि लड़की बीच ही में बोल उठी : "आप तो बड़े दुष्ट हैं!" काउंट ने छोटी मालकिन के बारे में पूछा कि क्या वह खुबसूरत है? आखिर जब चाय के बारे में ऊस्त्युश्का ने मालकिन का सन्देश दिया तो काउंट बोला, "क्या हर्ज है, बेशक चाय भेज दें, पर हां, हमारा आदमी अभी तक खाना तैयार नहीं कर पाया, इसलिए कुछ वोद्का और कुछ खाने की चीज़ें, और अगर हो सके तो थोड़ी शैरी भी चाय के साथ भेज दें।"

लीज़ा का मामा छोटे काउण्ट की चाल-ढाल पर ही लट्टू हो गया था। नई पीढ़ी के अफसरों की तारीफों की पुल बांधने लगा। पिछली पीढ़ीवालों से ये लोग कहीं ज़्यादा रोबदार हैं, दोनों का कोई मुकाबला ही नहीं।

आन्ना फ्योदोरोव्ना इस बात को नहीं मानती थी। काउण्ट फ्योदोर इवानोविच से बेहतर कोई नहीं हो सकता। यहां तक कि वह चिढ़ गई और कहने लगी, "तुम्हारा क्या है, भैया, तुम्हारे साथ तो जो कोई मेहरबानी करेगा तुम उसीकी तारीफ करने लगोगे। कौन नहीं जानता कि अब लोग ज़्यादा चतुर हो गए हैं। पर काउण्ट फ्योदोर इवानोचिव का-सा सलीका तो किसी में हो? उस जैसा एकोसाएज़ नाच तो कोई नाचकर दिखाए? हर कोई उसपर लट्टू था। फिर भी इराकी आंख को कभी कोई नहीं भाया—सिवाय मेरे। तुम्हें मानना पड़ेगा कि पिछली पीढ़ी में बहुत अच्छे-अच्छे आदमी हो गुज़रे हैं।"

उसी वक्त वोद्का, शैरी और खाने-पीने के सामान की फर्माइश पहुंची।

"देख लिया भैया, तुम कभी भी कोई बात ढंग की नहीं करते हो। तुम्हें चाहिए था कि खाना तैयार करवाते," आन्ना फ्योदोरोव्ना ने कहा, "लीज़ा, बेटी अब सब काम खुद सम्भालो।"

लीज़ा भागती हुई भण्डारे में खुमियां और ताज़ा मक्खन लाने के

लिए गई और रसोइए से कहा कि थोड़ा मांस भून दे।

"क्या घर में कुछ शैरी है भैया?"

"नहीं, बहिन, मुझे शैरी मिली ही कब है?"

"यह कैसे हो सकता है? तुम चाय के साथ कुछ पिया तो करते हो?"

"रम पीता हूं, आन्ना फ्योदोरोव्ना।"

"क्या फरक पड़ता है? वही भेज दो···अ···रम ही भेज दो, पर क्या यह ज़्यादा मुनासिब नहीं होगा कि हम उन्हें यहीं पर बुला लें। तुम बताओ क्या करना चाहिए? यहां बुलाने पर वे नाराज़ तो नहीं होंगे न, क्यों?"

घुड़सेना के अफसर को पूरा विश्वास था कि काउण्ट बड़ा उदार-हृदय आदमी है, कभी आने से इन्कार नहीं करेगा और वह ज़रूर उन्हें लिवा लाएगा। आन्ना फ्योदोरोव्ना अपनी 'ग्रास ग्रेन' की पोशाक और नई टोपी पहनने चली गई, पर लीज़ा इतनी व्यस्त थी कि उसे कपड़े बदलने का ख्याल तक नहीं आया। जो चौड़ी आस्तीनवाली, गुलाबी लिनेन की पोशाक पहने थी, वही पहने रही। वह बेहद घबराई हुई थी। उसका मन कह रहा था कि कोई बहुत बड़ी बात होनेवाली है। लगता था मानो किसी घने बादल ने उसकी आत्मा को ढक लिया हो। वह समझती थी कि यह काउण्ट, यह सुन्दर हुस्सार युवक कोई बहुत ही शानदार आदमी होगा। उसकी हर बात में नवीनता होगी और वह उसे समझ नहीं पाएगी। उसकी चाल-ढाल, बात करने का ढंग, उसकी हर बात निराली होगी। उसका सोचने का ढंग, उसके मुंह से निकला हुआ एक-एक वाक्य, सच्चाई और विद्वत्ता से भरा होगा। उसकी हर क्रिया यथार्थ और यथोचित होगी। उसके चेहरे का एक-एक नक्श सुन्दर होगा। लीज़ा को इसमें तनिक भी संदेह नहीं था। काउण्ट ने शैरी और खाने-पीने की चीज़ों के लिए कहला भेजा था। लेकिन अगर वह इत्र में नहाने की भी मांग करता तो भी वह हैरान न होती, वह समझ लेती कि यही उचित और ठीक होगा।

आन्ना फ्योदोरोव्ना का निमन्त्रण मिलते ही, काउण्ट ने उसे स्वीकार कर लिया। झट बालों में कंघी की, कोट पहना और अपने सिगारों का डब्बा उठा लिया।

"चलो भई," उसने पोलोज़ोव से कहा।

"मैं तो सोचता हूं कि हमें नहीं जाना चाहिए," कोरनेट ने जवाब दिया। "हम उनपर खर्च का बोझ डाल रहे हैं।"

"फिजूल बात! लोग खुश होंगे। मैंने पहले ही से पता लगा लिया है। जान पड़ता है कि मालकिन की लड़की बड़ी खूबसूरत है। चलो चले," काउण्उट ने फ्रांसीसी भाषा में कहा।

"हमारे यहां पधारिए!" घुड़सेना के अफसर ने सिर्फ यह दिखाने के लिए कहा कि वह भी फ्रांसीसी समझता है और उनकी बात उसकी समझ में आ गई है।

12

वे कमरे में दाखिल हुए। लीज़ा का चेहरा शर्म से लाल हो गया। पर वह पलकें झुकाए, चाय उंडेलती रही ताकि वे यही समझे कि उसका सारा ध्यान चाय की ओर है। वास्तव में आंख उठाकर, अफसरों की ओर देखने में उसे डर लगता था। इसके विपरीत, आन्ना फ्योदोरोव्ना उछलकर खड़ी हो गई, हल्के से झुककर उनका स्वागत किया, और काउण्ट के चेहरे पर आंखें गड़ाए, बिना झिझक-संकोच के, उसके साथ बतियाने लगी। "काउण्ट, तुम तो बिल्कुल अपने बाप की तसवीर हो।" फिर अपनी बेटी से उसका परिचय कराया। काउण्ट के सामने चाय रखी, साथ में जैम और जंगली फलों का गूदा। कोरनेट देखने में बड़ा सीधा-सादा था, इसलिए किसीने उसकी ओर ध्यान नहीं दिया। और इसके लिए वह दिल ही दिल में उन्हें धन्यवाद भी दे रहा था। क्योंकि इस तरह उसे चुपचाप, शिष्टता से लीज़ा का रूप निहारने का मौका मिल गया था। लीज़ा पर नज़र पड़ते ही उसने देख लिया कि लड़की असाधारण है। बूढ़ा मामा इस इन्तज़ार में था कि कब बहन बोलना बन्द करे कि वह भी कुछ कह सके। वह भी बोलने के लिए बेताब था और चाहता था कि अपने घुड़सवारी के ज़माने के किस्से उन्हें सुनाए। काउण्ट ने सिगार सुलगाया। वह इतना तेज़ था कि लीज़ा को खांसी आ गई। वह बातें करने का बड़ा शौकीन और साथ ही नम्र स्वभाव निकला। पहले तो आन्ना फ्योदोरोव्ना की चटर-पटर में अपनी ओर से एकाध शब्द जोड़ देता रहा, बाद में स्वयं चहकने लगा। उसकी बातें सुननेवालों को एक बात उसके व्यवहार में विचित्र लगी : वह ऐसे

शब्दों का प्रयोग करता था, जो उसकी अपनी मण्डली में तो बेशक बुरे न लगते होंगे, मगर यहां वे ज़रूर बहुत खटकते थे। आन्ना फ्योदोरोव्ना उन्हें सुनकर कुछ सहम-सी गई। लीज़ा के शर्म के मारे कान तक लाल हो गए। मगर काउण्ट को इसका भास नहीं हुआ, वह उसी तरह आराम से और बड़ी विनम्रता से बतियाता रहा। लीज़ा ने चुपचाप गिलास भर दिए, पर मेहमानों के हाथों में देने के बजाय उनके नज़दीक रख दिए। अब भी वह बड़ी घबरा रही थी और काउण्ट की बातों का एक-एक शब्द कान लगाकर सुन रही थी। काउण्ट की बातें सीधी-सादी थीं। बोलते हुए वह बार-बार रुकता था। लीज़ा का मन कुछ-कुछ सम्भलने लगा। जिन विद्वत्ता-भरी बातों को सुनने की उसे आशा थी, वे सुनने को नहीं मिलीं। न ही काउण्ट की चाल-ढाल में उस बांकपन की कोई झलक ही मिली जिसकी धुंधली-सी आस सारा वक्त उसके मन में रही थी। चाय का तीसरा दौरा चलने लगा। लीज़ा ने लजाते हुए आंख उठाकर उसकी ओर देखा। काउण्ट ने उसकी नज़र को जैसे अपनी आंखों से बांध लिया, और बिना किसी झेप के बातें भी करता गया, टिकटिकी बांधे उसे देखता रहा और हल्के-हल्के मुस्कराता रहा। लीज़ा के अन्दर उसके प्रति एक विरोध भाव-सा उठ खड़ा हुआ और फौरन ही उसे महसूस होने लगा कि इस आदमी में कोई भी विलक्षण बात नहीं। इतना ही नहीं, इसमें और उन सभी आदमियों में जिन्हें वह जानती थी उसे कोई अन्तर नज़र नहीं आता था। इसलिए उससे डरने की कोई ज़रूरत नहीं महसूस हुई। यह ठीक है कि इसके नाखून लम्बे थे और ध्यान से तराशे हुए थे, पर देखने में भी वह कोई खास खूबसूरत नहीं था। इसलिए जब लीज़ा ने जाना कि उसके स्वप्न निराधार थे तो सहसा उसका मन क्षुब्ध हो उठा, पर साथ ही उसे एक तरह का ढाढ़स भी मिला। उसे अब एक ही बात विचलित कर रही थी। कोरनेट चुपचाप बैठा बराबर उसकी ओर देखे जा रहा था। लीज़ा अपने चेहरे पर उसकी नज़र महसूस कर रही थी। 'शायद वह नहीं, यह होगा,' उसने सोचा।

13

चाय के बाद बृद्ध महिला अपने मेहमानों को दूसरे कमरे में ले गई।

अन्दर पहुंचकर वह अपनी रोज़ की जगह पर बैठ गई।

"शायद आप आराम करना चाहेंगे, काउण्ट?" उसने पूछा। काउण्ट ने सिर हिला दिया। इसपर वह बोली, "तो मैं आप लोगों के मनबहलाव के लिए क्या इन्तज़ाम करूं? काउण्ट, क्या आप ताश खेलते है? भैया, तुम कोई ताश का खेल शुरू कर दो।"

"तुम तो खुद 'प्रेफ्रेन्स' खेलती हो बहिन," उसके भाई ने जवाब दिया, "आइए, एक बाज़ी हो जाए, काउण्ट? और आप?"

अफसरों ने कहा कि जो भी खेल मेज़बानों को पसन्द है, वे शौक से खेलेंगे।

लीज़ा एक पुरानी ताश की गड्डी उठा लाई। इसके साथ वह किस्मत बांचा करती थी : कि आन्ना फ्योदोरोव्वना के दांत का दर्द जल्दी दूर होगा या नहीं, मामा शहर से कब गांव वापस लौटेंगे, पड़ोसी उनसे मिलने आएंगे या नहीं, और इसी तरह की कई बातें। इस गड्डी के पत्ते, पिछले दो महीने से इस्तेमाल किए जा रहे थे, फिर भी उस गड्डी के पत्तों से ज़्यादा साफ थे जिनसे आन्ना फ्योदोरोव्ना किस्मत बांचा करती थी।

"पर शायद आप छोटे दांव पर खेलना पसन्द नहीं करते?" मामा ने पूछा। "अन्ना फ्योदोरोव्ना और मैं तो आधा कोपेक फी पाइण्ट खेलते हैं। इसपर भी वह हमें लूट लेती है।"

"जिस दांव पर भी आप खेलना चाहें, मैं खुशी से खेलूंगा," काउण्ट ने कहा।

"तो फिर चलिए, एक कोपेक फी पाइंट रहा,—और अदाएगी नोटों में। ऐसे अच्छे मेहमानों के लिए मैं सब कुछ करने के लिए तैयार हूं। भले ही वे मुझे गली की भिखारिन बनाकर छोड़े," आन्ना फ्योदो-रोव्ना ने कहा और आरामकुर्सी पर बैठकर अपनी जालीदार शाल ठीक करने लगी।

उसने मन में सोचा, "क्या मालूम जीत जाऊं और इनसे एक रूबल तक बना लूं। लगता था जैसे बुढ़ापे में उसे जुआ खेलने का चस्का पड़ने लगा था।

"इस खेल को खेलने का एक दूसरा ढंग भी है। कहें तो सिखा दूं। इसे 'आनर्स' और 'मिज़री' से खेलना कहते हैं। बड़ा मज़ेदार है," काउण्ट ने कहा।

पीटर्सबर्ग में खेला जानेवाला यह नया ढंग सब लोगों को बहुत पसन्द आया। मामा कहने लगा कि मैं किसी ज़माने में इस तरह खेलना जानता था, यह 'बोस्टन' से बहुत कुछ मिलता है, पर अब यह मुझे कुछ-कुछ भूलने लगा है। आन्ना फ्योदोरोव्ना के पल्ले कुछ नहीं पड़ा। पर उसने यही ठीक समझा कि सिर हिलाती रहे और मुस्करा-मुस्कराकर कहती जाए कि मैं सब समझ गई हूं, सब बात साफ है। खेल के बीच में, यक्का और बादशाह हाथ में पकड़े हुए, आन्ना फ्योदोरोव्ना ने 'मिज़री' पुकारा और छः सरें उठा लीं। सब लोग ठहाका मारकर हंस पड़े। उसे बड़ी झेंप हुई। धीमे से मुस्कराई और झट कहने लगी कि नया तरीका कोई इतनी जल्दी कैसे सीख सकता है। पर वह हार गई थी, और उसके नाम के आगे अंक लिख लिया गया था। वह बार-बार हारने लगी। काउण्ट ऊंचे दांव पर खेलने का आदी था, और इस वक्त बड़ी सावधानी से खेल रहा था। बाकायदा एक-एक चाल का हिसाब रख रहा था। मेज़ के नीचे कोरनेट बार-बार उसे पांव से ठोकर मारकर समझाने की कोशिश करता पर काउण्ट कुछ भी नहीं समझ पा रहा था। कोरनेट खुद बड़ी गलतियां कर रहा था।

लीज़ा खाने-पीने का और सामान ले आई—तीन तरह का जैम, फलों का गूदा, और एक खास ढंग के अचारी सेब। वह मां की कुर्सी के पीछे खड़ी हो गई और खेल देखने लगी। किसी-किसी वक्त वह उड़ती आंखों से अफसरों को देखती, विशेषकर काउण्ट को। काउण्ट बड़ी चतुराई, आत्मविश्वास और सफाई से खेल रहा था। जब पत्ते फेंकता या सरें उठाता तो उसके गोरे-चिट्टे हाथ और गुलाबी नाखून लीज़ा का ध्यान आकर्षित करते।

एक बार फिर आन्ना फ्योदोरोव्ना ने सबसे आगे निकलने की कोशिश की। घबराहट में उसे कुछ भी सूझ नहीं रहा था। उसने सात तक की चाल बोल दी। पर आए उसके पास केवल चार। भाई के कहने पर अंकोंवाले कागज़ पर उसने अपने अंक लिख तो दिए पर इस ढंग से कि पढ़े न जा सकें।

"घबराओ नहीं मां, तुम हारोगी नहीं। सब वापस जीत लोगी," लीज़ा ने मुस्कराते हुए कहा। वह चाहती थी कि मां को किसी तरह इस अटपटी स्थिति में से निकाल दे। "अगर तुम मामाजी के पत्ते ले लो तो वे फंस जाएंगे।"

"आओ, मेरी कुछ मदद करो, लीज़ा," आन्ना फ्योदोरोव्ना ने घबराकर बेटी की ओर देखते हुए कहा। "मैं नहीं जानती कैसे···"

"मैं भी खेल के नये नियमों को नहीं जानती," लीज़ा बोली और जल्दी से मन ही मन जोड़ लगाने लगी कि मां कितने पैसे हार चुकी है। "इस तरह खेलती रहोगी तो सब पैसे हार जाओगी मां। घर में इतने पैसे भी नहीं बचेंगे कि पिमोच्का के लिए फ्रॉक भी खरीद सको," उसने हंसकर कहा।

"इसमें कोई शक नहीं। इस तरह खेलेंगी तो आप कम से कम दस चांदी के रूबल हार जाएंगी," कोरनेट ने कहा। वह टिकटिकी बांधे लीज़ा की ओर देख रहा था। लीज़ा के साथ बातें करने के लिए उसका मन ललक रहा था।

"क्यों, हम तो नोटों के साथ खेल रहे हैं," आन्ना फ्योदोरोव्ना ने कहा और खेलनेवालों के मुंह की ओर देखने लगी।

"शायद," काउण्ट बोला, "मगर मुझे तो कागज़ी नोटों से हिसाब करना ही नहीं आता। आप किस तरह···मतलब है, यह कागज़ी नोटों का हिसाब क्या है?"

"आजकल कोई भी कागजी नोटों से नहीं खेलता," मामा ने कहा। वह पैसे जीत रहा था।

वृद्ध महिला ने फलों का रस मंगवाया, स्वयं भी दो गिलास पिए। उसका चेहरा तमतमाने लगा था। यों जान पड़ता है जैसे कह रही हो कि अब मेरा कुछ नहीं बन सकता। उसके माथे पर टोपी के नीचे से बालों की सफेद लट खिसक आई थी। वह उसे भी ठीक करना भूल गई। वह सचमुच यों महसूस कर रही थी जैसे उसने लाखों की रकम हार दी हो और उसका दीवाला बोलनेवाला हो। कोरनेट बार-बार मेज़ के नीचे काउण्ट को पैर की ठोकर से समझा रहा था। बुढ़िया पैसे हारती जा रही थी और काउण्ट उनका बराबर हिसाब लिखता जा रहा था। आखिर खेल खत्म हुआ। आन्ना फ्योदोरोव्ना ने पूरी कोशिश की कि कुछ पैसे अपने हिसाब में जोड़ ले, यह बहाना भी किया कि हिसाब लिखने में उससे गलती हो गई थी, कि उसे हिसाब लिखना आता ही नहीं। अन्तरात्मा ने कहा, ऐसे मत करो आन्ना फ्योदोरोव्ना, पर उसने अन्तरात्मा की आवाज़ को सुना-अनसुना कर दिया। जब उसने अपने नाम के आगे लिखी रकमें देखीं तो उसका दिल बैठ

गया। पर इन सब बातों के बावज़ूद हिसाब जोड़ा गया। मालूम हुआ कि वह नौ सौ बीस पाइंट हारी है। 'तो क्या यह नोटों में नौ रूबल नहीं बनते?" वह बार-बार पूछने लगी। उसे अपने नुकसान का अनुमान उस वक्त तक नहीं हुआ जब तक कि उसके भाई ने उसे सारा हिसाब नहीं समझाया। उसने बताया कि वह नोटों में पूरे साढ़े बत्तीस रूबल हार गई है, और यह रकम उसे ज़रूर अदा कर देनी चाहिए। सुनते ही बुढ़िया को कंपकंपी छूट गई। खेल खत्म होने पर काउण्ट उठकर खिड़की के पास चला गया। वहां लीज़ा खाना परोस रही थी और प्लेट में खुमियां रख रही थी। काउण्ट ने जीत के पैसों का हिसाब तक लगाने की परवाह नहीं की। कोरनेट सारी शाम लीज़ा से बातें करने के लिए छटपटा रहा था, मगर बेसूद। काउण्ट बड़े आराम से लीज़ा के पास आया और मौसम की चर्चा करने लगा।

कोरनेट की स्थिति बड़ी अटपटी हो रही थी। काउंट खेल की मेज़ पर से उठ गया था। लीज़ा भी, जो मां का ढाढ़स बंधाती रही थी, वहां से चली गई थी। बुढ़िया बेहद क्षुब्ध हो उठी थी।

"मुझे बड़ा खेद है कि हमने आपसे पैसे जीते," पोलोज़ोव बोला। उसे कुछ तो कहना ही था। "हमने बड़ी असभ्य बात की है।"

"ये नये-नये खेल आप लोगों ने ढूंढ़ निकाले हैं—'आनर्स' और 'मिज़री' और जाने क्या-क्या। मैं क्या समझूं? क्या कहा, भैया, कितने पैसे बनते हैं, नोटों के हिसाब से?"

"बत्तीस रूबल, साढ़े बत्तीस," बूढ़े ने जवाब दिया। उसने खुद पैसे जीते थे, इसलिए बड़ा खुश था। "लाओ बहिन, लाओ, निकालो पैसे।"

"अब की बार तो दे दूंगी, पर फिर कभी नहीं दूंगी। मेरे पास देने के लिए होंगे ही कब? इतने पैसे मैं कभी भी जीत नहीं पाऊंगी।"

और आन्ना फ्योदोरोव्ना तेज़ चलती हुई कमरे से बाहर चली गई। जब वह चलती तो झूलती हुई। थोड़ी देर बाद वह एक-एक रूबल के नौ नोट उठाकर ले आई। पर भाई टस से मस न हुआ और बड़ी दृढ़ता से पैसे तलब करने लगा। आखिर लाचार होकर बुढ़िया को सारी रकम चुकानी पड़ी।

पोलोज़ोव मन ही मन डर रहा था कि यदि उसने बुढ़िया से कुछ कहा तो वह बरस पड़ेगी। वह चुपके से वहां से सरक गया और खिड़की

के पास जाकर खड़ा हो गया। खिड़की खुली थी, वहीं पर काउंट और लीज़ा खड़े बातें कर रहे थे।

खानेवाली मेज़ पर दो मोमबत्तियां जल रही थीं। रह-रहकर, कमरे में वसन्त की ताज़ा हवा के झोंके आ रहे थे जिससे बत्तियों की शिखा कांप-कांप जाती। बाग की ओर खुलनेवाली खिड़की में भी रोशनी थी, लेकिन कमरे के अन्दर की रोशनी से वह बिल्कुल भिन्न थी। लगभग पूर्णिमा का चांद इस समय तक अपनी सुनहरी आभा खो बैठा था और लाइम के पेड़ों के ऊपर तैरता चला जा रहा था। स्वच्छ, श्वेत बादलों के टुकड़े चांद के सामने से गुज़रते और निखर उठते। नीचे, ताल में मेंढक टर्रा रहे थे। पेड़ों के बीच में से, पानी का एक छोटा-सा पोखर झिलमिला रहा था। खिड़की के पास, फूलों से लदे, महकते लीलक पौधे पर छोटे-छोटे पक्षी फुदक रहे थे और पर फड़फड़ा रहे थे। ओस से भीगे फूलों के गुच्छे हवा में झूल रहे थे।

"कैसी सुहावनी रात है?" खिड़की के दासे पर, लीज़ा के निकट बैठते हुए काउंट ने कहा: "आप तो अक्सर घूमने जाती होंगी?"

"हां, जाती हूं," लीज़ा बोली। किसी कारण, काउंट से बातें करते हुए अब उसे तनिक भी घबराहट नहीं हो रही थी। "प्रातः सात बजे घर का काम-काज देखने रोज़ बाहर जाती हूं। पिमोच्का को साथ लेकर भी घूमने निकलती हूं। पिमोच्का को मां ने गोद ले रखा है।"

"देहात में रहने में बड़ा आनन्द है!" एक आंख पर चश्मा लगाते हुए और कभी बाग की ओर और कभी लीज़ा की ओर देखते हुए काउंट कहने लगा। "क्या आप चांदनी रातों में भी घूमने जाती हैं?"

"अब तो नहीं जाती, पर तीन साल पहले मैं और मामाजी चांदनी रातों में हर रोज़ जाया करते थे। तब इन्हें एक अजीब-सी बीमारी हो गई—वह सो नहीं पाते थे। पूर्णिमा की रात को तो इनके लिए सोना असम्भव हो जाता था। इनका कमरा—वह सामनेवाला कमरा—सीधा बाग में खुलता है, और खिड़की नीची है, चांदनी ऐन उनके मुंह पर पड़ती है।"

"अजीब बात है, मैं सोच रहा था कि वह आपका कमरा है," काउंट ने कहा।

"मैं केवल आज ही की रात वहां सोऊंगी। मेरेवाले कमरे में तो आप लोग सोएंगे।"

"क्या सच? आपको हमने बड़ी तकलीफ दी है। इसके लिए मैं तो कभी भी अपने को क्षमा नहीं कर पाऊंगा," काउण्ट बोला और सद्भावना जताने के लिए आंख का चश्मा ढीला कर दिया जिससे वह नीचे गिर पड़ा। "यदि मैं जानता कि मेरे कारण आपको यों परेशान होना पड़ेगा···"

"इसमें परेशानी की क्या बात है? बल्कि मुझे तो बड़ी खुशी है। मामाजी का कमरा बहुत अच्छा है—बड़ा हवादार और साफ-सुथरा है। और उसकी नीची-सी खिड़की—मैं तो उसीपर बैठी रहूंगी और वहीं सो जाऊंगी; या शायद मैं कूदकर बाग में निकल जाऊंगी और टहलती रहूंगी, फिर लौटकर सो जाऊंगी।"

'कितनी प्यारी लड़की है!' काउण्ट सोच रहा था। उसके चेहरे को ज़्यादा अच्छी तरह देख पाने के लिए उसने फिर आंख पर चश्मा लगाया, और खिड़की पर बैठते हुए उसकी टांग को अपने पैर से छूने की कोशिश की। 'कैसी चतुराई के साथ इसने मुझे इशारा कर दिया है, कि यदि मैं चाहूं तो इसे खिड़की के पास मिल सकता हूं।' लड़की का दिल जीतना उसे सचमुच इतना आसान जान पड़ा कि उसका आकर्षण उसकी नज़रों में बहुत कुछ कम हो गया।

"कितना मज़ा रहता होगा," बाग के अंधेरे रास्ते की ओर देखते हुए और मन ही मन गुनगुनाते हुए काउण्ट ने कहा, "ऐसी सुहावनी रात हो, साथ में कोई प्यारा मित्र हो तो आदमी बाग में ही सारी रात बिता दे।"

इन शब्दों को सुनकर लीज़ा झेंप गई। उसे लगा जैसे उसकी टांग को काउण्ट का पैर फिर छू गया हो। झेंप को दबाने के लिए वह झट से बोली, "जी, चांदनी रात में घूमने का सचमुच बड़ा मज़ा है।" पर उसकी झेंप दूर नहीं हुई। उसने झट से खुमियों के मर्तबान को ढक्कन से बन्द किया और उठाकर बाहर ले जाने लगी। ऐन उसी वक्त कोरनेट वहां पहुंच गया। लीज़ा के मन में सहसा कुतूहल जगा कि देखें, यह किस किस्म का आदमी है।

"कैसी सुहावनी रात है," कोरनट बोला।

'मौसम के अलावा ये लोग कोई और बात ही नहीं करते,' लीज़ा ने सोचा।

"बाग का नज़ारा बहुत खूबसूरत है!" कोरनेट ने कहा। "पर

शायद अब तक आप इससे ऊब उठी होंगी।" जो लोग कोरनेट को बहुत पसन्द हुआ करते थे, उनके सामने वह ज़रूर कोई अप्रिय-सी बात कहा करता। यह उसकी आदत थी।

"क्यों? आपको यह ख्याल कैसे आया? आदमी रोज़ एक ही चीज़ खाकर ऊब सकता है या एक ही फ्रॉक रोज़ पहनकर ऊब सकता है, मगर सुन्दर बाग से वह क्योंकर ऊबने लगेगा? खास तौर पर जब चांद आसमान में और भी ऊपर उठ आया हो। मामाजी के कमरे में से पूरे के पूरे ताल का दृश्य नज़र आता है। आज रात मैं उसे ज़रूर देखूंगी।"

"मैं सोचता हूं यहां बुलबुले नहीं हैं, क्यों?" काउण्ट ने पूछा। वह पोलोज़ोव से बेहद नाराज़ था कि वह बीच में आ टपका है और अब बह लीज़ा के साथ मिलने का स्थान और समय निश्चित नहीं कर पाएगा।

"नहीं, पर पहले थीं। पिछले साल एक शिकारी आया और एक को पकड़कर ले गया। इस साल—पिछले ही हफ्ते की बात है—मैंने एक बुलबुल को गाते सुना था। उसकी आवाज़ में बड़ी मिठास थी। उसी वक्त कान्स्टेबल अपनी छोटी-सी गाड़ी में बैठा कहीं से आ निकला। गाड़ी पर घंटियां लगी थीं। उनकी टन-टन सुनकर बुलबुल डर गई और उसी वक्त उड़ गई। पिछले से पिछले साल मैं और मामाजी, पेड़ों के नीचे घंटों बैठे बुलबुलों का गाना सुनते रहते थे।"

"हमारी बिटिया बड़ी बातूनी है। क्या सुना रही हो उन्हें?" मामा ने पास आकर कहा। "आइए, कुछ खा-पी लें।"

मेज़ पर बैठे तो काउण्ट ने भोजन की तारीफ की, अपनी भूख का भी अच्छा प्रदर्शन किया। आन्ना फ्योदोरोव्ना का दिल कुछ-कुछ ठिकाने आया। खाना खा चुकने पर दोनों अफसरों ने विदा ली और अपने कमरे में चले गए। काउण्ट ने मामा के साथ हाथ मिलाया। इसके बाद आन्ना फ्योदोरोव्ना के साथ, परन्तु उसके हाथ को चूमा नहीं। आन्ना फ्योदोरोव्ना अवाक् रह गई। इसी ढंग से काउण्ट ने लीज़ा से भी हाथ मिलाया और नज़र भरकर उसे देखा। उसके होंठों पर हल्की-सी लुभावनी मुस्कान थी। लीज़ा फिर झेंप गई।

'देखने में तो अच्छा है,' लीज़ा ने मन ही मन कहा, 'मगर अपने को समझता बहुत कुछ है।'

14

दोनों अफसर कमरे में पहुंचे।

"तुम्हें शर्म आनी चाहिए," पोलोज़ोव ने कहा, "मैं तो कोशिश करता रहा कि हम लोग कुछ पैसे हार जाएं। मेज़ के नीचे से तुम्हें इशारे भी करता रहा। लेकिन तुम बड़े संगदिल आदमी निकले। बुढ़िया बेचारी को रुला मारा।"

काउण्ट ठहाका मारकर हंस पड़ा।

"बड़ी अजीब औरत है! तुमने देखा, जब हार गई तो कैसे मुंह बनाने लगी!"

वह फिर ठहाका मारकर हंसा, इस बेपरवाही से कि सामने खड़ा नौकर—जोहान्न—भी, आंखें चुराकर मुस्कराने लगा।

"परिवार के पुराने दोस्त का बेटा! हा! हा! हा!" काउण्ट खिलखिलाकर हंसता गया।

"पर सचमुच तुमने ठीक नहीं किया। मुझे तो बुढ़िया पर तरस आने लगा था," कोरनेट ने कहा।

"छिः! तुम अभी कमसिन हो। क्या तुम समझे बैठे थे कि मैं जान-बूझकर हार जाऊंगा? मैं क्यों हारूं? जब खेलना नहीं जानता था तो हारा करता था। ये दस रूबल काम आएंगे, दोस्त। आदमी में व्यवहार-कुशलता होनी चाहिए, नहीं तो बेवकूफों में शुमार होने लगता है।"

पोलोज़ोव चुप हो गया। वह अन्दर ही अन्दर सिमटकर लीज़ा के बारे में सोचना चाहता था। उसके विचार में लीज़ा अत्यन्त पवित्र और सुन्दर लड़की थी। पोलोज़ोव ने कपड़े बदले और गुदगुदे, साफ बिस्तर पर लेट गया।

'सैनिक जीवन में बड़ा मान है, बड़ा गौरव है—सब झूठ!' खिड़की की ओर देखते हुए वह सोचने लगा। खिड़की पर टंगी शाल में से चांदनी छन-छनकर आ रही थी। 'सच्चा सुख तो इसमें है कि मनुष्य किसी एकान्त स्थान पर, किसी सरल, समझदार और सुन्दर पत्नी के साथ जीवन बिता दे। इसी में सच्चा और स्थायी सुख है!'

पर पोलोज़ोव ने अपने मित्र के सामने अपने विचार व्यक्त नहीं किए, इस ग्रामीण युवती का ज़िक्र तक नहीं किया, हालांकि वह भली भांति जानता था कि काउण्ट भी उसीके बारे में सोच रहा है।

"तुम कपड़े क्यों नहीं बदल रहे हो?" उसने काउण्ट से पूछा। काउण्ट कमरे में टहल रहा था।

"मेरी सोने की इच्छा नहीं हो रही है, न मालम क्यों। तुम बेशक बत्ती बुझा दो, मुझे इसकी ज़रूरत नहीं है।"

और वह कमरे के एक सिरे से दूसरे सिरे तक टहलने लगा।

"सोने की इच्छा नहीं है," पोलोज़ोव ने काउण्ट के शब्दों को दोहराया। पोलोज़ोव पर काउण्ट का बड़ा रोब था। परन्तु आज शाम की घटनाओं के बाद वह दिल ही दिल में कुढ़ने लगा था। ऐसा उसने पहले कभी महसूस नहीं किया। जी में आता कि डटकर काउण्ट का विरोध करे। 'मैं जानता हूं तुम्हारी इस चिकनी-चुपड़ी खोपड़ी के अन्दर किस तरह के विचार घूम रहे हैं,' उसने मन ही मन तुर्बीन से कहा। मैं देख रहा था, तुम्हारा मन उस लड़की पर बुरी तरह रीझ उठा है। पर उल जैसी सरल और सच्ची लड़की को समझने की योग्यता भी तुममें हो। तुम्हें तो मिना जैसी औरतें चाहिए, और वर्दी पर कर्नल के एपोलेट चाहिए।' पोलोज़ोव के मन में आया कि काउण्ट से पूछे कि लीज़ा पसंद आई या नहीं।

पर काउण्ट की ओर मुखातिब होते ही पोलोज़ोव ने इरादा बदल दिया। उसने सोचा कि लीज़ा के बारे में काउण्ट का विचार वही कुछ हुई जो मैंने समझा है तो उसका विरोध करने की मुझमें हिम्मत नहीं होगी, बल्कि मैं इस हद तक इसके रोब के नीचे हूं कि मैं उसकी हां में हां मिलाने लगूंगा। यह जानते हुए भी कि दिन ब दिन उसका यह रोब अनुचित और असह्य होता जा रहा है।

"कहां जा रहे हो?" काउण्ट को टोपी पहनकर दरवाज़े की ओर जाते देखकर उसने पूछा।

"अस्तबल की तरफ जा रहा हूं। देखना चाहता हूं कि वहां इन्तजाम ठीक है या नहीं।"

"अजीब बात है," कोरनेट ने सोचा। पर उसने बत्ती बुझा दी और करवट बदल ली, और अपने मन में से ईर्ष्या और द्वेष-भरे विचार निकालने की कोशिश करने लगा जो इस भूतपूर्व मित्र ने उसके मन में उकसाए थे।

इस बीच आन्ना फ्योदोरोव्ना भी अपनी आदत के मुताबिक अपने भाई, बेटी और गोद ली लड़की पर क्रास का चिह्न बनाकर, और उन्हें

चूमकर अपने कमरे में चली गई। बड़ी मुद्दत के बाद आज पहली बार एक ही दिन में उसने इतनी विभिन्न और गहरी भावनाओं का अनुभव किया था। कुछ तो स्वर्गीय काउण्ट की विषादमयी एवं सजीव स्मृतियों के कारण, कुछ इस युवा छैले का खयाल करके जिसने इतनी बेहयाई से उससे पैसे झाड़ लिए थे, उसका मन बहुत विचलित हो उठा था। वह चैन से प्रार्थना भी नहीं कर पाई। तिसपर भी, रोज़ की तरह उसने कपड़े बदले, पलंग के पास तिपाई पर रखे क्वास का आधा गिलास पिया और पड़ रही। (क्वास का गिलास हर रोज़ इस समय वहां रख दिया जाता था।) उसकी चहेती बिल्ली चुपचाप कमरे में सरक आई। उसने बिल्ली को अपने पास बुलाया और उसकी पीठ सहलाने लगी, और बिल्ली की धीमी-धीमी आवाज़ सुनने लगी।

'इस बिल्ली के कारण मैं सो नहीं पा रही हूं,' उसने सोचा और बिल्ली को धकेलकर पलंग के नीचे पटक दिया। बिल्ली बिना आवाज़ किए, मुलायम, रोएंदार पूंछ टेढ़ी किए अंगीठी के चबूतरे पर चढ़ गई। उसी वक्त नौकरानी अपना नमदा उठाए अन्दर आई, नमदे को फर्श पर बिछाया, बत्ती बुझाई, देव-प्रतिमा के आगे लैम्प जलाया, और लेटते ही खर्राटे भरने लगी। पर आन्ना फ्योदोरोव्ना को नींद नहीं आई और उसके बेचैन दिल को शान्ति नहीं मिली। ज्योंही वह आंखें बन्द करती, हुस्सार का चेहरा सामने आ जाता। जब आंखें खोलती तो कमरे की सब चीज़ें—कमोड, मेज़, लटकते सफेद फ्रॉक, जिनपर देव-प्रतिमा के लैम्प की धीमी-सी रोशनी पड़ रही थी, सभी अजीब-अजीब शक्लों में उसके प्रतिरूप-से बनकर नज़र आने लगते। एक क्षण वह ऐसा महसूस करती जैसे नरम रज़ाई में उसका दम घुट रहा हो, दूसरे क्षण वह घड़ी की टनटन या नौकरानी के खर्राटों से परेशान होने लगती। उसने लड़की को जगा दिया और गुस्से से बोली कि खर्राटे मत लो। उसके दिमाग में बेटी, स्वर्गीय काउंट तथा छोटे काउंट के चेहरे और ताश के खेल की स्मृतियां अजीब तरह से घुल-मिल रही थीं। किसी-किसी वक्त उसकी आंखों के सामने एक तस्वीर खिंच जाती—वह स्वर्गीय काउण्ट के साथ नाच रही है, उसे अपने गोरे-गोरे कंधे नज़र आते, उनपर किसीके होंठों का अनुभव होता, फिर उसे अपनी बेटी, छोटे काउण्ट की बांहों में, नज़र आती। ऊस्त्युश्का फिर खर्राटे भरने लगी थी···

'उफ, नहीं! अब लोग बदल गए हैं, वह आदमी आग और पानी

में मेरी खातिर कूद सकता था। और कूदता भी क्यों नहीं? पर यह दूसरा आदमी, मुझे पक्का यकीन है, इस वक्त गधों की तरह सो रहा होगा, अपनी जीत पर मस्त। उसे यह खयाल तक न आएगा कि उठूं, यह समय प्रेमालाप का है। पर इसका बाप था, कि कैसी-कैसी कसमें उसने मेरे सामने घुटने टेककर खाई थीं, 'तुम क्या चाहते हो? क्या मैं जान पर खेल जाऊं? मैं हंसते हुए तुम्हारी खातिर खुदकशी कर लूंगा।' अगर मैं कहती तो वह कर भी देता।'

सहसा ड्योढ़ी में किसीके पांव की आहट हुई। कोई नंगे पांव चल रहा था। दूसरे क्षण लीज़ा भागती हुई अन्दर आई। उसका चेहरा पीला पड़ गया था और वह सिर से पांव तक कांप रही थी। उसने ड्रेसिंग जाकेट पर केवल एक शाल ओढ़ रखी थी। आते ही वह मां के पलंग पर गिर पड़ी···

मां से विदा होकर लीज़ा मामा के कमरे में चली गई थी। वहां उसने सफेद ड्रेसिंग जाकेट पहना, लम्बे बालों पर रूमाल बांधा, बत्ती बुझाई और खिड़की खोलकर, कुर्सी पर बैठ गई। ताल पर चांदनी झिलमिला रही थी। उसकी ओर देखते हुए वह विचारों में खो गई।

सहसा उसे अपनी सब रुचियां और काम-काज एक नये रूप में नज़र आने लगे—बूढ़ी, सनकी मां जिससे वह प्रेम करती थी, यह गहन प्रेम उसके अस्तित्व का अंग बन गया था ; बूढ़े नेकदिल मामाजी ; नौकर-चाकर जो अपनी छोटी मालकिन पर जान देते थे। घर में गौएं थीं, उनके बछड़े थे। चारों ओर प्रकृति की अनुपम छटा थी। उसकी आंखों के सामने कितने ही पतझड़ और वसन्त अपनी लीला दिखा चुके थे। इन्हींके बीच वह पलकर बड़ी हुई थी। सभी उससे प्रेम करते थे। पर आज उसे सब निरर्थक, नीरस और अवांछित जान पड़ता था। मानो उसके कान में कोई धीमे से कह रहे हो, 'पगली, बीस बरस से औरों की सेवा में जान खपा रही हो। तुम यह भी नहीं जानती हो कि जीवन कहते किसे हैं, सुख क्या है?' चांदनी में नहाए निस्तब्ध बाग की गहराइयों में देखते हुए यह विचार बार-बार उसके मन में उठने लगा। इतनी प्रबलता से यह विचार पहले कभी नहीं उठा था। उसे किस चीज़ ने उसकाया था? क्या वह सहसा काउण्ट से प्रेम करने लगी थी? नहीं, बिल्कुल नहीं। बल्कि वह तो उसे अच्छा भी नहीं लगा था। इससे तो वह कोरनेट से ही ज़्यादा आसानी से प्रेम कर

सकती थी, पर वह बहुत ही सीधा-सादा और चुप्पू किस्म का आदमी था और कब का इसके मन पर से उतर भी चुका था। पर काउण्ट को याद करते ही उसका मन गुस्से और क्षोभ से भर उठता। 'नहीं, यह वह व्यक्ति नहीं है,' वह मन ही मन कहती। उसकी कल्पना का वीर नायक दूसरे ही प्रकार का व्यक्ति था—सर्वांगीण सुन्दर, मन-वचन-कर्म से सुन्दर। उसके साथ, सुहावनी रात के समय, प्रकृति के स्निग्ध विलास-कानन में प्रेम करते हुए, प्रकृति का सर्वव्यापी सौन्दर्य कलुषित नहीं होगा। लीज़ा के मन में अपने आदर्श प्रेम की धारणा ज्यों की त्यों बनी थी। उसे भौंड़ी यथार्थता के अनुकूल बनाने के लिए लीज़ा ने अपने आदर्श को छोटा नहीं किया था।

विधाता ने हर प्राणी को प्रेम करने की क्षमता समान रूप से दी है। पर लीज़ा की प्रेम-क्षमता अविचल और अक्षय बनी रही थी। कारण, उसका जीवन एकान्त में कटता था, और आसपास अपनी रुचि का कोई व्यक्ति न था। इसमें सुख के साथ असन्तोष भी था। अब तो इस स्थिति में रहते उसे इतनी मुद्दत हो चुकी थी कि उसके लिए किसी नवा-गन्तुक पर अपना प्रेम लुटा देना असम्भव हो गया था। किसी-किसी समय वह अन्तर्मुखी हो, हृदय में छिपी भावनाओं के खज़ाने को निहा-रने लगती। उसका रोम-रोम पुलकित हो उठता। हमारी हार्दिक कामना है कि वह आजीवन अपने इस छोटे-से सुख में सुखी रह सके। कौन जाने, शायद यही जीवन का सबसे गहरा और परमसुख हो, यही जीवन का सच्चा और संभाव्य सुख हो!

"हे भगवान!" वह बुदबुदाई, "क्या यह सम्भव है कि मैं यौवन और सुख से वंचित रह गई हूं? मैं उनका कभी भी अनुभव नहीं कर पाऊंगी? क्या यह सच है?" उसने आंख उठाकर आकाश की ओर देखा। चांद-तारों से जगमगाते आकाश में, सफेद बादलों के पुंज चन्द्रमा की ओर जाते हुए तारों को ढकते जा रहे थे। 'यदि सबसे आगे-वाला वह बादल चन्द्रमा को छू गया तो यह सच है,' उसने मन ही मन कहा। बादल के धुंधलके से चांद का निचला भाग ढकने लगा और धीरे-धीरे ताल, लाइम वृक्षों के शिखरों तथा घास पर चांदनी मन्द पड़ने लगी, पेड़ों का धूमिल आकार और भी अस्पष्ट होने लगा। प्रकृति को ढकने-वाले इन उदास पर्दों के पीछे, हल्की-हल्की हवा बहने लगी, पत्ते सर-सराने लगे। ओस से भीगे पत्तों, गीली मिट्टी और लीलक के फूलों की

महक के झोंके खिड़की में से अन्दर आने लगे।

'नहीं, यह सच नहीं,' उसने दिल को ढाढ़स बंधाते हुए कहा, 'आज रात यदि किसी बुलबुल के गाने की आवाज़ आई तो मैं समझूंगी कि इस तरह उदास होना पागलपन है, और निराश होने का कोई कारण नहीं।' बड़ी देर तक वह चुपचाप किसीकी प्रतीक्षा में बैठी रही। किसी-किसी वक्त चांद बादलों की ओट में से झांकता जिससे सामने का दृश्य खिल उठता। फिर वह छिप जाता और साए पृथ्वी को अपने आंचल से ढक देता। उसकी आंखें झपकने लगीं। सहसा ताल की ओर से बुलबुल की आवाज़ सुनाई दी। आवाज़ बिल्कुल साफ थी। युवा देहातिन ने आंखें खोलीं। चारों ओर निस्तब्धता थी, प्रकृति अपना वैभव लुटा रही थी। लीज़ा की आत्मा नये उल्लास से भर उठी। वह कोहनियों के बल आगे की ओर झुकी। एक सुखद उदासी उसके हृदय में अंगड़ाइयां लेने लगी। आंखों में किसी असीम और पावन प्रेम के आंसू छलछला उठे। यह प्रेम पूर्ति के लिए छटपटा रहा था। इन निर्मल, स्वच्छ आंसुओं में सान्त्वना भरी थी। लीज़ा ने खिड़की के दासे पर बाज़ू टिका लिए और उनपर सिर रख दिया। दिल में से, अपने-आप, उसकी सबसे प्यारी प्रार्थना के शब्द उठने लगे। बैठे-बैठे उसे झपकी आ गई। उसकी आंखें आंसुओं से तर थीं।

किसीने उसे छुआ। उसकी नींद टूट गई। स्पर्श कोमल तथा प्रिय था। उसकी पकड़ उसकी बाज़ू पर गहरी होने लगी। सहसा उसे इस बात का बोध हुआ कि वह कहां पर है, हल्की-सी चीख उसके मुंह में से निकली, वह उछलकर खड़ी हो गई, और अपने-आपको समझाते हुए कि वह व्यक्ति काउण्ट नहीं हो सकता जो चांदनी में इस तरह उज्ज्वल दिख रहा था, वह कमरे में से भाग खड़ी हुई...

15

वह काउण्ट हीं था। लड़की के चीखने पर चौकीदार खांसता हुआ बाड़ के पास से अन्दर आया। यह देखकर काउण्ट भाग खड़ा हुआ और ओस से भीगी घास पर चलता हुआ सीधा बाग के अन्दर घुस गया। उसे लगा जैसे वह चोरी करते पकड़ा गया हो। 'कैसा पागल हूं मैं!' उसने अपने आपसे कहा, 'मैंने उसे डरा दिया। मुझे अधिक सावधान होना

चाहिए था, उसे आवाज़ देकर जगाना चाहिए था। कैसा भैंड़ा हूं मैं!' वह एक जगह रूक गया और कान लगाकर सुनने लगा। चौकीदार फाटक में से बाग के अन्दर आ गया था, और लाठी घसीटता हुआ, रेतीली पगडंडी पर चल रहा था। उसे छिप जाना चाहिए था। वह ताल की ओर दौड़ा। मेंढक डरकर उसके पांवों के नीचे से उछल-उछलकर ताल में कूदने लगे। वह चौंका। उसके पांव भीग रहे थे पर वह ज़मीन पर बैठ गया, और मन ही मन सारी घटनाओं पर विचार करने लगा, 'मैं बाड़ से कूदकर अन्दर आया, पर लीज़ा की खिड़की को ढूंढने लगा, आखिर मुझे लीज़ा की सफेद आकृति नज़र आई। मैं दबे पांवों उसके पास गया। मैं नहीं चाहता था कि आहट हो। फिर मैं लौट गया। बार-बार मैं यही करने लगा। उसके नज़दीक जाता, फिर लौट पड़ता। कभी मुझे यकीन हो जाता कि लीज़ा मेरा इन्तज़ार कर रही है। तब मुझे लगता कि वह कुछ नाराज़ भी है कि मैंने उसे बहुत देर इन्तज़ार में रखा। पर शीघ्र ही मेरा विचार बदल जाता। उस जैसी लड़की इतनी जल्दी मिलने के लिए तैयार कभी नहीं होगी। आखिर मैंने सोचा कि देहातिन शर्मा रही है, सोने का बहाना कर रही है, और मैं उसके पास जा पहुंचा। मगर वह सचमुच सो रही थी। किसी कारण मैं वहां से हट गया, पर फिर मुझे अपनी भीरुता पर शर्म आने लगी। मैं लौट पड़ा और सीधा उसके बाज़ू पर हाथ रख दिया।' चौकीदार फिर एक बार खांसा और बाग में से बाहर जाने लगा। फाटक के चरमराने की आवाज़ आई। किसीने ज़ोर से लीज़ा के कमरे की खिड़की बन्द कर दी। अन्दर से शटर भी ज़ोर से बन्द करने की आवाज़ आई। काउण्ट मन ही मन क्षुब्ध हो उठा। काश कि यह मौका फिर मिल सके! दूसरी बार ऐसी बेवकूफी कभी न करूंगा। कितनी प्यारी लड़की है! ओस से भीगी! प्यार करने के लिए बनी है। मैंने उसे हाथ में से जाने दिया! कैसा मूर्ख हूं मैं!' उसकी नींद काफूर हो गई। खीज में ज़ोर-ज़ोर से पांव पटकता हुआ वह लाइम वृक्षों के बीच रास्ते पर चलने लगा।

पर उस शान्त, निस्तब्ध रात्रि से उस जैसे प्राणी ने भी शान्ति का वरदान पाया। उसका हृदय धैर्यपूर्ण उदासी और प्रेम की लालसा से भर उठा। लाइम वृक्षों के घने पत्तों में से चन्द्रमा की रश्मियां छन-छनकर कच्चे रास्ते पर पड़ रही थीं। रास्ते पर जगह-जगह घास और सूखे डंठल थे। ज़मीन चितकबरी-सी लग रही थी। टेढ़ी-मेढ़ी शाखों के एक

तरफ चांदनी छिटकी थी, लगता जैसे शाखें सफेद काई से ढकी हों। चांदनी में नहाए पत्ते, किसी-किसी वक्त एक-दूसरे से फुसफुसाने लगते। घर की सब रोशनियां बुझ चुकी थीं। चारों ओर मौन छाया था। हां, उस झिलमिलाते, निस्तब्ध, असीम विस्तार में बुलबुल की आवाज़ गुंजने लगी थी। 'कैसी सुहावनी रात है!' बाग की स्वच्छ महक से लदी हवा में सांस भरते हुए काउण्ट सोचने लगा। 'पर कहीं कोई त्रुटि है। मैं असंतुष्ट जान पड़ता हूं, अपने से, अन्य लोगों से, जीवन तक से। कितनी भोली-भाली लड़की है। शायद सचमुच ही नाराज़ हो गई है···' यहां पहुंचकर उसकी कल्पना ने एक और रुख पकड़ा। वह अपने को, इस देहाती लड़की के साथ बाग में अजीब-अजीब, और विभिन्न स्थितियों में देखने लगा। फिर इस लड़की का स्थान मिना ने ले लिया। 'में भी कैसा पागल हूं। मुझे चाहिए था, सीधा उसकी कमर में हाथ डालकर उसका मुंह चूम लेता।' मन ही मन पछताता हुआ काउण्ट अपने कमरे में लौट गया।

कोरनेट अभी तक जाग रहा था। उसने करवट बदली और काउण्ट की ओर मुंह फेरा।

"तुम अभी तक सोए नहीं?" काउण्ट ने पूछा।

"नहीं तो।"

"बताऊं तुम्हें, क्या हुआ है?"

"कहो।"

"शायद मुझे नहीं बताना चाहिए। पर मैं बताऊंगा। थोड़ा दीवार की तरफ सरक जाओ।"

काउण्ट कोरनेट की खाट पर बैठ गया। उसके होंठों पर मुस्कान खेल रही थी। अपनी बेवकूफी के कारण वह बहुत अच्छे मौके से हाथ धो बैठा। पर अब उसे कोई अफसोस न था।

"तुम मानोगे नहीं, लड़की मुझसे मुलाकात के लिए राज़ी हो गई थी।"

"क्या कह रहे हो?" पोलोज़ोव ने चिल्लाकर कहा और उछलकर बैठ गया।

"सुनो।"

"कैसे? कब? मैं नहीं मान सकता।"

"जिस वक्त तुम जीत के पैसे गिन रहे थे, उसी वक्त उसने मुझे

बताया कि वह खिड़की पर मेरा इन्तज़ार करेगी। यह भी कहा कि मैं खिड़की के रास्ते उसके कमरे में चला जाऊं। व्यवहार-कुशलता से यही लाभ होता है। इधर तुम बुढ़िया के साथ बैठे हिसाब जोड़ रहे थे, उधर मैं यह दांव खेल रहा था। तुमने खुद भी तो उसे कहते सुना था कि वह आज रात खिड़की में बैठकर ताल का नज़ारा देखेगी।"

"हां, यही उसने कहा था।"

"बस यही बात है। मैं निश्चय नहीं कर पा रहा हूं कि यह बात उसने अचानक कह दी थी या जान-बूझकर। शायद उसके मन में यह न रहा हो, पर जो कुछ मैंने देखा, वह सब इसके उलट बैठता है। सारे मामले का अन्त कुछ अजीब-सा हुआ। मुझसे बड़ी बेवकूफी की बात हो गई," उसने कहा। उसके होंठों पर अनुतापपूर्ण मुस्कान थी।

"कैसे? तुम इस वक्त कहां से आ रहे हो?"

काउण्ट ने सारी घटना कह सुनाई। पर वार्ता में खिड़की तक पहुंचने से पहले बार-बार अपने सकुचाने और लौट पड़ने का ज़िक्र नहीं किया।

"अपने हाथों से सब काम चौपट कर आया हूं। मुझे ज़्यादा दिलेरी से काम करना चाहिए था। वह चीखी और उठकर भाग गई।"

"चीखी और उठकर भाग गई," कोरनेट ने दोहराकर कहा। काउण्ट को मुस्कराता देखकर उसके भी होंठों पर बेढब-सी मुस्कराहट आ गई। मुद्दत से उसपर काउण्ट का गहरा प्रभाव रहा था।

"हां, तो अब सोया जाए।"

कोरनेट ने करवट बदली, दरवाज़े की ओर पीठ की और चुपचाप दसेक मिनट तक लेटा रहा। कहना कठिन है कि उस समय उसकी अन्तर्तम की गहराइयों में क्या कुछ हो रहा था, पर जब दूसरी बार उसने करवट बदली तो उसके चेहरे पर वेदना और दृढ़ संकल्प की छाप थी।

"काउण्ट तुर्बीन!" उसने चिल्लाकर कहा।

"क्या है? होश में तो हो?" काउण्ट ने धैर्य से कहा। "क्या है, कोरनेट पोलोज़ोव?"

"काउण्ट तुर्बीन, तुम नीच आदमी हो!" पोलोज़ोव ने चिल्लाकर कहा और पलंग पर से उठकर खड़ा हो गया।

16

दूसरे दिन घुड़सेना की टुकड़ी वहां से चली गई। अफसर बिना अपने मेज़बानों से मिले, बिना विदा लिए चले गए। वे एक-दूसरे से भी नहीं बोले। उन्होंने निश्चय कर लिया था कि पहले ही पड़ाव पर द्वंद्व-युद्ध लड़ेंगे। काउण्ट ने कप्तान शुलत्ज़ को अपना सहायक नियत किया या जो बहुत बढ़िया घुड़सवार, और हुस्सारों का लोकप्रिय अफसर था। उसने बड़ी चतुराई से सारी बात का प्रबन्ध किया। द्वन्द्वयुद्ध टल गया। इतना ही नहीं, सारी फौज में किसीको इस बात की कानोकान खबर तक न हुई। तुर्बीन और पोलोज़ोव पहले-से मित्र तो अब नहीं रहे थे, पर एक-दूसरे को अब भी बेतकल्लुफी से बुलाते थे और कभी-कभी पार्टियों और भोजों पर एक-दूसरे से मिलते रहते थे।

इवान इल्यीच की मृत्यु

अदालत के विशाल भवन में मेलवीन्स्की वाले मुकद्दमे की सुनवाई हो हो रही थी। बीच में जब थोड़ी देर के लिए विश्राम की छुट्टी हुई तो न्यायालय के सदस्य और पब्लिक प्रोसेक्यूटर इवान येगोरोविच शेबेक के दफ्तर में जा बैठे। गप्प-शप्प का विषय था क्रासोव वाला मुकद्दमा। फ्योदोर वसील्येविच बड़े जोश से कह रहा था कि यह मुकद्दमा अदालत के अधिकार-क्षेत्र से बाहर है परन्तु इवान येगोरोविच अपनी बात पर अड़ा हुआ था। प्योत्र इवानोविच ने इस बहस में शुरू से ही कोई भाग न लिया। वह बैठा अखबार देख रहा था जो उसे अभी-अभी मिला था।

"दोस्तो!" उसने कहा, "इवान इल्यीच का तो स्वर्गवास हो गया है।"

"नहीं, नहीं, यह कैसे हो सकता है?"

"यह लिखा है, पढ़ लो," उसने फ्योदोर वसील्येविच के हाथ में अखबार देते हुए कहा। अखबार अभी-अभी आया था, अभी छापेखाने की स्याही भी उसपर से न सूख पाई थी।

एक काले हाशिये के अन्दर लिखा था, "प्रस्कोव्या फ्योदोरोव्ना गोलोवीना अपने सम्बन्धियों तथा मित्रों को यह दुःखद समाचार देती हैं कि उनके प्रिय पति न्यायालय के सदस्य इवान इल्याच गोलोवीन गत 4 फरवरी, 1882 को स्वर्ग सिधार गए। अन्त्येष्टि क्रिया शुक्रवार को एक बजे होगी।"

इवान इल्यीच इन्हीं सज्जनों के साथ काम करता था, जो इस समय एक साथ बैठे बातें कर रहे थे। सभी उसके मित्र थे। वह कई हफ्तों से

बीमार था और सुनने में आता था कि उसकी बीमारी का कोई इलाज नहीं। उसकी नौकरी तो सुरक्षित थी, पर अफवाह थी कि यदि उसका देहान्त हो गया तो उसके स्थान पर अलेक्सेयेव को नियुक्त किया जाएगा और अलेक्सेयेव के स्थान पर या तो विन्निकोव की या श्ताबेल की नियुक्ति होगी। इसलिए, इवान इल्यीच की मृत्यु की खबर सुनते ही पहला विचार जो दफ्तर में बैठे प्रत्येक सज्जन के मन में उठा, वह था उन नौकरियों, तबदीलियों तथा तरक्कियों के बारे में जो इस मृत्यु के परिणामस्वरूप उनके और उनके दोस्तों के बीच बंटेंगी।

फ्योदोर वसील्येविच सोच रहा था, 'श्ताबेल या विन्निकोव दोनों में से किसीके स्थान पर ज़रूर मुझे लगाया जाएगा। मुद्दत से मुझे इसका वचन दिया जा चुका है। अगर यह नौकरी मुझे मिल गई तो तनख्वाह में सीधा 800 रूबल का फायदा होगा, और दफ्तरी खर्च के लिए माहवारी अनुदान अलग मिलेगा।'

प्योत्र इवानोविच सोच रहा था, 'मुझे फौरन अर्जी दे देनी चाहिए कि मेरे साले को कलूगा से तबदील कर दिया जाए। पत्नी खुश हो जाएगी। अब यह शिकायत तो न कर सकेगी कि मैंने उसके परिवार के लिए कुछ नहीं किया।'

"बड़े अफसोस की बात है। मैं जानता था कि यह बीमारी उसे लेकर रहेगी," प्योत्र इवानोविच ने कहा।

"आखिर उसे बीमारी क्या थी?"

"डाक्टर किसी निश्चय पर नहीं पहुंच सके। सबने अलग-अलग तशखीस की। आखिरी बार जब मैं उससे मिला तो उसकी सेहत मुझे पहले से बेहतर लगी।"

"छुट्टियों के बाद मैं उसे देखने नहीं जा सका। मन तो बार-बार करता था मगर सम्भव नहीं हो सका।"

"तुम्हारा क्या ख्याल है, पैसे की तंगी तो उसे नहीं रही होगी?"

"उसकी पत्नी के पास थोड़ा-बहुत था, पर जान पड़ता है कि बहुत कम।"

"हां तो, उनके पास जाना ही पड़ेगा। रहते बहुत दूर हैं।"

"तुम्हारे लिए तो हर जगह ही दूर है, तुम्हारे क्या कहने।"

"शेबेक मुझे कभी माफ नहीं करता, इसलिए कि मेरा घर नदी के पार है," प्योत्र इवानोविच ने शेबेक की ओर देखकर मुस्कराते हुए

कहा। इसके बाद शहर के लम्बे-लम्बे फासलों की चर्चा होने लगी, और फिर वे सब उठकर अदालत के कमरे में चले गए।

मृत्यु-समाचार सुनकर तरह-तरह के अनुमान लगाए गए कि किस-किसको तरक्की मिलेगी और क्या-क्या तबदीलियां होंगी। मृत्यु एक ऐसे व्यक्ति की हुई थी जिससे वे सब बड़ी अच्छी तरह परिचित थे। इसलिए हरेक सज्जन मन ही मन खुश भी हुआ कि मौत उसके मित्र की हुई है, उसकी अपनी नहीं हुई।

'ज़रा ख्याल तो करो, वह मर गया है, पर मैं वैसे का वैसा हूं,' हरेक के मन में यही विचार उठ रहा था। जिन लोगों का इवान इल्यीच से अधिक गहरा परिचय था—उसके तथाकथित दोस्त—वे साथ में यह भी सोच रहे थे कि अब एक और कड़ा फर्ज़ भी निभाना पड़ेगा—शिष्टाचार के नाते, अन्त्येष्टि क्रिया पर भी जाना पड़ेगा और विधवा के घर जाकर संवेदना भी प्रकट करनी पड़ेगी।

प्योदोर वसील्येविच और प्योत्र इवानोविच इवान इल्यीच के सबसे बड़े दोस्त थे।

प्योत्र इवानोविच और इवान इल्यीच दोनों एक साथ पढ़े थे, इसके अलावा प्योत्र इवानोविच पर अपने मित्र के कई एहसान भी थे।

शाम को भोजन करते समय, उसने अपनी पत्नी को इवान इल्यीच की मृत्यु की खबर सुनाई और कहा कि अब उम्मीद बंधती है कि तुम्हारा भाई तबदील होकर इस हलके में आ जाएगा। इसके बाद रोज़ की तरह आराम करने के बजाय उसने अपना फ्राक-कोट पहना और इवान इल्योच के घर की ओर चल पड़ा।

वहां पहुंचा तो फाटक पर एक बग्घी और दो किराये की गाड़ियां खड़ी थीं। नीचे, ड्योढ़ी में, दीवार के साथ, कपड़े टांगने की खूंटियों के पास, ताबूत का ढक्कन रखा था। ढक्कन फुंदियों और चमकते सुन-हरे गोटे से सजा था। दो स्त्रियां, काले वस्त्र पहने, अपने कोट उतार रही थीं। उनमें में एक को वह जानता था। वह इवान इल्यीच की बहिन थी। दूसरी स्त्री से वह बिल्कुल परिचित नहीं था। उसी समय प्योत्र-इवानोविच का एक मित्र सीढ़ियों पर से उतरता नज़र आया। उसका नाम श्वार्ज़ था। प्योत्र इवानोविच को देखते ही वह रुक गया और इस तरह आंख का इशारा किया मानो कह रहा हो, 'देखा? इवान इल्यीच तो सारा गुड़-गोबर कर गया। लेकिन हम-तुम सही-सलामत हैं।'

सदा की भांति आज भी श्वार्ज़ में एक विशेष बांकपन और संजीदगी थी। अंग्रेज़ी काट के गलमुच्छे, छरहरे बदन पर फ्राक-कोट। यह संजीदगी उसकी स्वाभाविक चंचलता से बिलकुल मेल न खाती थी। पर इस मौके पर विशेष रूप से आकर्षक लग रही थी। कम से कम प्योत्र इवानोविच को तो ऐसा ही लगा।

प्योत्र इवानोविच एक तरफ हटकर खड़ा हो गया, ताकि स्त्रियां पहले जा सकें और इसके बाद उनके पीछे-पीछे सीढ़ियां चढ़ने लगा। श्वार्ज़ वहीं खड़ा रहा और उसका इन्तज़ार करने लगा। प्योत्र इवानोविच इसका अर्थ समझ गया : वह ज़रूर यह फैसला करने के लिए रुक गया है कि आज शाम कहां बैठकर ताश खेला जाए। स्त्रियां विधवा से मिलने अन्दर चली गई। श्वार्ज़ के होंठ गंभीरता से भिंचे हुए थे और आंखों में चंचलता खेल रही थी। उसने अपनी भौंहों के इशारे से प्योत्र इवानोविच को समझा दिया कि मृत व्यक्ति की देह कहां पर रखी है। जैसा कि ऐसे मौकों पर हुआ करता है प्योत्र इवानोविच अन्दर जाते वक्त समझ नहीं पा रहा था कि उसे क्या करना होगा। वह जानता था कि ऐसे मौकों पर छाती पर क्रास का चिह्न बनाया जाता है। उसे यह पक्का मालूम नहीं था कि झुककर नमस्कार करना चाहिए या खड़े-खड़े ही। इसलिए उसने जो कुछ किया वह कोई बीच की ही चीज़ थी—कमरे में प्रवेश करते ही उसने क्रास का चिह्न बनाया और एक ऐसी हरकत की जिसे झुकना भी कहा जा सकता है और खड़े रहना भी। इस दौरान उसने, जहां तक बन पड़ा, कमरे में चारों ओर देखा। दो युवक, जो शायद इवान इल्यीच के भतीजे थे, और जिनमें से ज़रूर एक विद्यार्थी था, बाहर जाने से पहले क्रास का चिह्न बना रहे थे। एक बुढ़िया बिलकुल चुपचाप, मूर्तिवत् खड़ी थी। उसके पास एक दूसरी स्त्री, अनोखे ढंग से भौंहें चढ़ाए उसके कानों में कुछ फुसफुसा रही थी। फ्राक-कोट पहने, धुन का पक्का एक उत्साही पादरी, ऊंचे स्वर में पाठ किए जा रहा था। उसके लहजे से ज़ाहिर होता था कि वह किसीका भी विरोध बर्दाश्त नहीं करेगा। भण्डारे का सेवक, गेरासिम, दबे पांव, फर्श पर कुछ छिड़कते हुए, प्योत्र इवानोविच के सामने से गुज़रा। उसे देखते ही फौरन प्योत्र इवानोविच को भास हुआ जैसे देह सड़ने की हल्की-हल्की बू आ रही हो। आखिरी बार जब वह इवान इल्यीच को देखने आया था तो यह आदमी उसके कमरे में खड़ा था, बीमार के सिरहाने

खड़ा उसकी सेवा-टहल कर रहा था। इवान इल्यीच को यह टहलुआ बहुत अच्छा लगता था। कोने में एक मेज़ पर देव-प्रतिमाएं रखी थीं। प्योत्र इवानोविच बार-बार क्रास का चिह्न बनाता, और ताबूत और पादरी के बीच, मेज़ की दिशा में बार-बार थोड़ा-थोड़ा झुककर नमस्कार कर लेता था। जब उसे भास हुआ कि वह जरूरत से ज़्यादा क्रास के चिह्न बना चुका है तो वह रुककर एकटक मृत व्यक्ति के चेहरे की ओर खने लगा।

सभी मृत शरीर की तरह यह शरीर भी, ताबूत में रखे तकियों के बीच धंसा हुआ बड़ा बोझल लग रहा था। अवयब अकड़े हुए थे, सिर जैसे स्थायी तौर पर आगे की ओर झुका हुआ था। अन्य लाशों की भांति, इसका भी माथा पीले मोम का बना जान पड़ता था। धंसी हुई कनपटियां चमक रही थीं, नाक आगे को निकली हुई ऊपरवाले होंठ को दबाती हुई-सी जान पड़ती थी। इवान इल्यीच में बड़ा परिवर्तन आ गया था। आखिरी बार जब प्योत्र इवानोविच उससे मिला था तो वह इतना दुबला नहीं लग रहा था। फिर भी सभी मृत व्यक्तियों की तरह, उसके चेहरे का भाव अधिक सुन्दर—या यों कहें, अधिक ओजपूर्ण—लगने लगा था। ऐसा वह जीवन में कभी न लगा था। इस भाव से जान पड़ता था मानो इवान इल्यीच कह रहा हो : जो कुछ मुझे करना था, मैं कर चुका और जो कुछ किया, अच्छा ही किया। इसके अतिरिक्त, ऐसा जान पड़ता था मानो वह जीवित लोगों को भर्त्सना कर रहा ही या उन्हें चुनौती दे रहा हो। प्योत्र इवानोविच को चुनौती का भाव असंगत-सा लग रहा था। कम से कम इसका उसके अपने साथ कोई सम्बन्ध नहीं जान पड़ता था। वह विचलित-सा महसूस करने लगा। उसने जल्दी-जल्दी छाती पर क्रास का चिह्न बनाया और कमरे से बाहर निकल आया। उसे स्वयं भी अपनी जल्दबाज़ी बड़ी अशिष्ट लग रही थी। साथवाले कमरे में पहुंचकर उसने देखा कि श्वार्ज़ उसका इन्तज़ार कर रहा है। वह पैर पसारकर खड़ा था और टोप हाथ में लिए हुए था। उसके दोनों हाथ पीठ के पीछे जुड़े हुए थे और टोप से खिलवाड़ कर रहे थे। इस चुस्त, बांके, बने-संवरे आदमी को एक नज़र देखने-भर की देर थी कि प्योत्र इवानोविच का उत्साह फिर से जाग उठा। प्योत्र इवानोविच ने समझ लिया कि श्वार्ज़ इन सब बातों से ऊपर है और अपने को कभी भी उदास नहीं होने देता। उसकी सारी भाव-भंगिमा

यह कहती जान पड़ती थी कि इवान इल्यीच का अन्त्येष्टि संस्कार इतनी बड़ी घटना नहीं है कि उसके लिए हम अपनी रोज़ की बैठक स्थगित कर दें। आज भी शाम को नियमानुसार बैठक जमेगी, ताश की नई गड्डी खोली जाएगी और उस समय कमरे में चोबदार चार मोमबत्तियां रखेगा। इसलिए यह समझने का कोई कारण नहीं कि इस बात को लेकर हम आज शाम को अपना मनबहलाव छोड़ दें। कमरे में से निकलते समय प्योत्र इवानोविच को यह सब बात सचमुच श्वार्ज़ ने कान में कही और यह भी प्रस्ताव रखा कि चलो फ्योदोर वसील्येविच के यहां मिलेंगे और ताश खेलेंगे। पर उस शाम प्योत्र इवानोविच के भाग्य में ताश खेलना नहीं बदा था। प्रस्कोव्या फ्योदोरोव्ना ठीक उसी समय अपने एकान्त कक्ष से कुछ और स्त्रियों के साथ निकली। वह नाटे कद की मोटी औरत थी, कंधे संकरे और नीचे का हिस्सा उनसे ज़्यादा चौड़ा था, हालांकि लगता था जैसे उसने इसका उल्टा परिणाम पाने की भरसक कोशिश की होगी। वह काले कपड़े पहने थी और सिर पर जालीदार रूमाल बांधे थी। उसकी त्योरियां ताबूत के पास खड़ी स्त्री की त्योरियों की तरह अनोखे ढंग से चढ़ी हुई थीं। वह साथ की स्त्रियों को लाशवाले कमरे के दरवाज़े तक ले आई और बोली, "कृपया अन्दर चलिए, एक धार्मिक रस्म अदा करनी है।"

श्वार्ज़ एक बार हल्के से झुककर, वहीं रुक गया। निमंत्रण को उसने न तो स्वीकार किया और न ही ठुकराया। परन्तु प्योत्र इवानोविच पर नजर पड़ते ही प्रस्कोव्या फ्योदोरोव्ना ने उसे पहचान लिया और आह भरते हुए सीधे उसके पास चली आई, और उसका हाथ पकड़कर बोली, "आप तो इवान इल्यीच के सच्चे दोस्त थे···मैं जानती हूं।" यह कहकर वह उसकी ओर इस आशा से देखने लगी कि वह इसका कोई उचित जवाब देगा। और जिस भांति प्योत्र इवानोविच जानता था कि अन्दर कमरे में उसे छाती पर क्रास का चिह्न बनाना था, उसी तरह यहां भी वह समझता था, कि उसे इस मौके पर उसका हाथ पकड़कर दबाना है, और ठण्डी सांस भरकर कहना है कि 'मैं आपको यकीन दिलाता हूं···' ऐसा ही उसने किया भी, और कर चुकने के बाद देखा कि इसका वांछित असर भी हुआ है। उसका दिल भर आया, और उसी तरह महिला का भी।

"रस्म शुरू होने से पहले मुझे आपसे कुछ कहना है," विधवा ने

कहा, "आप अन्दर चलिए। चलिए मैं आपके बाज़ू का सहारा लेकर चलूंगी।"

प्योत्र इवानोविच ने उसे अपने बाज़ू का सहारा दिया और दोनों अन्दरवाले कमरों की ओर चले गए। जब वे श्वार्ज़ के पास से गुज़रे तो श्वार्ज़ ने प्योत्र इवानोविच को आंखों से इशारा किया, मानो अपनी निराशा जता रहा हो, 'लो, खेल लो अब ताश! बुरा नहीं मानना यदि अब हम तुम्हारी जगह किसी दूसरे आदमी को ढूंढ़ लें। जब यहां से छुट्टी मिले तो बेशक चले आना, खेल में पांचवें की जगह पर बैठ जाना।'

प्योत्र इवानोविच ने और भी गहरी और शोकपूर्ण आह भरी जिस-पर प्रस्कोव्या फ्योदोरोव्ना ने कृतज्ञता से उसकी उंगलियों को दबाया। बैठक में पहुंचकर दोनों एक मेज़ के पास जा बैठे। कमरे की दीवारों पर गुलाबी रंग का छींटदार कपड़ा लगा था, और एक मद्धिम-सा लैम्प जल रहा था। विधवा सोफे पर बैठ गई और प्योत्र इवानोविच एक स्टूल पर जिसपर स्प्रिंगदार गद्दा लगा था। गद्दे के स्प्रिंग टूटे हुए थे, इसलिए जब वह उसपर बैठा तो गद्दा एक तरफ को झुक गया। प्रस्कोव्या फ्योदोरोव्ना चाहती तो थी कि उसे पहले से सावधान कर दे और वहां बैठने से रोक दे पर स्थिति को देखते हुए उसने कहना मुनासिब नहीं समझा। स्टूल पर बैठते हुए प्योत्र इवानोविच को याद आया कि जब इवान इल्यीच इस बैठक को सजा रहा था तो उसने इसकी राय पूछी थी कि हरे फूलोंवाली गुलाबी छींट का कपड़ा लगाना चाहिए या कोई और। स्वयं बैठने के लिए सोफे की ओर जाते हुए विधवा जब मेज़ के पास से गुजरी तो उसका जालीदार रूमाल मेज़ के साथ अटक गया। (बैठक मेज़-कुर्सियों और तरह-तरह के सामान से ठसाठस भरी थी)। उसे छुड़ाने के लिए प्योत्र इवानोविच, तनिक-सा अपनी जगह पर से उठा। स्प्रिगों पर से बोझ हटते ही उसे धचका लगा। विधवा स्वयं ही जाली छुड़ाने लगी और प्योत्र इवानोविच विद्रोही स्प्रिगों को दबाते हुए एक बार फिर बैठ गया। पर अभी विधवा अपनी जाली पूरी तरह छुड़ा नहीं पाई थी, इसलिए प्योत्र इवानोविच फिर एक बार थोड़ा-सा उठा, जिसपर फिर स्प्रिंग उछले और उसे झटका लगा। जब जाली छूट गई तो विधवा ने एक सफेद रेशमी रूमाल निकाला और रोने लगी। जाली छुड़ाने की घटना से और स्टूल के स्प्रिंगों से जूझने के कारण प्योत्र इवा-

नोविच का उत्साह ठण्डा पड़ चुका था, इसलिए वह केवल नाक-भौंह सिकोड़े बैठा रहा। पर जब इवान इल्यीच के नौकर सोकोलोव ने अंदर प्रवेश किया और खबर दी कि कब्रिस्तान में जो स्थान प्रस्कोव्या फ्योदोरोव्ना ने चुना है उसके लिए दो सौ रूबल देना होगा तो स्थिति का तनाव कुछ ढीला पड़ा। उसने रोना बन्द कर दिया और प्योत्र इवानोविच की ओर शहीदों की-सी नज़र से देखा। फिर फ्रांसीसी भाषा में कहने लगी कि उसे अनगिनत कठिनाइयों का सामना करना पड़ रहा है। प्योत्र इवानोविच ने समवेदना में एक और ठण्डी सांस भरी।

"यदि आप सिगरेट पीना चाहते हैं तो बेशक पीजिए," उसने दुखी किन्तु उदार स्वर में कहा और घूमकर सोकोलोव के साथ कब्र की लागत के बारे में बात करने लगी। प्योत्र इवानोविच ने सिगरेट सुलगा ली। उसने देखा कि विधवा बड़ी तफसील से पूछ रही है कि कब्र के लिए कहां-कहां स्थान मिल सकता है और क्या-क्या और लागत आएगी। जो जगह उसने चुनी उससे उसकी व्यवहार-कुशलता का बोध हो रहा था। जब स्थान का फैसला हो गया तो वह उसके साथ भाड़े पर लाए जाने वाले गवैयों के बारे में बात करने लगी। इसके बाद सोकोलोव बाहर चला गया।

"मुझे हरेक बात का खुद ध्यान रखना पड़ता है," वह बोली और भेज़ पर पड़ी अलबमों को एक तरफ हटा दिया। फिर प्योत्र इवानोविच की सिगरेट पर नज़र पड़ते ही वह झट से उठी और एक राखदानी ले आई। उसे डर था कि राख मेज़ पर न पड़ जाए। "अगर मैं कहूं कि अपने दु:ख के कारण मैं अपने व्यावहारिक कामों की ओर ध्यान नहीं दे सकती, तो यह तो महज़ बहाना होगा। यदि कोई चीज़ मुझे··· सान्त्वना दे सकती है, कम से कम मेरा ध्यान दूसरी तरफ हटा सकता है तो यही कि उनकी खातिर मैं यह सब काम कर रही हूं।" उसने फिर रूमाल निकाल लिया, मानो रोना चाहती हो, और फिर मानो कोशिश करके उसने अपने को काबू में कर लिया, और हल्के से सिर झटककर बड़ी स्थिरता से बातें करने लगी।

"एक काम के बारे में मुझे आपसे सलाह लेनी है।"

प्योत्र इवानोविच धीरे से झुका, पर बड़ी सावधानी के साथ ताकि स्प्रिंग फिर ऊधम न मचाने लगें।

"पिछले कुछ दिन उन्होंने बड़ी तकलीफ में काटे।"

"अच्छा?" प्योत्र इवानोविच ने पूछा।

"बड़ी तकलीफ में। सारा वक्त दर्द से कराहते रहते थे। पूरे तीन दिन तक एक मिनट के लिए भी उन्हें चैन नहीं मिला। मैं बयान नहीं कर सकती, मैं हैरान हूं कि मैं वह सब बर्दाश्त कैसे कर पाई, तीन कमरे दूर तक उनकी आवाज़ सुनाई देती थी। आप अन्दाज़ नहीं लगा सकते कि मुझपर क्या गुज़री।"

"इसका मतलब है कि वह अन्त तक होश में रहा, क्यों?" प्योत्र इवानोविच ने पूछा।

"हां," वह धीमे से फुसफुसाई, "आखिरी घड़ी तक। मरने से केवल पन्द्रह मिनट पहले उन्होंने हमसे विदा ली और कहा कि बलोद्या को सामने से ले जाओ।"

प्योत्र इवानोविच को यह बात ज़रूर खटक रही थी कि दोनों पाखंड रच रहे हैं। फिर भी यह जानकर उसे बड़ा दुःख हुआ कि उस आदमी को इतना कष्ट भोगना पड़ा जिसे वह इतनी घनिष्ठता से जानता था, पहले एक चंचल और लापरवाह विद्यार्थी के नाते, फिर एक प्रौढ़ व्यक्ति के नाते, और बाद में साथी सहकारी के नाते। उसकी आंखों के सामने फिर इवान इल्यीच की लाश घूम गई—वही माथा, वही ऊपरवाले होंठ को दबाती हुई नाक। उसे अपने बारे में भय होने लगा।

'तीन दिन की घोर यन्त्रणा और उसके बाद मौत। क्यों, यह तो किसी वक्त मेरे साथ भी हो सकता है!' उसने सोचा और क्षण-भर के लिए उसे भय ने जकड़ लिया। फिर सहसा—और इसका कारण वह स्वयं नहीं जानता था—इस विचार ने उसका फिर ढाढ़स बंधाया कि मौत तो इवान इल्यीच की हुई है, उसकी तो नहीं हुई। उसकी तो मौत हो भी नहीं सकती, न ही होनी चाहिए। ऐसी चिन्ताओं से तो केवल मन उदास हो उठता है, और ऐसा कभी नहीं होने देना चाहिए। श्वार्ज़ के चेहरे से ही यह बात बड़ी सजीवता से प्रकट हो रही थी। इस प्रकार के तर्क से उसका मन फिर शान्त हो गया, यहां तक कि इवान इल्यीच की मृत्यु किन हालात में हुई, इसकी तफसील उसने सचमुच ध्यान से सुनी, मानो मृत्यु एक ऐसी दुर्घटना थी जो केवल इवान इल्यीच के साथ ही हो सकती थी—उसके साथ कभी नहीं।

इवान इल्यीच को कैसी घोर शारीरिक यन्त्रणा भोगनी पड़ी,

इसका पूरा ब्योरा देने के बाद ही विधवा व्यावहारिक काम की बात पर आई। (प्योत्र इवानोविच को इवान इल्यीच की यन्त्रणा का पता इसीसे लगा कि उसका असर प्रस्कोव्या फ्योदोरोव्ना की कोमल अनुभूतियों पर कैसा हुआ था।)

"उफ, प्योत्र इवानोविच, मेरे लिए यह कितना मुश्किल है, कैसे-कैसे घोर संकटों का मुझे सामना करना पड़ रहा है!" और वह फिर रोने लगी।

प्योत्र इवानोविच ने फिर ठण्डी सांस ली और इन्तज़ार करने लगा कि विधवा नाक साफ कर ले। जब विधवा ने नाक साफ कर ली तो वह बोला, "मैं आपको यकीन दिलाता हूं....." और वह फिर बोलने लगी और तब उसने उस बात की चर्चा छेड़ी जिसके बारे में वह इससे परामर्श करना चाहती थी। उसने पूछा कि अपने पति की मृत्यु के सम्बन्ध में वह किस भांति सरकार से अनुदान वसूल कर सकती है। ऊपर से तो वह उससे पेंशन के बारे में पूछ रही थी, परन्तु वह देख रहा था कि उस स्त्री को ऐसी-ऐसी बातें मालूम हैं जिन्हें वह खुद भी नहीं जानता था। वह मामूली से मामूली तफसील तक जानती थी। उसे पूरी तरह मालूम था कि इस मृत्यु के कारण उसे कितनी रकम मिल सकती है। पर वह इस समय यह जानना चाहती थी कि कोई ऐसा भी तरीका हो सकता है जिससे यह रकम बढ़ाई जा सके। प्योत्र इवानोविच सोचता रहा कि यह कैसे किया जा सकता है। कुछ देर तक विचार करने के बाद, अपनी समवेदना दिखाने के लिए वह सरकार को कृपण कहकर कोसने लगा। इसके बाद उसने सिर हिलाया और बोला कि इससे अधिक रकमवसूल करने का कोई रास्ता नहीं। इसपर उस स्त्री ने गहरी सांस ली। ऐसा जान पड़ा जैसे वह सोचने लगी है कि अब इस भेंट को कैसे समाप्त किया जाए। वह भांप गया, सिगरेट बुझा दी और उठ खड़ा हुआ और हाथ मिलाकर बाहर हॉल में चला आया।

खानेवाले कमरे में दीवार पर घड़ी टंगी थी। इसे इवान इल्यीच ने बड़ी खुशी-खुशी खरीदकर अपने संग्रह में जोड़ा था। यहां प्योत्र इवानोविच की भेंट पादरी और कुछेक अन्य परिचित व्यक्तियों से हुई जो अन्त्येष्टि संस्कार के लिए आए थे। यहीं पर उसने इवान इल्यीच की सुन्दर बेटी को भी देखा। उसने भी सिर से पैर तक काले कपड़े पहन रखे थे, जिससे उसकी पतली कमर और भी पतली नज़र आती थी।

उसके चेहरे पर विषाद, दृढ़ निश्चय और क्रोध का-सा भाव था। वह प्योत्र इवानोविच के सामने इस तरह झुकी मानो प्योत्र इवानोविच ने कोई अपराध किया हो। उसके पीछे एक युवक खड़ा था जो उतना ही असन्तुष्ट नज़र आता था जितनी कि यह लड़की। प्योत्र इवानोविच उसे जानता था। वह एक अमीर लड़का था, जांच मजिस्ट्रेट था, और लोग कहते थे कि वह इस लड़की का मंगेतर है। जवाब में प्योत्र इवानोविच भी उदासीन मन से झुका, और लौटकर लाशवाले कमरे में जाना ही चाहता था, जब उसने देखा कि इवान इल्यीच का पुत्र, जो जिम्नेज़ियम का विद्यार्थी था और शक्ल-सूरत से अपने बाप से बहुत मिलता था, सीढ़ियां उतरकर नीचे आ रहा है। प्योत्र इवानोविच को याद आया कि जब इसका पिता कानून का विद्यार्थी था तो उसकी शक्ल-सूरत भी हू-ब-हू ऐसी ही थी। बहुत रोने के कारण उसकी आंखें लाल हो गई थीं और तेरह-चौदह बरस के बिगड़े हुए लड़कों की-सी लगती थीं। प्योत्र इवानोविच को देखते ही बह लजीले ढंग से भौंहें चढ़ाए उसे घूरने लगा। प्योत्र इवानोविच ने उसकी ओर सिर हिलाया और लाशवाले कमरे में चला गया। धार्मिक रस्म शुरू हुई। मोमबत्तियां, रोना-धोना, धूप-दीप, आंसू-सिसकियां। प्योत्र इवानोविच तनी भौंहों से अपने सामने खड़े लोगों के पैरों की ओर एकटक देखता रहा। उसने एक बार भी आंख उठाकर मृत देह की ओर या ऐसी किसी चीज़ की ओर नहीं देखा जिससे उसका मन उदास हो उठे। वह कमरे में से भी सबसे पहले निकल गया। हॉल में उस वक्त कोई नहीं था। भण्डारे का नौकर गेरासिम भागकर नीचे उतर आया और कपड़ों के अम्बार में से, अपने दृढ़, कठोर हाथों से, प्योत्र इवानोविच का कोट ढूंढ़-ढूंढ़कर निकाला और उसे पहनाने लगा।

"कहो गेरासिम, तुम्हें तो ज़रूर बहुत दुःख हुआ होगा?" कुछ कहने के ख्याल से प्योत्र इवानोविच बोला।

"भगवान की करनी, हुज़ूर। हम सबको एक न एक दिन चले जाना है।" गेरासिम ने अपनी बत्तीसी दिखाते हुए जवाब दिया। उसके दांत सफेद और किसानों के दांतों की तरह मज़बूत थे। फिर बड़े व्यस्त आदमी की तरह उसने दरवाज़ा खोला, चिल्लाकर कोचवान को बुलाया, प्योत्र इवानोविच को गाड़ी में बिठाया और कूदकर फिर सीढ़ियों पर आ गया मानो जल्दी से जल्दी कोई दूसरा काम करना चाहता हो।

धूप-दीप, मृत देह तथा कार्बालिक एसिड की गन्ध के बाद, प्योत्र इवानोविच को बाहर आकर ताज़ी हवा में सांस लेना विशेषकर अच्छा लगा।

"कहां चलें?" कोचवान ने पूछा।

"अभी देर नहीं हुई। थोड़ी देर के लिए मैं फ्योदोर वसील्येविच के घर रुकूंगा।"

और उसी ओर वह चल दिया। वहां अभी उन्होंने पहली बाज़ी ही समाप्त की थी इसलिए अगली बाज़ी में वह बड़े आराम से पांचवें आदमी के स्थान पर जा बैठा।

2

इवान इल्यीच के जीवन की कहानी सरल, साधारण और भयंकर है।

इवान इल्यीच की मृत्यु 45 वर्ष की अवस्था में हुई। वह न्याय परिषद् का सदस्य था। वह एक ऐसे सरकारी अधिकारी का बेटा था जिसने भिन्न-भिन्न मन्त्रालयों तथा महकमों में काम करने के बाद अपने लिए एक अच्छा स्थान बना लिया था। इस ढंग के आदमी आखिर ऐसे पद पर पहुंच जाते हैं जहां से उन्हें कोई हटा नहीं सकता, हांलाकि वे कोई भी महत्वपूर्ण काम करने की योग्यता नहीं रखते। कारण एक तो, उनकी नौकरी लम्बी होती है, दूसरे, पद ऊंचा होता है। जिन पदों पर वे टिके रहते हैं वे केवल नाम के पद होते हैं मगर जो तनख्वाह उन्हें मिलती है वह नाममात्र नहीं होती। छः से दस हज़ार रूबल सालाना तक वे बुढ़ापे तक पाते रहते हैं।

ऐसा ही प्रिवी कौंसलर इल्या येफीमोविच गोलोवीन था—बहुत-सी अनावश्यक संस्थाओं का अनावश्यक सदस्य।

उसके तीन बेटे थे, जिनमें इवान इल्यीच दूसरा था। सबसे बड़े लड़के ने अपने बाप की ही तरह उन्नति की थी। हां, वह किसी दूसरे मन्त्रालय में काम करता था। शीघ्र ही उसकी भी नौकरी की अवधि उस सीमा तुक जा पहुंचेगी जिसके आग तनखाहें निष्क्रियता के आधार पर मिलती हैं। तीसरे बेटे का कुछ नहीं बन पाया। भिन्न-भिन्न पदों पर काम करते हुए वह बदनाम हो गया और अब वह रेल के महकमे में कही काम कर रहा था। उसका पिता और उसके भाई, विशेषकर उनकी

पत्नियां, उससे मिलने से कतराती थीं, और यथासम्भव उसके अस्तित्व को ही भुलाए रहती थीं। उसकी बहिन की शादी बैरन ग्रेफ के साथ हुई थी, जो अपने ससुर की ही तरह सेंट पीटर्सबर्ग में सरकारी अफसर था। इवान इल्यीच को लोग 'परिवार का गौरव' कहा करते थे। वह अपने बड़े भाई की तरह दुनियादार और तकल्लुफ करनेवाला नहीं था, न ही अपने छोटे भाई की तरह लापरवाह था। वह इन दोनों के बीच में था—चतुर, सजीव, आकर्षक व्यक्ति। वह और उसका छोटा भाई, दोनों कानून के कालेज में पढ़े थे। छोटा अपना कोर्स समाप्त नहीं कर पाया, पांचवीं कक्षा तक पहुंचने से पहले ही उसे विद्यालय से निकाल दिया गया। इवान इल्यीच ने बड़े अच्छे नम्बर पाकर कोर्स समाप्त किया। जिन दिनों वह कानून का विद्यार्थी था तब भी उसका चरित्र वैसा ही था जैसा कि बाद में सारी उम्र रहा: योग्य, प्रसन्नचित्त, मिलनसार, नम्र स्वभाव और कर्तव्यनिष्ठ। वह हर उस बात को अपना कर्तव्य समझता था जिसे ऊंचे पदाधिकारी कर्तव्य समझते हैं। जी हुज़ूरी उसने कभी किसीकी नहीं की थी, न बचपन में और न ही बाद में, जब वह बड़ी उम्र का हो गया था। पर छोटी उम्र से ही वह अपने से ऊंचे पदवालों की ओर उसी तरह खिंचता रहा था जिस तरह पतंगा दीपशिखा की ओर खिंचता है। उसने उन्हींका रहन-सहन और उन्हींके विचार अपना रखे थे और उन्हींके साथ उठता-बैठता था। बचपन और जवानी के सब जोश ठंडे पड़ गए, उनका नाम-निशान तक बाकी न रहा था। किसी ज़माने में उसमें झूठा अभिमान और वासनां रही थी। और अन्त में ऊंचे वर्गवालों के बीच वह कुछ देर के लिए उदारवादी भी रह चुका था। पर इन सब क्षेत्रों में वह अपनी सहजबुद्धि के सहारे औचित्य की सीमा के अन्दर ही अन्दर रहा।

पढ़ाई के ज़माने में उसने ऐसे-ऐसे काम किए थे जो उस समय उसे अत्यन्त घृणित लगे थे और उसे अपने से नफरत होने लगी थी। पर बाद में जब उसने देखा कि वही काम बड़े-बड़े आदमी बिना किसी दुविधा के कर रहे हैं, तो उसे वे सब भूल गए। उन्हें अच्छा तो वह अब भी न समझता था, पर उन्हें याद करके उसे पछतावा भी न होता था।

इवान इल्यीच ने कानून की पढ़ाई समाप्त की तो उसके पिता ने उसे अपने लिए आवश्यक सामान खरीदने के लिए पैसे दिए। इनसे उसने शार्मर की दुकान से कुछ नये सूट बनवाए, घड़ी के चेन में एक बिल्ला

लटका लिया जिसपर फ्रेंच में 'रेस्पीस फीनें' (अन्त का अन्दाज़ लगा लेना) खुदा था, विद्यालय के अध्यक्ष से विदा ली, बड़ी शान से अपने दोस्तों के साथ डानन होटल में खाना खाया, और उसके बाद नई तर्ज़ का नया बैग, नये फैशन के सूट, कपड़े और शेव, नहाने-धोने का सामान सबसे बढ़िया दूकानों से खरीदा। फिर वह एक प्रान्तीय नगर की ओर रवाना हो गया, जहां उसके पिता ने उसे गवर्नर के दफ्तर में विशेष सेक्रेटरी के पद पर नियुक्त करवा दिया था।

अपने विद्यार्थी-जीवन की भांति प्रान्तीय नगर में भी जल्दी ही इवान इल्यीच ने अपना जीवन आरामदेह और सुखी बना लिया। वह अपना काम करता, अपनी तरक्की का भी ख्याल रखता, और साथ ही शिष्ट रुचि के अनुरूप आमोद-प्रमोद का भी रस लेता। कभी-कभी वह ज़िले में अपने चीफ के काम पर जाता, जहां अपने से नीचे और ऊपरवाले दोनों प्रकार के अधिकारियों के सामने आत्मसम्मान के साथ पेश आता था। अपना काम ईमानदारी से करता जिससे उसे सच्चे गर्व का भास होता। यहां उसका काम 'पुराने धर्म' के सम्प्रदायवालों से निबटना होता था।

जब सरकारी काम कर रहा होता तो बावजूद अपनी तरुणावस्था और आमोदप्रियता के वह बेहद गुपचुप और खिंचा-खिंचा रहता, यहां तक कि कठोर तक हो जाता। पर दोस्तों के बीच वह हंसमुख और हाज़िरजवाब होता, और मेल-मिलाप से रहता। उसका चीफ और चीफ की पत्नी, जिनके घर वह अक्सर आया-जाया करता था, उसे 'भला आदमी' कहा करते थे।

यहां उसका एक स्त्री के साथ सम्बन्ध भी हो गया। यह उन स्त्रियों में से थी जो इस बांके युवा वकील पर फिदा हो गई थीं। इसके अलावा एक दूसरी स्त्री भी थी जो स्त्रियों की टोपियां बनाने का काम करती थी। जो अफसर लोग शहर में आते उनके साथ पीने-पिलाने की पार्टियां भी होतीं, और रात के भोजन के बाद दूर की एक गली में एक चौबारे पर भी आना-जाना रहता। अपने चीफ और अपने चीफ की पत्नी को खुश करने के लिए डालियां भी पहुंचाई जातीं। पर यह सब काम शिष्टता के इतने ऊंचे स्तर पर किए जाते कि इन्हें किसी बुरे नाम से नहीं पुकारा जा सकता था। फ्रांसीसी कहावत के अनुसार कि 'युवकों को हर प्रकार के अनुभव की जरूरत है' सब माफ था। जो कुछ भी किया

जाता साफ-सुथरे हाथों से, साफ-सुथरे कपड़े पहनकर, फ्रांसीसी भाषा बोलकर, और सबसे बड़ी बात यह कि ऊंची सोसाइटी में किया जाता, जिसका अर्थ है कि इसमें ऊंचे पदाधिकारियों की अनुमति होती।

इस तरह पांच साल तक इवान इल्यीच काम करता रहा। इस अवधि की समाप्ति पर कानून में तबदीली हुई। नई अदालतें बनाई गईं और उनके लिए नये अधिकारियों की ज़रूरत पड़ी।

इन नये अधिकारियों में इवान इल्यीच भी था।

उसके सामने जांच-मज़िस्ट्रेट की नौकरी का प्रस्ताव रखा गया और वह उसने मंजूर कर लिया, हालांकि इससे उसे दूसरे इलाके में जाना पड़ता था, अपने मौजूदा सम्बन्ध तोड़ने पड़ते थे और वहां जाकर नये सम्बन्ध बनाने पड़ते थे। इवान इल्यीच को विदाई पार्टी दी गई, उसके दोस्तों ने उसके साथ मिलकर तसवीर खिंचवाई, जाते वक्त उन्होंने उसे एक चांदी का सिगरेट-केस भेंट किया। इस तरह वह अपने नये काम पर रवाना हुआ।

जांच-मजिस्ट्रेट के पद पर इवान इल्यीच उतना ही 'यथोचित' था, उतने ही सलीके से रहा, और उतनी ही योग्यता से उसने सरकारी और निजी कामों को अलग-अलग रखा और उसी तरह सबके आदर का पात्र बना जिस तरह उन दिनों, जब वह गवर्नर के विशेष सेक्रेटरी का काम किया करता था। पहली नौकरी की तुलना में उसे मजिस्ट्रेट का काम बहुत अधिक रोचक और प्रिय लगा। इसमें शक नहीं कि पहली नौकरी का भी अपना मज़ा था। जब शार्मर की दुकान की बनी चुस्त वर्दी पहने वेटिंग रूम में बैठे, ईर्ष्या-भरी नज़रों से उसे देखनेवाले मुव-क्किलों और अदालत के क्लर्कों के सामने से बड़े रोब से चलता हुआ वह अपने चीफ के दफ्तर में जाकर उसके साथ चाय पीता और सिगरेट के कश लगाता, तो उसके दिल में अजीब गुदगुदी होती। पर वहां पर उसके अधिकाराधीन लोगों की संख्या बहुत कम थी, केवल ज़िले का पुलिस-कप्तान और 'पुराने धर्म' के समर्थक जिनके साथ सरकारी काम के सिलसिले में उसे वास्ता पड़ता था। पर इनके साथ वह सज्जनता का, यहां तक कि दोस्तों का-सा व्यवहार करता, उन्हें यह महसूस कराता कि, देखो मेरे हाथ में वह ताकत है जिससे मैं चाहूं तो तुम्हें कुचल सकता हूं, फिर भी मेरा व्यवहार तुम्हारे साथ कितना मैत्रीपूर्ण और विनम्र है। इससे उसे अतीव सुख मिलता। पर उस समय ऐसे आदमियों की संख्या

बहुत कम थी। अब वह जांच-मजिस्ट्रेट हो गया था। अब वह समझता था कि सभी लोग, यहां तक कि सबसे प्रतिष्ठित और आत्मतुष्ट लोग भी, उसके अधिकार में हैं। सरकारी कागज़ पर कुछ शब्द लिखकर, मोहर लगाकर भेजने-भर की देर थी कि बड़े से बड़े और दंभी से दंभी आदमी को भी वह अपने सामने पेश करवा सकता था, उसे गवाह बनाकर या गिरफ्तार तक करवा के। यह इवान इल्यीच की उदारता थी कि उन्हें बैठने के लिए कूर्सी देता था, वरना उन्हें इसके सामने खड़ा होकर इसके सवालों का जवाब देना पड़ता। इवान इल्यीच ने कभी अपने अधिकार का नाजायज़ फायदा नहीं उठाया। इसके विपरीत इसने उसका सदैव सद्भावना से उपयोग किया। वास्तव में उसकी दृष्टि में इस नई नौकरी का मुख्य आकर्षण ही इस बात में था कि अपनी शक्ति के साथ-साथ उसे अपनी दयालुता का भी ज्ञान रहता था। शीघ्र ही उसने अपने काम में एक प्रकार की दक्षता प्राप्त कर ली थी। वह मुकद्दमों की जांच करते समय उन सब परिस्थितियों को अलग कर देता जिनके प्रति जांच-मजिस्ट्रेट के नाते उसका कोई सीधा उत्तरदायित्व न था। उसने जटिल से जटिल अभियोगों को उनकी बाह्य परिस्थितियों के अनुसार अलग-अलग नाम दे रखे थे। ऐसा करने से उसे अपना मत देने की कहीं भी ज़रूरत न पड़ती और औपचारिक रूप से कानून के सभी नियमों का पालन भी हो जाता। यह काम नया था। सन् 1864 में, अदालतों की कार्यवाही में कुछ सुधार किए गए थे। जिन लोगों ने उन्हें सबसे पहले अमली जामा पहनाया, उनमें इवान इल्यीच भी शामिल था।

नये शहर में पहुंचकर, जांच-मजिस्ट्रेट के नाते, इवान इल्यीच ने नये सम्पर्क स्थापित किए, नये दोस्त बनाए, नये ढंग से रहना शुरू किया, और बोलचाल का नया लहजा अपनाया। अपनी प्रतिष्ठा का खयाल रखते हुए, अब की बार उसने स्थानीय अधिकारियों से अपने को उचित दूरी पर रखा, और केवल सबसे ऊंचे अदालती हल्कों तथा सम्पन्न घरों में उठने-बैठने लगा। साथ ही कुछ-कुछ उदारवाद और सामाजिक जीवन में रुचि रखने का भी प्रदर्शन करने लगा। कहीं-कहीं सरकार की मामूली आलोचना भी कर देता। वेश-भूषा का अब भी वह बहुत खयाल रखता, बल्कि अब उसने शेव करना छोड़ दिया, और दाढ़ी रख ली।

इस नये शहर में भी इवान इल्यीच का जीवन उतना ही सुखद रहा

जितना कि पहले शहर में रहा था। जो दल गवर्नर का विरोध करता था, वह बड़ा मिलनसार और दिलचस्प साबित हुआ। उसकी आमदनी बढ़ गई, उसने व्हिस्ट खेलना सीख लिया जिससे उसके जीवन में एक और दिलचस्पी शामिल हो गई। सामान्यतया वह बड़े उत्साह से ताश खेलता, बड़ी चतुर और बारीक चालें भी चल जाता जिससे अक्सर उसकी जीत होती।

इस शहर में दो वर्ष तक रह चुकने के बाद उसकी भेंट अपनी भारी पत्नी से हुई। जिन लोगों में उसका उठना-बैठना था, उनमें प्रस्कोव्या फ्योदोरोव्ना मिखेल ही सबसे चतुर, कुशाग्रबुद्धि और आकर्षक युवती थी। इस तरह जांच-मजिस्ट्रेट के उत्तरदायित्व निभाते हुए उसे खाली वक्त में मनवहलाव तथा आमोद-प्रमोद के लिए एक और साधन मिल गया। इवान इल्यीच ने प्रस्कोव्या फ्योदोरोव्ना के साथ हल्की-हल्की चुहलबाज़ी शुरू कर दी।

जिन दिनों इवान इल्यीच विशेष सेक्रेटरी हुआ करता था, उन दिनों वह नियमित रूप से नाचों में शरीक होता था, पर जांच-मजिस्टेट बन जाने पर वह केवल कभी-कभी नाचता। और जब नाचता भी तो यह दिखाने के लिए कि नये ज़ाब्ता कानून का परिचालक और पांचवीं श्रेणी का ऊंचा वकील होने के बावजूद वह नाचने के क्षेत्र में भी सामान्य लोगों से ऊपर है। इस तरह कभी-कभी शाम की पार्टी के खात्मे पर वह प्रस्कोव्या फ्योदोरोव्ना के साथ नाचता। इन्हीं नाचों में उसने उसका दिल जीत लिया। वह उससे प्रेम करने लगी। इवान इल्यीच का कोई इरादा शादी करने का न था, पर जब यह लड़की उससे प्रेम करने लगी तो उसके मन में विचार उठा, 'मैं शादी ही क्यों न कर लूं?'

प्रस्कोव्या फ्योदोरोव्ना अच्छे घर की लड़की थी, खूबसूरत थी, और पास में कुछ पैसा भी था। इवान इल्यीच को इससे अच्छी पत्नी मिल सकती थी, पर यह भी बुरी नहीं थी। इवान इल्यीच को अच्छी तन-खाह मिलती थी। उधर उस स्त्री की अपनी आय थी, जो इवान इल्यीच का खयाल था उसकी अपनी तनखाह के बराबर ही होगी। इस तरह उसे अच्छी ससुराल मिल जाएगी। लड़की प्यारी, सुन्दर और सुशील थी। यह कहना कि इवान इल्यीच ने उसके साथ इसलिए शादी की कि वह उससे प्रेम करता था, और वह युवती उसके विचारों का समर्थन करती थी, उतना ही गलत होगा, जितना यह कहना कि उसने इसलिए

शादी की कि उसकी मित्र-मण्डली को यह जोड़ी पसन्द थी। इवान इल्यीच ने इन दोनों ही बातों का खयाल रखकर शादी की थी। इस शादी में सुख भी था और औचित्य भी—इस जोड़ी को बड़े लोग भी उचित समझते थे।

इवान इल्यीच ने शादी कर ली।

विवाह की रस्में और विवाह के बाद पहले कुछ दिन बहुत अच्छे गुज़रे—प्रेमक्रीड़ा, नये साज़-सामान, नये बर्तन, नये कपड़े। वक्त खूब आनन्द में कटने लगा। इवान इल्यीच सोचता कि शादी से पहले की तरह अब भी उसकी ज़िन्दगी शिष्ट, उल्लासपूर्ण, आरामदेह और आमोद-पूर्ण बनी रहेगी, इस शादी से उसमें कोई बाधा नहीं आएगी, बल्कि और भी रंग आ जाएगा। कुछ ही महीनों में उसकी स्त्री गर्भवती हुई। तब उसे एक नई, अप्रत्याशित स्थिति का सामना करना पड़ा जो बड़ी अप्रिय, अनुचित और असह्य साबित हुई। उसे इस बात का अनुमान तक नहीं हो सकता था कि ज़िन्दगी यह करवट लेगी। इससे छुटकारा पाना भी असम्भव था।

अकारण ही, या सनक के कारण कह लो, वह स्त्री ज़िन्दगी के सुख और शिष्टता को भंग करने लगी। वह इससे अकारण ही ईर्ष्या करने लगी और तकाज़े करने लगी कि वह उसकी अधिक टहल-सेवा करे। हर बात में उसके दोष निकालने लगी, और बड़े अनुचित और भद्दे ढंग से झगड़ने लगी।

इस अप्रिय स्थिति से छुटकारा पाने के लिए इवान इल्यीच ने यह सोचा कि जीवन को पहले की तरह उसी शिष्ट और आरामदेह ढंग से ही बिताना चाहिए। इसीसे वह ज़िन्दगी में कामयाब हुआ था। उसने कोशिश की कि वह अपनी पत्नी के चिड़चिड़ेपन की कोई परवाह न करे और पहले की तरह सुख और चैन से रहता चले। वह अपने दोस्तों को ताश खेलने के लिए आमंत्रित करता और स्वयं क्लब में या मित्रों के घरों में जाता। परन्तु एक बार उसकी पत्नी ने उसे इतने भद्दे ढंग से फटकारा कि वह बेचैन हो उठा। इसके बाद जब कभी वह उसकी इच्छा के विरुद्ध आचरण करता तो वह उसे फटकारती। जान पड़ता था कि उसने दृढ़ निश्चय कर लिया है कि वह उस वक्त तक दम न लेगी जब तक उसे पूरी तरह अपने काबू में न कर ले। और काबू में करने का अर्थ था कि वह भी सारा वक्त, मुंह बाए, उसीकी तरह घर पर बैठा

रहे। उसने समझ लिया कि विवाह से, और विशेषकर ऐसी स्त्री के साथ विवाह से, जीवन में सुख और शिष्टता बढ़ेगी नहीं, बल्कि डर था कि खत्म ही हो जाएगी। इसलिए उसने इस खतरे से अपने को बचाना ज़रूरी समझा। इवान इल्यीच इसके लिए उपाय सोचने लगा। प्रस्कोव्या फ्योदोरोव्ना को केवल एक ही बात प्रभावित करती थी, वह थी इवान इल्यीच की नौकरी। अतः इवान इल्यीच ने अपनी पत्नी के विरुद्ध लड़ने तथा अपनी स्वतंत्रता को सुरक्षित रखने के लिए, अपने काम और उस काम को ज़िम्मेदारियों को साधन बनाया।

बच्चा पैदा हुआ। परेशानियां और भी बढ़ने लगीं। कभी बच्चे को दूध पिलाने की समस्या, कभी मां अथवा बच्चे को बुखार—झूठा था सच्चा। उसके लिए इस घरेलू वातावरण से दूर रहकर अपनी एक दुनिया बना लेना और भी आवश्यक हो गया। आशा तो यह की जाती थी कि इवान इल्यीच शिशु-पालन की इन तकलीफों के प्रति सहानुभूति प्रकट करेगा, पर वह इनको समझता तक न था।

ज्यों-ज्यों उसकी पत्नी का स्वभाव अधिक चिड़चिड़ा होता जाता, और जितना अधिक वह अपने पति को तंग करती, उतना ही अधिक वह जान-बूझकर अपने दफ्तर को अपने जीवन का आकर्षण-केन्द्र बनाता जाता। वह पहले कभी भी इतना महत्त्वाकांक्षी न रहा था, न ही उसे अपने काम के साथ इतना गहरा अनुराग कभी हुआ था, जितना अब होने लगा था।

शीघ्र ही, शादी के साल-भर के अन्दर ही, इवान इल्यीच को पता चल गया कि विवाहित जीवन में कुछ आराम तो ज़रूर है, पर वास्तव में विवाह एक बड़ी जटिल और कठिन समस्या है। और इस सम्बन्ध में मनुष्य को चाहिए कि वह कुछेक स्पष्ट नियम निर्धारित कर ले, जिस तरह उसे अपने व्यवसाय के बारे में करने पड़ते हैं, और उनके अनुसार अपना कर्तव्य निभाता चला जाए। यहां कर्तव्य निभाने का यही अर्थ है कि दाम्पत्य जीवन ऊपर से शिष्ट बना रहे ताकि समाज में उसपर कोई उंगली न उठा सके।

और इवान इल्यीच ने अपने नियम निर्धारित कर लिए। विवाहित जीवन से उसने इतने-भर की मांग की, कि घर में खाना मिलता रहे, गृहिणी हो, बिस्तर हो, और सबसे ज़रूरी बात कि लोगों की नज़रों में गार्हस्थ्य-जीवन की औपचारिक शिष्टता बनी रहे, क्योंकि इसके

आधार पर समाज का अनुमोदन प्राप्त हो सकता था। विवाहित जीवन के बाकी पहलुओं से वह चाहता था कि उसे खुशी मिले। यदि उसे कुछ खुशी मिलती तो वह अपने को कृतज्ञ समझता और यदि फटकार मिलती, और सुनने को केवल शिकायतें और भर्त्सना, तो वह फौरन अपनी काम-धन्धे की दुनिया में सरक जाता। वहां वह सुखी रहता था।

बड़ी तत्परता से काम करने के कारण उसकी प्रशंसा हुई और तीन ही साल के अन्दर उसे एसिस्टेंट पब्लिक प्रोसेक्यूटर के पद पर नियुक्त कर दिया गया। यह काम उसे और भी आकर्षक लगने लगा। उसमें नये-नये महत्वपूर्ण उत्तरदायित्व थे, उसे यह अधिकार प्राप्त था कि वह अभियोग चला सकता है, लोगों को कैद की सज़ा दे सकता है, लोगों के सामने अपनी वाक्पटुता का सफल प्रदर्शन कर सकता है इत्यादि।

परिवार बढ़ने लगा, और बच्चे पैदा हुए। उसकी पत्नी और भी झगड़ालू और चिड़चिड़ी होने लगी पर गार्हस्थ्य-जीवन के नियम पालन करते जाने से उसपर इस चिड़चिड़ेपन का कोई असर न होता।

सात साल तक इस शहर में काम करने के बाद इवान इल्यीच की नियुक्ति किसी दूसरे प्रदेश में पब्लिक प्रोसेक्यूटर के पद पर हो गई। वह और उसका परिवार दूसरे नगर में चले गए, पर वहां उन्हें पैसे की तंगी महसूस होने लगी। उसकी पत्नी को यह नया शहर बिल्कुल पसन्द नहीं आया। यहां तनखाह तो पहले से अधिक थी, पर रहन-सहन का खर्च भी अधिक था। इसके अलावा, उनके परिवार में दो बच्चों की मृत्यु हो गईं जिससे इवान इल्यीच के लिए गार्हस्थ्य जीवन और भी अप्रिय हो उठा।

नये शहर में जो भी मुसीबत आती उसके लिए प्रस्कोव्या पयोदोरोव्ना अपने पति को दोषी ठहराती। पति और पत्नी के बीच, वार्तालाप के प्रत्येक विषय पर, विशेषकर अपने बच्चों के पालन के बारे में, कई बार झगड़ा हो चुका था और इन झगड़ों के फिर से शुरू हो जाने का हर वक्त डर लगा रहता। कभी-कभार ऐसे दिन भी आ जाते तब दोनों में प्रेमालाप होता पर ये कभी भी अधिक देर तक नहीं टिक पाते। वे मानो द्वीप थे जिनपर दम्पती थोड़ी देर विश्राम करने के बाद छिपी शत्रुता के समुद्र पर अपनी यात्रा जारी कर देते। और यह छिपी शत्रुता उपेक्षा में व्यक्त होती थी। यदि इवान इल्यीच इस उपेक्षा को बुरा समझता होता तो ज़रूर उसके मन को क्लेश पहुंचता। पर वह उसे न केवल

सामान्य किन्तु वांछित भी मानने लगा था। ऐसा सम्बन्ध वह जान-बूझकर स्थापित करना चाहता था। उसने यह लक्ष्य बना लिया था कि घर के झगड़ों से वह अपने को अधिकाधिक दूर रखेगा और साथ ही उन्हें हानि तथा अशिष्टता की सीमा तक भी न पहुंचने देगा। इस लक्ष्य की प्राप्ति के लिए वह ज़्यादा से ज़्यादा समय घर से बाहर बिताने लगा। घर में अमन-चैन कायम रखने की खातिर जब उसे घर में रहना पड़ता तो वह कुछ मित्रों को आमन्त्रित कर लेता। अपने जीवन में वह सबसे अधिक महत्त्व अपने काम को देता था। सरकारी काम में ही वास्तव में उसकी रुचि थी, और इसमें वह तन-मन से लगा हुआ था। और खुशी भी उसे इसीसे मिलती। उसे अपनी शक्ति का भास होता, और इस अधिकार का भी कि वह जिसे चाहे तबाह कर सकता है। उसे अपनी बाहरी रोब-दाब का एहसास था। वह अदालत में दाखिल होता तो अपने नीचे काम करनेवाले लोगों के साथ एक खास ढंग से बातें करता। बड़े अफसर और छोटे कर्मचारी सभी उसे चाहते थे। मुकद्दमों की जांच बड़ी योग्यता से करता और इससे उसका मन आत्मश्लाघा से भर उठता। इन सब बातों से उसे बड़ी प्रसन्नता होती। इसके अलावा सह-कर्मियों से गप्प-शप्प चलती, डिनर-पार्टियां होती, और व्हिस्ट खेली जाती। इनसे उसका जीवन काफी भरा रहता। इसलिए समूचे तौर पर देखा जाए तो इवान इल्यीच का जीवन वांछित ढंग से ही चल रहा था, मतलब कि उसमें सलीका भी था और आमोद भी।

सात साल और बीत गए। उसकी बेटी सोलह वर्ष की हुई। परिवार में एक और बच्चे की मृत्यु हो चुकी थी। अब केवल एक लड़का रह गया था, जो स्कूल में पढ़ता था। इसके कारण घर में बहुत कलह उठता था। इवान इल्यीच चाहता था कि वह कानून पढ़े, और प्रस्कोव्या फ्योदोरोव्ना ने, केवल वैमनस्य के कारण, उसे जिम्नेज़ियम में भेज दिया था। लड़की घर पर पढ़ती थी, और अच्छी तरक्की कर रही थी। लड़का भी पढ़ाई में अच्छा था।

3

इसी ढर्रे पर इवान इल्यीच ने विवाहित जीवन के सत्रह वर्ष बिताए।

अब वह एक अनुभवी पब्लिक प्रोसेक्यूटर था। इस नौकरी से अच्छी कई और नौकरियां उसे मिलती थीं पर उसने उन्हें नामंज़ूर किया, इस उम्मीद पर कि उनसे भी बेहतर कोई नौकरी मिलेगी। और अब एक ऐसी घटना घटी जिससे उसका समतल जीवन विक्षुब्ध हो उठा। उसकी यह तीव्र इच्छा थी कि उसे एक यूनिवर्सिटीवाले नगर में प्रधान न्यायाधीश के पद पर नियुक्त किया जाए। पर किसी भांति गोप्पे नामक व्यक्ति पहले वहां पहुंच गया और नौकरी संभाल ली। इवान इल्यीच बहुत बिगड़ा, आरोप लगाए, गोप्पे को बुरा-भला कहा, और अपने से ऐन ऊपरवाले अफसरों से शिकवा-शिकायत की। परिणाम यह हुआ कि अधिकारियों ने इवान इल्यीच की ओर से पीठ फेर ली। इसके बाद जब और जगहें खाली हुईं तो उसे फिर नज़रन्दाज़ किया गया।

यह 1880 की बात है। यह साल इवान इल्यीच के जीवन का सबसे बुरा साबित हुआ। एक तरफ तो उसकी आय कम थी, उसमें उसके परिवार का गुज़र न हो पाता था; दूसरी तरफ उसकी हेठी की जा रही थी। जहां अपने प्रति किए गए इस व्यवहार को वह क्रूर, द्वेषपूर्ण तथा अनुचित समझता था, वहां और लोगों को यह बड़ी साधारण बात जान पड़ती थी। इस समय उसके पिता ने भी उसकी सहायता नहीं की। इवान इल्यीच समझता था कि उसे लोगों ने निःसहाय छोड़ दिया है। परन्तु और लोग उसकी स्थिति को सामान्य समझते थे बल्कि उसकी 3,500 रूबल सालाना तनखाह को देखते हुए उसे भाग्यवान समझते थे। पर वही जानता था कि कैसी-कैसी झिड़कियां उसे सहन करनी पड़ीं, किस भांति उसकी पत्नी सारा वक्त उसे कोसती-फटकारती रही और किस भांति आमदनी से ज़्यादा खर्च करने के कारण उसके सिर पर कर्ज़ चढ़ गए थे। यह सब देखते हुए कौन कह सकता था कि उसकी स्थिति सामान्य है?

उस साल गर्मी की छुट्टियों में, खर्च बचाने की खातिर, वह और उसकी पत्नी गांव में रहने के लिए चले गए। वहां उसकी पत्नी का भाई रहता था।

देहात में कोई काम-काज न होने के कारण इवान इल्यीच ऊब उठा। जीवन में उसे कभी इस तरह निठल्ला नहीं बैठना पड़ा था। वह इस कदर परेशान हुआ कि उसने कुछ न कुछ करने का, कोई निर्णयात्मक कदम उठाने का पक्का इरादा कर लिया।

एक दिन रात-भर उसे नींद नहीं आई और वह सारा वक्त बरामदे में टहलता रहा। उस दिन उसने निश्चय किया कि वह सीधे सेंट पीटर्सबर्ग जाएगा, वहां जाकर किसी दूसरे मन्त्रालय में अपनी तबदीली करवा लेगा, और इस तरह उन लोगों को नीचा दिखाएगा जो उसके काम की यथोचित प्रशंसा नहीं कर पाए थे।

दूसरे दिन वह सेंट पीटर्सबर्ग के लिए रवाना हो गया। उसकी पत्नी और साले ने उसे रोकने की बहुत कोशिश की पर उसने एक न मानी।

उसके सामने एक ही लक्ष्य था: कि वहां पांच हज़ार रूबल तनखाहवाली कोई नौकरी ढूंढ़ लेगा। उसे इस बात की परवाह न थी कि उसे किस मन्त्रालय या महकमे में काम मिले, या काम किस ढंग का हो। उसे तो पांच हज़ार की नौकरी दरकार थी, भले ही वह किसी शासकीय विभाग में हो, किसी बैंक में, रेलवे में, ऐम्प्रैस मरीया की किसी संस्था में, यहां तक कि बेशक चुंगीघर में ही हो। ज़रूरी यही था कि तनखाह पांच हज़ार हो ताकि उसे उस मन्त्रालय में काम न करना पड़े जिसने उसके काम की कद्र नहीं की थी।

इस दौरे में उसे अप्रत्याशित और आश्चर्यजनक सफलता मिली। जब उसकी गाड़ी कुर्स्क पहुंची, तो उसी फर्स्ट क्लास के डिब्बे में अचानक उसका एक मित्र आ बैठा। नाम था फ० स० इल्यीन। इसने उसे बताया कि कुर्स्क के गवर्नर को अभी-अभी इस आशय का एक तार मिला है कि मन्त्रालय में एक महत्त्वपूर्ण तबादला होनेवाला है, प्योत्र इवानोविच के स्थान पर इवान सेम्योनोविच की नियुक्ति होगी।

इस प्रस्तावित तबादले का महत्त्व रूस के लिए तो था ही, इसका एक विशेष महत्त्व इवान इल्यीच के लिए भी था। प्योत्र पेत्रोविच नया आदमी था। उसे तरक्की मिल जाने से ज़ाहिर था उसके मित्र ज़खार इवानोविच को भी तरक्की मिलेगी। इस तरह परिस्थितियां अपने-आप इवान इल्यीच के अनुकूल बन रही थीं। ज़खार इवानोविच इवान इल्यीच का मित्र था, दोनों सहपाठी रह चुके थे।

मास्को में इस खबर की पुष्टि हुई। जब इवान इल्यीच सेंट पीटर्सबर्ग पहुंचा तो वह ज़खार इवानोविच से मिलने गया, उसने इसे वचन दिया कि वह ज़रूर उसी न्याय-मन्त्रालय में उसे नौकरी लेकर देगा जिसमें वह काम करता था।

एक सप्ताह बाद उसने अपनी पत्नी को यह तार भेजा:

"मिलर के स्थान पर ज़खार नियुक्त हुआ है। पहली रिपोर्ट के बाद मेरी नियुक्ति होगी।"

यह तबादला बड़ा लाभदायक सिद्ध हुआ। अचानक इवान इल्यीच को अपने ही मन्त्रालय में एक जगह मिल गई जिससे वह अपने सहकारियों से दो दर्जे ऊपर हो गया। पांच हज़ार तनखाह, इसके अलावा साढ़े तीन हज़ार रूबल घर के साज़-सामान तथा सफर-खर्च के लिए। अपने विरोधियों तथा मन्त्रालय के खिलाफ उसका सारा गुस्सा ठण्डा पड़ गया। अब वह पूर्णतया खुश था।

इवान इल्यीच गांव वापस लौटा। उसका चित्त बेहद प्रसन्न और सन्तुष्ट था। ऐसा पहले बहुत कम हुआ था। प्रस्कोव्या फ्योदोरोव्ना का भी उत्साह बढ़ गया, और कुछ देर के लिए घर में शान्ति आ गई। इवान इल्यीच ने अपनी यात्रा का ब्योरा दिया, बतलाया कि सेंट पीटर्सबर्ग में उसकी बड़ी आवभगत हुई, उसके सभी विरोधियों को मुंह की खानी पड़ी, इस नौकरी के मिलने पर वे उसके तलवे चाटने लगे, और उससे डाह करने लगे। वह जहां भी गया था, सबके अनुग्रह का पात्र बना रहा था।

प्रस्कोव्या फ्योदोरोव्ना बड़े ध्यान से उसकी बातें सुनती रही, बीच में एक बार भी नहीं बोली। यही दिखाने की कोशिश करती रही कि उसे इवान इल्यीच की हर बात पर विश्वास है। उसका सारा ध्यान अब नये शहर में था। वह यही सोच रही थी कि वहां पर किस ढंग से रहेंगे। इवान इल्यीच को यह जानकर खुशी हुई कि इसमें उसके इरादे उसकी पत्नी के इरादों से बिल्कुल मिलते थे, कि दोनों एक-दूसरे से सहमत थे। पहले जो थोड़े-से काल के लिए उसके जीवन में बाधा आई थी, वह दूर हो जाएगी, और उसका जीवन फिर से सुखमय और सुरुचिपूर्ण हो पाएगा। यही उसे स्वाभाविक जान पड़ता था।

इवान इल्यीच गांव में थोड़े ही दिन ठहरा। दस सितम्बर को उसे अपना नया काम संभालना था। इसके अलावा नये शहर में जाकर निवास-स्थान का प्रबन्ध करना, प्रान्तीय नगर से, जहां पर वह पहले था, अपना सारा सामान ले जाना, बहुत-सी नई चीज़ें खरीदना, कई चीज़ों के लिए आर्डर देना—ये सब काम उसे करने थे। संक्षेप में कहें तो जिस जीवन की रूप-रेखा उसने अपने मन में बना रखी थी, उसे नये शहर में जाकर क्रियान्वित करना था। जीवन की ऐसी ही रूप-रेखा प्रस्कोव्यां

फ्योदोरोव्ना की सभी कल्पनाओं तथा महत्त्वाकांक्षाओं का केन्द्र बनी हुई थी।

हर बात बड़ी अनुकूलता से सुलझी थी, पति-पत्नी के विचार भी मेल खा गए थे, और वे दोनों एक-दूसरे से मिलते भी कम थे, अतः उनके सम्बन्ध इतने मैत्रीपूर्ण हो उठे थे जितने कि शादी के पहले दिनों के बाद आज तक कभी न हो पाए थे। पहले तो इवान इल्यीच ने सोचा कि वह अपने परिवार को भी साथ ले जाएगा, परन्तु अपने साले और साली के आग्रह पर, जो सहसा उसके और उसके परिवार के प्रति बड़ स्नेहपूर्ण और विनम्र हो उठे थे, उसने अकेले ही चले जाने का निश्चय किना।

इवान इल्यीच रवाना हो गया। उसका मन खुश था। एक तो सफलता मिली थी, दूतरे पत्नी के साथ पटरी बैठ गई थी। एक चीज़ दूसरी की पुष्टि कर रही थी। सफर के दौरान सारा वक्त उसकी मनः स्थिति ऐसी ही रही। रहने के लिए उसे एक बहुत अच्छा फ्लैट मिल गया, बिल्कुल वैसा ही जैसा कि वह और उसकी पत्नी चाहते थे। बड़े-बड़े, ऊंची छतवाले, पुराने ढंग के बैठने के कमरे, एक खुला, आराम-देह पढ़ने-लिखने का कमरा, पत्नी और बेटी के लिए अलग कमरे, बेटे के लिए एक कमरा जहां उसका अध्यापक उसे पढ़ा सके—ऐसा मालूम होता जैसे ठीक उन्हींकी ज़रूरतों को देखकर घर बनाया गया हो। उसके लिए साज़-सामान खरीदने, सजाने, ठीक-ठाक करने का सब काम स्वयं इवान इल्यीच ने अपने हाथ में लिया। दीवारों के लिए कागज़, परदे, पुराने चलन की मेज़-कुर्सियां उसे विशेष रुचिकर लगती थीं। वह इन्हें खरीदता रहा, और धीरे-धीरे घर में रौनक आने लगी, और उनका भावी निवास-गृह उस आदर्श नमूने के अनुकूल ढलने लगा जो उसने अपने मन में बना रखा था। जब आधा काम हो चुका तो घर का रूप देखकर वह दंग रह गया। फ्लैट उसकी उम्मीदों से कहीं बढ़कर निखरने लगा था। वह अभी से इस बात की कल्पना कर सकता था कि तैयार हो जाने पर फ्लैट की साज-सज्जा कितनी सुन्दर, कितनी यथोचित होगी। गंवारपन का लेशमात्र भी उसमें नहीं होगा। रात को सोते समय उसकी आंखों के सामने उस सजे-सजाए कमरे का चित्र होता जिसमें बाहर से भेंट करनेवाले लोग आकर बैठा करेंगे। वह बैठक में झांककर देखता—वह अभी तक तैयार नहीं हो पाई थी—तो

उसे अंगीठी, अंगीठी के सामने का पर्दा, अलमारियां, जहां-तहां बिना किसी क्रम के रखी हुई कुर्सियां, दीवारों पर बढ़िया चीनी मिट्टी की प्लेटें, अपनी-अपनी जगह पर सजी हुई कांसे की मूर्तियां इत्यादि नज़र आतीं। उसे यह सोचकर बेहद खुशी होती कि जब उसकी पत्नी और बेटी वहां आएंगी, और उन्हें वह एक-एक चीज़ दिखाएगा तो वे कितनी खुश होंगी। उन्हें भी इन चीज़ों में रुचि थी। वे सोच भी नहीं सकती थीं कि उन्हें क्या-क्या देखने को मिलेगा। सौभाग्य से उसे पुराना फर्नीचर सस्ते दामों मिल गया था, जिससे घर की सजावट में एक विशेष कमनीयता आ गई थी। अपनी चिट्ठियों में वह हर चीज़ का ब्योरा कुछ घटाकर देता था, ताकि जब वे आएं तो घर देखकर दंग रह जाएं। इन कामों में वह इतना व्यस्त रहता कि अपने नये सरकारी काम की ओर वह यथोचित ध्यान न दे पाता। उसे ख्याल नहीं था कि कभी ऐसी स्थिति आएगी। उसे यह काम सबसे ज़्यादा पसन्द था। जब अदालत की कार्यवाही चल रही होती तो किसी-किसी वक्त उसका ध्यान उचट जाता, मन उड़ानें भरने लगता कि परदों के ऊपर का भाग खुला रहने दिया जाए या ढक दिया जाए। वह इस काम में इतना खो गया था कि अक्सर स्वयं कारीगरों का हाथ बंटाने लगता, मेज़-कुर्सियां इधर से उधर रखता, दरवाजों पर पर्दे टांगता। एक दिन वह सीढ़ी पर चढ़कर कारीगर को समझा रहा था कि वह किस तरह पर्दे लगाए, जब उसका पांव फसल गया और वह गिरते-गिरते बचा। वह बड़ा मज़बूत और फुर्तीला आदमी था, फौरन संभल गया, केवल गिरते वक्त उसकी कमर एक तस्वीर के चौखटे से टकराई जिससे एक खरोंच-सी उसे लग गई। उसे कमर में कुछ देर तक दर्द होता रहा पर वह जल्दी ही दूर हो गया। उन दिनों सारा वक्त इवान इल्यीच विशेषकर स्वस्थ और प्रसन्नचित्त रहा। उसने लिखा: "मैं यों महसूस करता हूं, जैसे पन्द्रह बरस छोटा हो गया हूं।" उसका ख्याल था कि सब काम सितम्बर के अन्त तक मुकम्मल हो जाएगा, पर वह अक्तूबर के मध्य तक घिसटता चला गया। पर परिणाम जो निकला वह विस्मयजनक था। यह केवल उसीका ख्याल नहीं था और लोग भी जो उस फ्लैट को देखने आते थे, यही कहते थे।

पर सच तो यह है कि वह भी अपना घर वैसा ही कुछ बना पाया था जैसा कि उस जैसे सभी लोग बना पाते हैं जो स्वयं अमीर न होते हुए

अमीरों जैसे बनना चाहते हैं, और अन्त में केवल एक दूसरे के समान ही बनकर रह जाते हैं। पर्दे, आबनूस का फर्नीचर, फूल, कालीन, कांसे की मूर्तियां, हरेक चीज़ गहरे रंग की और भड़कीली—बिलकुल वैसी ही जैसी इस वर्ग के लोग इकट्ठी करते हैं और अपने वर्ग के अन्य लोगों के समान बन जाते हैं। उसका फ्लैट भी और लोगों के फ्लैटों जैसा ही था इसलिए उसका कोई प्रभाव न पड़ता था। पर वह उसे शानदार और बेजोड़ समझता था। वह स्टेशन पर अपने परिवार को लेने गया, फिर सबके सब रोशनी से जगमगाते फ्लैट में दाखिल हुए। सफेद नेकटाई लगाए, एक चोबदार ने ड्योढ़ी का दरवाज़ा खोला। ड्योढ़ी में फूल मह-मह कर रहे थे। यहां से वे बैठक में गए, फिर उसके पढ़नेवाले कमरे में। परिवार के लोग दंग रह गए। इवान इल्यीच की खुशी का ठिकाना न था। उसने उन्हें सारा घर दिखाया। उनके मुंह से प्रशंसा के शब्द सुन-सुनकर वह स्वयं अभिभूत हो रहा था। आत्मसन्तोष से उसका चेहरा दमकने लगा। उसी दिन शाम को जब वे चाय पीने बैठे तो प्रम्कोव्या फ्योदोरोव्ना ने उससे पूछा कि वह गिरा कैसे, तो वह हंसने लगा। नाटकीय अन्दाज़ में बताने लगा कि वह कैसे गिरा था और किस भांति जब वह गिरा तो एक कारीगर का दिल दहल गया था। यह सारा विवरण बड़ा रोचक रहा।

"अच्छा हुआ कि मैं बचपन में कसरत करता रहा। मेरी जगह कोई और होता तो बुरी तरह चोट खा जाता। मुझे केवल एक तरफ तो मामूली सी सूजन हुई है, इससे ज़्यादा कुछ नहीं। जब हाथ लगाऊं तो वहां अब भी थोड़ा दर्द होता है, मगर धीरे-धीरे कम हो रहा है। मामूली खरोंच-सी थी इससे ज़्यादा कुछ नहीं।"

वे नये घर में रहने लगे। जैसा कि सदा होता है, जब घर में रहने लगो तो जान पड़ता है कि बस, अगर एक कमरा और होता तो इस जैसा कोई घर न होता, और आमदनी में, बस यदि थोड़े-से पैसे और होते, केवल पांच सौ रूबल, तो परिवार की सब ज़रूरतें पूरी हो जातीं। पर सब मिलाकर, हर चीज़ यथोचित थी, खास तौर पर शुरू-शुरू में, जब फ्लैट की साज-सज्जा अभी मुकम्मल नहीं हो पाई थी, कई चीज़ों के खरीदने, मरम्मत करवाने, एक जगह से हटाकर दूसरी जगह रखने इत्यादि का काम बाकी रहता था। कुछ छोटी-मोटी गलतफहमियां भी उठती रहती थीं, पर पति-पत्नी इतने खुश और अपने काम में इतने

व्यस्त थे कि शीघ्र ही ये गलतफहमियां दूर हो जातीं और झगड़े पैदा होने की नौबत न आती थी। आखिर फ्लैट मुकम्मल हो गया। जीवन में थोड़ी नीरसता आ गई। पर उस समय ये लोग नये-नये लोगों से परिचय प्राप्त कर रहे थे, और नये ढंग के जीवन से अभ्यस्त हो रहे थे। ज़िन्दगी भरी-पूरी लगने लगी।

इवान इल्यीच प्रातः का समय कचहरी में व्यतीत करता और भोजन के समय घर आ जाता। शुरू-शुरू में तो उसमें खूब उत्साह था, हालांकि फ्लैट के कारण वह क्षुब्ध भी हो उठता था। (अगर पर्दों या मेज़पोश पर कहीं एक भी दाग होता, पर्दों में कहीं कोई रस्सी ढीली होती, तो वह खीझ उठता। उसने बड़ी मेहनत से उन्हें अपनी-अपनी जगह पर संवारकर रखा था। एक भी चीज़ इधर-उधर होती तो उसे खीझ उठती।) पर समूचे तौर पर इवान इल्यीच का जीवन वैसा ही था जैसा कि वह बनाना चाहता था: आरामदेह, खुशगवार और शिष्टतापूर्ण। वह प्रातः 9 बजे उठता, कॉफी पीता, अखबार देखता और अपनी सरकारी पोशाक पहनकर कचहरी चला जाता। वहां रोज़ाना काम का जुआ पहले से उसके लिए तैयार रखा होता। वह जाते ही बड़ी आसानी से उसे गले में डाल लेता। वहां दरखास्तें पेश होते। वह पूछताछ के पत्रों से निबटता। दफ्तर का काम अलग था। मुकदमों की पेशियां होतीं—सार्वजनिक तथा प्राथमिक। मनुष्य में इतनी योग्यता होनी चाहिए कि अपना काम छांट सके, और उसमें से ऐसे सब तत्त्वों को निकाल सके जो सरकारी काम में रुकावट डालते हों, भले ही वे दिलचस्प और जानदार हों। लोगों के साथ सरकारी सम्बन्ध के अलावा कोई और सम्बन्ध नहीं होना चाहिए। इन सम्बन्धों का मूल आधार ही सरकारी काम होना चाहिए। यों भी ये सम्बन्ध केवल सरकारी स्तर पर ही रहने चाहिए। मिसाल के तौर पर एक आदमी कुछ पूछने के लिए कचहरी में आता है। यह मुमकिन नहीं कि इवान इल्यीच अपने सरकारी पद को भूलकर उसके साथ साधारण व्यक्ति की भांति बातें करने लगे। पर यदि वह आदमी न्यायालय के सदस्य के पास आता है तो इस सम्बन्ध के घेरे के अन्दर (जिसका उल्लेख सरकारी शब्दावली में सरकारी कागज़ पर हो सके) इवान इल्यीच उसके लिए सब कुछ करता, सचमुच यथाशक्ति सब कुछ करता, यहां तक कि उसके साथ बड़े आदर से पेश आता, और उसका व्यवहार प्रत्यक्षतः मानवीय, यहां तक कि मैत्रीपूर्ण होता। सम्बन्ध वही

उचित होता है। पर ज्यों ही सरकारी सम्बन्ध समाप्त हों, उसी क्षण बाकी सभी सम्बन्ध भी समाप्त हो जाने चाहिए। इवान इल्यीच में सरकारी सम्बन्धों को अलग रखने की असाधारण योग्यता थी। वह उन्हें यथार्थ जीवन से बिल्कुल अलग रखता था। और यह गुण, उसकी योग्यता और अनुभव के कारण पनपकर कला के स्तर तक जा पहुंचा था। वह कभी-कभी, मानो मज़ाक में ही अपने को इतनी छूट दे दिया करता कि मानवीय-सरकारी सम्बन्धों को कुछ देर के लिए मिला देता। उसमें यह क्षमता थी कि अपने दृढ़ संकल्प से, जब चाहता, सरकारी रिश्ते को अलग कर देता या मानवीय रिश्ते को। इवान इल्यीच यह सब बड़ी सुगमता, लोकप्रियता तथा शिष्टता से किया करता था। खाली समय में वह सिगरेट पीता, चाय पीता, थोड़ी-बहुत राजनीति की चर्चा करता, काम-धन्धे की बातें होतीं, कुछ ताश की बाज़ियों के बारे में, बहुत कुछ नई नियुक्तियों के बारे में। आखिर थककर वह घर लौटता लेकिन उसका मन संतुष्ट होता, उसी भांति जिस भांति अच्छा वादन करने के बाद किसी आर्केस्ट्रा के प्रधान वादक का मन सन्तुष्ट होता है। घर पहुंचकर देखता कि उसकी पत्नी और बेटी, या तो कहीं बाहर जाने को तैयार हैं, या मेहमानों की देख-रेख में व्यस्त हैं। उसका बेटा स्कूल गया होता, या अपने अध्यापक के पास बैठा सबक याद कर रहा होता। जो कुछ भी वह जिम्नेज़ियम में पढ़कर आता, उसे वह बड़ी मेहनत से याद किया करता। सब बात बहुत बढ़िया ढंग से चल रही थी। भोजन के बाद यदि कोई अतिथि न आए होते तो इवान इल्यीच बैठकर कोई पुस्तक पढ़ता—कोई नई पुस्तक, जिसकी बहुत चर्चा हो रही होती। उसके बाद वह बैठकर दस्तावेज़ों की जांच करता, कानून देखता, गवाहों के बयान ध्यान से पढ़ता, उनपर कानून की धाराएं लगाता। यह काम उसे न तो रुचिकर लगता, न नीरस। अगर इसके लिए ताश की बाज़ी छोड़नी पड़ती तो यह काम नीरस होता, पर यदि ताश नहीं चल रही होती, तो अकेले बैठने या पत्नी के साथ बैठने से यही बेहतर होता था। इवान इल्यीच को सबसे ज़्यादा खुशी समाज के सम्मानित पदाधिकारियों तथा उनकी पत्नियों को अपने घर बुलाकर छोटी-छोटी पार्टियां करने में मिलती थी। इन पार्टियों में भी वही कुछ होता जो इन लोगों के अपने घरों में होता था, शाम उसी ढंग से बीतती जिस ढंग से ये लोग उसे बिताने के आदी थे। उसके घर की बैठक भी

वैसे ही थी जैसी कि इन लोगों के घरों की बैठकें।

एक बार उन्होंने एक नाचपार्टी का आयोजन किया। पार्टी खूब कामयाब रही। इवान इल्यीच बेहद खुश था। केवल मिठाइयों और पेस्ट्रियों के सवाल पर पति-पत्नी का आपस में बहुत भद्दा-सा झगड़ा उठ खड़ा हुआ। प्रस्कोव्या फ्योदोरोव्ना ने खाने-पीने की चीज़ों के बारे में कुछ निश्चय कर रखा था, परन्तु इवान इल्यीच ने ज़िद्द की कि चीज़ें सबसे बढ़िया दूकान से मंगवायी जाएं। उसने बहुत-सी पेस्ट्री मंगवा ली, नतीजा यह हुआ कि बहुत-सा सामान बच गया, और बिल पैंतालीस रूबल का आ गया। पति-पत्नी में तकरार होने लगी। यह झगड़ा कितना गम्भीर और अप्रिय रहा होगा, इसका अन्दाज़ इसीसे लगाया जा सकता है, कि प्रस्कोव्या फ्योदोरोव्ना ने उसे "गधा और नपुंसक" कहकर पुकारा, और इवान इल्यीच ने अपना सिर थाम लिया, और आवेश में तलाक लेने के बारे में चिल्लाया। पर पार्टी बहुत खुशगवार रही थी। बड़े-बड़े लोग आए थे। इवान इल्यीच राजकुमारी त्रुफोनोवा के साथ नाचा था। यह उस त्रुफोनोवा की बहन थी जिसने 'मेरा बोझ अपने कन्धों पर लो' नाम वाली संस्था की नींव रखी थी। अपने सरकारी काम से इवान इल्यीच को एक प्रकार की खुशी मिलती थी। इससे उसकी महत्त्वाकांक्षाओं की पूर्ति होती थी। एक दूसरी प्रकार की खुशी उसे अपने सामाजिक जीवन से मिलती थी। उससे उसके अहं की तुष्टि होती थी। पर सच्चा आनन्द उसे मिलता था ताश खेलने में। कुछ भी हो जाए, जीवन कितना ही निराश क्यों न हो उठे, यह आनंद छोटे-से दीपक की तरह उसके जीवन को आलोकित किए रहता था। जब चार दोस्त—चारों अच्छे खिलाड़ी—ताश की बाज़ी लगाते तो मन खिल उठता। हां, अगर साथी झगड़ालू निकले तो मज़ा किरकिरा होता था। (इस चौकड़ी में पांचवां बनने में कुछ मज़ा न था। आप मुंह बाए देखे जा रहे हैं और ऊपर से दिखावा भी किए जा रहे हैं कि आपको मज़ा आ रहा है)। इसके बाद रात का भोजन और एक गिलास हल्कीसी अंगूरी शराब। जब कभी इवान इल्यीच को इस तरह ताश खेलने का मौका मिलता, विशेषकर जब वह कुछ पैसे भी जीत लेता, तो वह सोने के वक्त बड़ा प्रसन्नचित होता (बहुत पैसे जीतने से उसका मन कुछ बेचैन-सा हो उठता था)।

इस ढर्रे पर उनका जीवन चल रहा था। वे सबसे ऊंचे हल्कों में

उठते-बैठते, उनके घर में प्रतिष्ठित तथा युवा लोगों का आना-जाना रहता।

पति, पत्नी और बेटी तीनों एक-दूसरे से पूर्णतया सहमत थे कि किन लोगों के साथ उन्हें मेल-जोल बढ़ाना चाहिए। और बिना एक-दूसरे से पूछे, वे बड़ी कुशलता से ऐसे परिचितों तथा संबन्धियों से पीछा छुड़ा लेते थे जिनका वहां आना उसके लिए अप्रिय था, और जिन्हें वे अपने से निम्न स्तर के समझते थे। ऐसे लोग बड़े आग्रह से उनसे मिलने आते और अपना सम्मान प्रकट करते, उस बैठक में बैठने का दु:साहस करते जिसकी दीवारों पर जापानी प्लेटें लगी थीं। पर शीघ्र ही वे टल जाते। अन्त में केवल वही लोग गोलोवीन परिवार के मित्र बने रहते जो समाज में सबसे प्रतिष्ठित थे। जो युवक लीज़ा से प्रेम करते उनका भविष्य बड़ा आशापूर्ण था। उनमें से एक द्मीत्री इवानोविच पेत्रीश्चेव का बेटा था। यह लड़का जांच-मजिस्ट्रेट था और अपने बाप की सारी ज़मीन-जायदाद का एकमात्र वारिस। एक दिन इवान इल्यीच ने प्रस्कोव्या फ्योदोरोव्ना से इसका जिक्र किया और प्रस्ताव रखा कि उनके लिए एक स्ले-पार्टी का या किसी नाटक-अभिनय का आयोजन करना चाहिए। ऐसा था उनका जीवन। बिना किसी परिवर्तन के एक दिन बाद दूसरा बीत रहा था, और हर चीज़ में ठाठ था।

4

सबका स्वास्थ्य अच्छा था। कभी-कभी इवान इल्यीच यह शिकायत करता कि उसके मुंह का स्वाद अजीब-सा हो रहा है, या उसकी कमर में बाईं ओर कुछ बोझ-सा महसूस होता है, परन्तु यह कोई बीमारी नहीं थी।

पर यह बोझ बढ़ने लगा। इसे दर्द तो नहीं कहा जा सकता था, पर एक दबाव-सा महसूस होता रहता जिसके कारण वह सारा वक्त उदास रहने लगा। यह उदासी और भी गहरी होने लगी, और उस खुशगवार और शिष्ट जीवन में बाधक बनने लगी, जिसे गोलोवीन परिवार ने फिर से स्थापित किया था। पति और पत्नी में भी अब कलह बढ़ने लगा। शीघ्र ही घर का सुख-चैन जाता रहा। घर की शिष्टता बनाए रखना कठिन हो गया। झगड़े बार-बार उठ खड़े होते। पारिवारिक जीवन में द्वेष का विष घुलने लगा। ऐसे दिन बहुत कम होते जब

पति-पत्नी में कलह न उठता हो।

प्रस्कोव्या फ्योदोरोव्ना कहती कि उसका पति चिड़चिड़े मिज़ाज का आदमी है। उसका यह कहना किसी हद तक जायज़ भी था। लेकिन बात को बढ़ा-चढ़ाकर कहने की उसकी आदत थी। इसलिए वह अब अक्सर कहती कि उसके पति का स्वभाव शुरू से ही ऐसा रहा है, और अगर उसने बीस साल उसके साथ निभा दिए तो अपने सहनशील स्वभाव के कारण। यह ठीक था कि अब जो भी बहस छिड़ती उसे शुरू करनेवाला वही होता। ज्यों ही परिवार खाना खाने बैठता, और शोरबा सामने आता, तो वह मीन-मेख निकालने लगता। या तो कोई बर्तन टूट गया होता, या खाना बुरा होता, या उसका बेटा मेज़ पर कोहनी टिकाए बैठा होता, या बेटी ने बालों में ठीक तरह से कंघी नहीं की होती। हर बात के लिए प्रस्कोव्या फ्योदोरोव्ना को दोषी ठहराया जाता। पहले तो प्रस्कोव्या फ्योदोरोव्ना ईंट का जवाब पत्थर से देती, खूब बुरा-भला कहती, पर दो बार ऐसा भी हुआ कि भोजन शुरू होते ही गुस्से से वह इस कदर बौखला उठा कि उसकी स्त्री ने समझा कि भोजन में सचमुच कोई चीज़ इसके अनुकूल नहीं बैठी होगी। जिस कारण इसका मिज़ाज इतना बिगड़ गया है। इसलिए उसने अपने को काबू में रखा और कुछ नहीं बोली। उसने यही कोशिश की कि जितनी जल्दी हो सके, भोजन समाप्त हो जाए। इस आत्म-नियन्त्रण के लिए वह बार-बार अपनी सराहना करती। उसने अपने मन में यह धारणा बिठा ली थी कि उसके पति का मिज़ाज बेहद बुरा है, और उसने इसके जीवन को बरबाद कर डाला है। इस तरह वह अपने पर तरस खाने लगी। जितना ही अधिक वह अपने पर तरस खाती उतना ही अधिक वह अपने पति से घृणा करने लगती। शुरू-शुरू में तो वह चाहती थी कि वह मर जाए, परन्तु समझती थी कि उस हालत में आमदनी खत्म हो जाएगी। इस लाचारी से उसकी घृणा और भी बढ़ गई। यह सोच-कि वह मर भी जाए तो भी उसे चैन नहीं मिलेगा, उसका क्षोभ और भी बढ़ जाता। वह खीझ उठती, फिर खीझ को दबाने की चेष्टा करती, जिसे देखकर उसके पति का गुस्सा और भी ज़्यादा भड़क उठता।

एक बार दोनों में झगड़ा हुआ तो इवान इल्यीच ने अपनी पत्नी पर बड़े बेजा दोष लगाए। वे इतने अनुचित थे कि जब बाद में सुलह हुई तो उसने स्वीकार किया कि उसका मिज़ाज बिगड़ गया है, और

इसका कारण यह है कि वह अस्वस्थ है। इसपर उसकी पत्नी ने आग्रह किया कि यदि वह अस्वस्थ है तो उसे इलाज कराना चाहिए, और फौरन किसी प्रसिद्ध डाक्टर से मशवरा लेना चाहिए।

इवान इल्यीच ने ऐसा ही किया। वह डाक्टर के पास गया। सब वैसा ही था जैसा कि सदा हुआ करता है। पहले डाक्टर ने बड़ी देर इन्तज़ार करवाया, फिर बड़े रोब से उसका मुआयना किया। इवान इल्यीच इस अभिनय से परिचित था, क्योंकि वह स्वयं भी इसी तरह रोब से कचहरी में व्यवहार किया करता था। डाक्टर ने ठोक-ठोककर ठकोरकर मुआयना किया, सवाल पूछे, और इवान इल्यीच जवाब देता गया। जाहिर है, ये सवाल अनावश्यक थे, क्योंकि उनके जवाब वह पहले से ही जानता था। फिर डाक्टर ने रोब से उसकी ओर देखा, जिसका अर्थ था : सब ठीक हो जाएगा। ज़रूरत केवल इस बात की है कि तुम बिल्कुल अपने को मेरे हाथों में सौंप दो। इलाज केवल मुझीको मालूम है। हर रोगी के प्रति डाक्टरों का एक ही-सा रवैया होता है। सब बात बिल्कुल वैसी ही थी जैसी कचहरियों में होती है। वह प्रसिद्ध डाक्टर उसके साथ उसी तरह रोब से पेश आया जिस तरह वह स्वयं मुजरिमों के साथ पेश आया करता था।

डाक्टर ने लक्षण बताए और कहा कि इनसे पता चलता है कि तुम्हें यह-यह तकलीफ है; परन्तु यदि इस-इस चीज़ के निरीक्षण का परिणाम हमारे निदान के अनुकूल न हुआ, तो सम्भव है तुम्हें यह और यह तकलीफ हो। और यदि हम मान लें कि तुम्हें यह और यह तकलीफ है, तो उस हालत में···इत्यादि। केवल एक ही प्रश्न था जिसका उत्तर इवान इल्यीच सुनना चाहता था : क्या मेरी हालत चिन्ताजनक है या नहीं। पर डाक्टर ने इस सवाल को असंगत समझा और कोई उत्तर नहीं दिया। डाक्टर के दृष्टिकोण के अनुसार, यह प्रश्न इस योग्य ही नहीं था कि इसपर विचार किया जाए। बात केवल सम्भावनाओं पर विचार करने की है : गतिशील गुर्दा है, पेट में फोड़ा है, या अन्धान्त्र में कोई दोष है। इवान इल्यीच की ज़िन्दगी का तो सवाल ही नहीं उठता था—सवाल तो गतिशील गुर्दे और अन्धान्त्र का था। इवान इल्यीच के सामने डाक्टर ने जो समस्या का हल बताया वह अन्धान्त्र के पक्ष में था और अत्यन्त विद्वत्तापूर्ण था। हां, आगे के लिए उन्होंने यह लाजवाब गुंजाइश रखी कि पेशाव का निरीक्षण करने के बाद सम्भव

हैं, कुछ और बातों का पता चले, जिस सूरत में स्थिति पर दोबारा विचार करने की आवश्यकता होगी। ऐन यही बात, ऐसे ही विद्वत्तापूर्ण ढंग से स्वयं इवान इल्यीच हज़ारों बार मुद्दालेह के सामने कह चुका था। और अब डाक्टर ने दूसरी बार एक विद्वत्तापूर्ण ब्योरा दिया, और सारा वक्त अपनी ऐनक में से अपने मुद्दालेह की ओर देखता रहा। उसकी आंखों में विजयोल्लास तथा एक तरह से विनोद का भाव था। डाक्टर का ब्योरा सुनकर इवान इल्यीच इस परिणाम पर पहुंचा कि उसकी हालत चिन्ताजनक है, पर इसकी चिन्ता न डाक्टर को है, न किसी और को। इस परिणाम से इवान इल्यीच को बड़ा सदमा पहुंचा और दुःख हुआ। उसका हृदय अपने प्रति अनुकम्पा से भर उठा। डाक्टर के प्रति उसके मन में क्रोध उठा कि इतने महत्त्वपूर्ण प्रश्न के प्रति वह इतना उदासीन है।

पर उसने कोई शिकायत नहीं की। वह उठा, फीस मेज़ पर रखी और गहरी सांस भरकर बोला :

"आपसे तो रोगी बड़े-बड़े ऊल-जलूल सवाल पूछते होंगे और आपको भी उन्हें सुनने की आदत हो गई होगी, परन्तु सामान्यतया क्या आप मुझे बतला सकते हैं कि मेरी बीमारी खतरनाक है या नहीं?"

डाक्टर ने झट एक तीखी नज़र से उसकी ओर ऐनक में से देखा मानो कह रहा हो, 'सुन बे मुद्दालेह, जो सवाल तुझे पूछने की इजाज़त है, यदि उनकी सीमा से तू बाहर निकला, तो मैं तुझे अदालत में से बाहर निकाल दूंगा।'

"मैंने जो कुछ उचित और आवश्यक समझा है, आपको बतला दिया है," डाक्टर बोला, "उससे अधिक जो कुछ होगा वह निरीक्षण से पता चलेगा।" और डाक्टर ने झुककर उसे विदा किया।

इवान इल्यीच धीरे-धीरे बाहर निकल आया, चुपचाप अपनी स्ले में बैठा, और घर की ओर चल दिया। सारा वक्त वह मन में डाक्टर के कहे वाक्यों को दोहराता रहा, और यह समझने की कोशिश करता रहा कि उन अस्पष्ट तथा असमंजस में डाल देनेवाले वैज्ञानिक नामों का साधारण भाषा में क्या अर्थ होगा, ताकि उसमें से उसके प्रश्न का उत्तर मिल सके कि क्या उसकी हालत बुरी है, बहुत बुरी है, या क्या अभी बेहद बुरी तो नहीं हुई? उसने समझा कि डाक्टर ने जो कुछ कहा है, उसका सारांश यही है कि हालत बहुत खराब है। अब जिस

चीज़ की ओर इवान इल्यीच की नज़र जाती वही उसे अवसादपूर्ण नज़र आती। गाड़ियां हांकनेवाले मनहूस नज़र आते, घर उदास नज़र आते, लोग, दूकानें, हर चीज़ उदास नज़र आती। डाक्टर के दुर्बोध शब्दों के बारे में सोचते हुए उसका दर्द—दबा-दबा-सा हल्का-सा दर्द, जो क्षण-भर के लिए भी न थमता था—और तेज़ हो गया। अब उसके बारे में ध्यान से सोचने पर उसे एक अजीब-सी घबराहट होने लगती।

वह घर पहुंचा और सब बात अपनी पत्नी को कह सुनाई। वह सुनती रही, पर कहानी अभी आधी ही हो पाई होगी जब उसकी लड़की, सिर पर टोपी पहने उसके पास आई। मां और बेटी दोनों कहीं बाहर जा रही थीं। बेटी कुछ देर तक तो इस नीरस कथा को विवश होकर सुनती रही, पर बहुत देर तक नहीं। उसकी पत्नी भी उसे अन्त तक नहीं सुन पाई।

"तुमने बड़ा अच्छा किया है," पत्नी ने कहा, "अब बाकायदा दवाई खाते रहना। लाओ, नुस्खा मुझे दो, मैं गेरासिम को अभी दवा-खाने भेजती हूं।" और वह बाहर कपड़े बदलने के लिए चली गई।

जितनी देर वह कमरे में रही उतनी देर तो वह जैसे सांस रोके रहा, फिर उसने एक गहरी सांस ली :

"हं, शायद हालत इतनी खराब नहीं जितनी कि मैं सोचता था।"

उसने दवाई खानी शुरू कर दी, और डाक्टर के सभी निर्देशों का पालन करने लगा। निर्देश उसके पेशाब की जांच के बाद बदल दिए गए। पर इस विश्लेषण या उसके निष्कर्ष के बारे में कोई गलतफहमी-सी जान पड़ती थी। प्रसिद्ध डाक्टर के पास इतनी छोटी-सी बात लेकर जाना असम्भव था। पर स्थिति वैसी नहीं थी जैसी कि डाक्टर ने कहा था। या तो डाक्टर से कोई भूल हो गई थी, या वह बीमार के सामने झूठ बोला था, या फिर उसने कोई बात उससे छिपा रखी थी।

फिर भी इवान इल्यीच ने उसके निर्देशों का पूरा-पूरा पालन किया। पहले तो उनके पालन से ही उसे ढाढ़स हुआ।

डाक्टर को मिलने के बाद इवान इल्यीच का मुख्य काम यही था कि वह दवाई खाता, स्वास्थ्य-रक्षा-सम्बन्धी डाक्टर के निर्देशों का पालन करता, और अपनी शारीरिक स्थिति में या दर्द में हर छोटी-बड़ी तबदीली को बड़े ध्यान से नोट करता। इवान इल्यीच को बीमारियों तथा मानव-स्वास्थ्य में सबसे अधिक रुचि हो गई। जब भी कभी

उसकी उपस्थिति में कोई आदमी किसी दूसरे आदमी का ज़िक्र करता जो बीमार था या मर गया था या स्वस्थ हो रहा था, विशेषकर जब उसकी बीमारी इसकी बीमारी से मिलती-जुलती होती तो इवान इल्यीच बड़े ध्यान से सुनता, अपनी घबराहट छिपाने की कोशिश करता, प्रश्न पूछता, और मन ही मन अपनी स्थिति की तुलना उसकी स्थिति से करने लगता।

दर्द वैसे का वैसा बना रहा, परन्तु इवान इल्यीच अपने-आपको बार-बार यह कहता कि नहीं, ठीक हो रहा हूं, पहले से बेहतर महसूस करने लगा हूं। इस तरह जब तक स्थिति अच्छी रही, वह अपने को भ्रम में डाले रहा। परन्तु ज्योंही कभी उसकी पत्नी के साथ झगड़ा हो जाता, या कचहरी में कोई अप्रिय बात हो जाती, या ताश खेलते वक्त अच्छे पत्ते हाथ न लगते तो उसे अपनी बीमारी का बड़ी तीव्रता से भास होने लगता। एक वक्त था जब वह बड़े धैर्य से दुर्भाग्य का सामना किया करता था, इस विश्वास के साथ कि वह उसपर काबू पा लेगा, कि अन्त में वह 'बाजी मार लेगा'। पर अब छोटी-सी भी दुर्घटना पर उसके पांव लड़खड़ा जाते और वह निराश हो उठता। वह मन ही मन कहता, 'देखो, मैं अच्छा-भला ठीक हो रहा था, दवाई अभी-अभी अपना असर करने लगी थी, कि यह नई मुसीबत आ खड़ी हुई...' वह उस मुसी-बत को कोसता, उन लोगों को कोसता जो उस मुसीबत का कारण थे और उसे यों जान से मार रहे थे। वह यह भी जानता था कि इस तरह कोसने से वह और भी जल्दी मर जाएगा पर इसपर उसका कोई बस न चलता था। उसे सचमुच यह समझ लेना चाहिए था कि इस तरह लोगों पर या अपनी परिस्थितियों पर गुस्सा करने से बीमारी बढ़ेगी, और इसलिए उसे इन आकस्मिक बखेड़ों की कोई परवाह नहीं करनी चाहिए। पर उसका तर्क बिलकुल उल्टा था। वह कहता कि अगर उसे किसी चीज़ की ज़रूरत है तो शान्ति की। जब शान्ति न रहती, तो वह खीझ उठता। इसके अलावा चिकित्सा-सम्बन्धी पुस्तकें पढ़-पढ़कर और बहुत डाक्टरों से परामर्श ले-लेकर उसने अपनी स्थिति को और भी बिगाड़ लिया। उसकी हालत बहुत धीरे-धीरे बिगड़ रही थी। एक-एक दिन का फर्क बहुत मामूली था। इस कारण वह बड़ी आसानी से एक दिन की तुलना दूसरे दिन के साथ करता और अपने को भ्रम में डाले रहता। पर जब वह डाक्टरों के पास जाता तो उसे महसूस होता जैसे उसकी

हालत न केवल बिगड़ रही है, बल्कि तेज़ी से बिगड़ रही है। पर इसके बावज़ूद उसने डाक्टरों के पास जाना नहीं छोड़ा।

उसी महीने में वह एक दूसरे विख्यात डाक्टर के पास गया। इस डाक्टर ने भी वही कुछ कहा जो पहले ने कहा था, केवल उसने समस्या को पेश दूसरे ढंग से किया। इस डाक्टर की बातें सुनकर इवान इल्यीच का भय और संशय और भी बढ़ गए। एक तीसरे डाक्टर ने, जो इवान इल्यीच के एक मित्र का मित्र था, और बड़ा ख्यातिप्राप्त डाक्टर था, जांच के बाद एक बिलकुल ही पृथक् रोग का नाम लिया। उसने आश्वासन दिलाया कि इवान इल्यीच ठीक हो जाएगा। पर जिस तरह के सवाल उसने पूछे, और जिस तरह के अनुमान लगाता रहा, उनसे इवान इल्यीच और भी चकराया, और उसके संशय पहले से भी अधिक बढ़ गए। एक होम्योपैथ ने बिलकुल ही भिन्न निदान बताया। इवान इल्यीच हफ्ता-भर, बिना किसीको बताए, छिपकर उसकी दवाई खाता रहा। जब एक हफ्ता गुज़र गया और उसे कोई लाभ न हुआ तो उसका विश्वास इसपर से उठ गया। इसीपर से ही नहीं, अन्य इलाजों पर से भी, और इवान इल्यीच निराश हो गया। इतना निराश वह पहले कभी नहीं हुआ था। एक बार, उसकी जान-पहचान की एक स्त्री ने उसे बताया कि रोगों का इलाज देव-चित्रों से भी हो जाता है। इवान इल्यीच बड़े ध्यान से सुनता रहा। उसे विश्वास भी होने लगा कि ऐसे इलाज सम्भव हो सकते हैं। पर इसके बाद वह बहुत डर गया, 'यह क्या बकवास है! मैं क्या इतना निकम्मा हो गया हूं?' उसने मन ही मन कहा। 'अगर मैं यों घबड़ाता रहा तो मेरा कुछ नहीं बनेगा। मुझे चाहिए कि किसी एक डाक्टर को चुन लूं, और उसीका इलाज बाकायदा करता जाऊं। अब ऐसा ही करूंगा। बहुत हो चुका। मैं अपनी बीमारी के बारे में सोचना बिल्कुल बन्द कर दूंगा और अगली गर्मियों तक नियमित रूप से डाक्टर के निर्देशों का अक्षरशः पालन करूंगा। इसके बाद देखा जाएगा। अब मैं डांवांडोल नहीं हूंगा।' फैसला करना आसान था, पर इसपर अमल करना नामुमकिन था। कमर के दर्द ने उसे शिथिल कर दिया। वह और भी तेज़ होता जान पड़ता था, उससे उसे कभी भी चैन न मिलता। उसके मुंह का स्वाद और भी बकबका हो गया था। वह सोचता कि उसके श्वास में से बू आने लगी है। उसकी भूख जाती रही, और वह पहले से भी दुबला हो गया। अपने को और

धोखा देने की अब कोई गुंजाइश न थी। इवान इल्यीच के साथ कोई भयानक बात होने जा रही थी, कोई अजीब और महत्वपूर्ण बात जैसी कि उसके साथ पहले कभी न हुई थी। केवल उसीको इसका भास हो रहा था। उसके आसपास के लोग या तो समझते नहीं थे, या समझना नहीं चाहते थे। वे यही समझे बैठे थे कि संसार में सब कुछ सदा की भांति चल रहा है। इवान इल्यीच को जितना दुःख यह देखकर होता था उतना और किसी बात से नहीं। घर के लोग, विशेषकर उसकी पत्नी और बेटी, आजकल सबसे ज़्यादा पार्टियों में जाने लगी थीं क्योंकि पार्टियों का मौसम था। वे कुछ भी देख-सुन न रही थीं। उल्टे वे उससे नाराज़ होने लगतीं कि हर वक्त मुंह क्यों लटकाए रहते हो, और इतने चिड़चिड़े क्यों होते जा रहे हो? मानो यह इसका दोष हो। वे छिपाने की बहुत कोशिश करतीं, पर इवान इल्यीच को साफ नज़र आ रहा था कि वे इसे अपना दुर्भाग्य समझती हैं। उसकी पत्नी ने तो उसकी बीमारी के प्रति एक खास रवैया अपना लिया था। इवान इल्यीच कुछ भी कहे या करे उसका रवैया न बदलता। वह रवैया यों था—वह अपने मित्रों से कहती, "देखो न, इवान इल्यीच डाक्टर के निर्देशों का यथावत् पालन नहीं कर पाते जैसे कि सब समझदार लोग करते हैं। आज दवाई पिएंगे और खुराक भी डाक्टर के आदेशानुसार खाएंगे, कल, यदि मैं ध्यान न रखूं, तो यह दवाई खाना भूल जाएंगे और मछली खा लेंगे, जिसकी डाक्टर ने मनाही कर रखी है। रात के एक बजे तक बैठे ताश खेलते रहते हैं।"

"मैंने कब ऐसा किया है?" एक बार इवान इल्यीच ने खीझकर कहा, "केवल एक बार प्योत्र इवानोविच के यहां ऐसा हुआ था।"

"और कल रात शेबेक के साथ।"

"इसे तुम क्यों गिनती हो? दर्द के कारण मुझे नींद जो नहीं आ रही थी।"

"मुझे क्या? अगर इसी तरह करते रहोगे तो कभी ठीक नहीं होगे, और हमें दुःख देते रहोगे।"

जो कुछ प्रस्कोव्या फ्योदोरोव्ना अपने मित्रों को या सीधे इवान इल्यीच को कहती, उससे तो यही पता चलता था कि वह पति को ही उसकी बीमारी का दोषी ठहरा रही है, और समझती है कि उसे तंग करने का एक और साधन उसके हाथ में आ गया है। इवान इल्यीच

महसूस करता था कि ऐसा रवैया उसने जान-बूझकर नहीं अपनाया। फिर भी उसे सहन करना आसान न था।

इवान इल्यीच ने देखा या कम से कम उसे भास हुआ कि कचहरी में भी लोगों का रवैया उसके प्रति अजीब-सा हो रहा है। किसी-किसी वक्त उसे भास होता जैसे उसके साथी नज़रें चुराकर उसकी ओर यों देख रहे हैं मानो वह जल्दी ही नौकरी की एक जगह खाली करनेवाला हो। कभी-कभी उसके दोस्त मज़ाक करते, उसकी बीमारी को मनगढ़न्त कहकर उसे छेड़ते, मानो वह भयानक तथ्य, वह विकराल रोग जिसका किसी ने कभी नाम न सुना था, जो अन्दर ही अन्दर बढ़ता जा रहा था, दिन-रात उसकी शक्ति को चाटता जा रहा था, और ज़बरदस्ती उसे किसी विशेष दिशा में घसीटे लिए जा रहा था, मज़ाक का विषय हो। श्वार्ज़ को देखकर वह और भी खीझ उठता, क्योंकि उसका हंसी-मज़ाक, उसकी लापरवाह तबीयत, आमोदप्रियता, उसका सदा 'यथोचित' बने रहना देखकर उसे दस साल पहले का अपना स्वभाव याद हो जाता।

उसके मित्र उसके साथ ताश खेलने आते। वे मेज़ पर बैठते, ताश फेंटे जाते। पत्ते बांटे जाते। इवान इल्यीच अपने पत्ते उठाता, उन्हें ठीक करता, ईंट के सब पत्ते एक तरफ रखता—कुल सात पत्ते होते। उसका साथी कहता, "नो ट्रम्प!" जब पत्ते खोलकर सामने रखता तो ईंट के दो और पत्ते उसे वहां भी मिल जाते। और क्या चाहिए? उसे खुश होना चाहिए था। सीधी 'ग्रैण्ड स्लैम' बनेगी। पर सहसा इवान इल्यीच को दर्द महसूस होने लगता और मुंह का स्वाद बकबका होने लगता। वह सोचता कि इस स्थिति में 'ग्रैण्ड स्लैम' से खुश होना मूर्खता है।

वह अपने साथी मिखाइल मिखाइलोविच की ओर देखता। मिखाइल मिखाइलोविच अपना गुदगुदा हाथ मेज़ पर पटकता, लापरवाह अन्दाज़ से अपने पत्ते उठाने के बजाय उन्हें धकेलकर इवान इल्यीच के नज़दीक रख देता ताकि बिना हाथ फैलाए इवान इल्यीच उन्हें उठाता रहे। 'क्या यह समझता है कि मैं इतना कमज़ोर हो गया हूं कि अपना हाथ भी दूर तक नहीं फैला सकता?' इवान इल्यीच सोचता, और तुरुप के रंग को भूलकर अपने ही साथी के पत्ते पर रंग चल देता और इस तरह 'ग्रैंड स्लैम' नहीं बना पाता। तीन सरें कम पड़ जातीं। सब-

से बुरी बात यह कि वह देख रहा होता कि मिखाइल मिखाइलोविच बहुत नाराज़ है, परन्तु इवान इल्यीच को उसकी कोई परवाह नहीं। क्यों परवाह नहीं? यह सोचते ही भय से उसके रोंगटे खड़े हो जाते।

सभी देख रहे थे कि इवान इल्यीच का मन खिन्न हो उठा है। वे उससे कहते, "अगर थक गए हो तो हम खेलना बन्द कर दें? तुम थोड़ा आराम कर लो।" आराम? उसे तो नाम की भी थकावट नहीं, वह तो बाज़ी खत्म करके उठेगा। सब लोग चुपचाप, मुंह लटकाए उसे देखते रहते। इवान इल्यीच जानता था कि वही इस उदासी का कारण है, पर वह इसे दूर नहीं कर सकता। मेहमान खाना खाते। उसके बाद वे चले जाते। इवान इल्यीच अकेला रह जाता, और सोचता कि उसके जीवन में ज़हर घुल रहा है और वह औरों के जीवन में भी जहर घोल रहा है। यह ज़हर कम होने के बजाय उसके अन्दर अधिकाधिक फैलता जा रहा है।

वह सोने के लिए बिस्तर पर लेट जाता। पर एक तो कमर में दर्द, दूसरे मन भयाकुल, बिस्तर पर लेटता पर सो नहीं पाता। देर तक वह दर्द के कारण परेशान रहता। पर सुबह के वक्त वह ज़रूर उठ खड़ा होता, कपड़े पहनकर कचहरी जाता, वहां काम करता, लिखता, पढ़ता। अगर वह कचहरी न जाता तो चौबीस घण्टे उसे घर में गुज़ारने पड़ते। घर में एक-एक घण्टा गुज़ारना दूभर हो उठता था। उसे इसी भांति जिए जाना है। मुसीबत सिर पर मंडारने लगी है, और वह बिल्कुल अकेला है। एक भी ऐसा व्यक्ति नहीं जो इसे समझता हो या उसके प्रति सहानुभूति रखता हो।

5

एक महीना गुज़र गया, फिर दूसरा। नया साल चढ़ने से कुछ ही दिन पहले उसका साला उनसे मिलने आया। जिस वक्त वह घर पहुंचा इवान इल्यीच कचहरी में था। प्रस्कोव्या फ्योदोरोव्ना बाज़ार गई हुई थी। घर लौटने पर इवान इल्यीच ने देखा कि उसके पढ़ने के कमरे में उसका साला खड़ा अपना सामान खोल रहा है। कितना हट्टा-कट्टा आदमी है! इवान इल्यीच के कदमों की आहट पाते ही उसने सिर ऊपर उठाया, और इवान इल्यीच पर नज़र पड़ते ही, अवाक् उसकी

ओर देखता रह गया। उसके यों देखने से ही इवान इल्यीच सब समझ गया। उसका साला कुछ कहने जा ही रहा था कि उसने अपने को रोक लिया। इससे बात की और भी पुष्टि हो गई।

"क्यों मैं बहुत बदल गया हूं?"

"हां···कुछ बदल गए हैं।"

इवान इल्यीच जानना चाहता था कि उसमें क्या परिवर्तन आया है, लेकिन हज़ार कोशिश करने पर भी वह अपने साले के मुंह से कुछ नहीं कहलवा सका। प्रस्कोव्या फ्योदोरोव्ना आई तो साला उससे मिलने गया। इवान इल्यीच ने दरवाज़ा बन्द कर लिया और आदम-कद शीशे के सामने खड़ा होकर अपना चेहरा देखने लगा। पहले एक तरफ से, फिर सामने से। फिर वह एक तस्वीर उठा लाया जो उसने अपनी पत्नी के साथ खिंचवाई थी, और उसके साथ अपने चेहरे की तुलना करने लगा। भयानक परिवर्तन हो गया था। कोहनी तक आस्तीन चढ़ाकर उसने अपनी बांह को देखा और बांह ढंक दी। फिर निढाल होकर सोफे पर ढह गया। उसका मन तरह-तरह की निराशा-पूर्ण कल्पनाएं करने लगा जो रात की कालिमा से भी अधिक काली थीं।

'नही, मुझे ऐसी बातें नहीं सोचनी चाहिए, बिल्कुल नहीं सोचनी चाहिए,' उसने कहा, और उठकर खड़ा हो गया। मेज़ के पास जाकर उसने एक मुकद्दमे के कागज़ात निकाले और उन्हें पढ़ने लगा, परन्तु पढ़ नहीं पाया। फिर दरवाज़ा खोलकर वह हॉल में चला गया। बैठक का दरवाज़ा बन्द था। वह दबे पांव चलकर दरबाज़े के पीछे जा खड़ा हुआ और कान लगाकर सुनने लगा।

"नहीं, तुम बहुत बढ़ा-चढ़ाकर कह रहे हो," प्रस्कोव्या फ्योदोरोव्ना कह रही थी।

"बढ़ा-चढ़ाकर? क्या तुम देख नहीं रही हो? उसकी शक्ल तो मुर्दे की-सी हो रही है। उसकी आंखें तो देखो। उनमें जान ही नहीं। उसे हो क्या गया है?"

"कोई कुछ नहीं जानता। निकोलायेब (एक दूसरे डाक्टर) थे एक बात कही थी, पर मैं तुम्हें बता नहीं सकती···लेश्चेतीत्स्की (प्रसिद्ध डाक्टर) ने बिल्कुल दूसरी बात कही।"

इवान इल्यीच वहां से हट गया। सीधे अपने कमरे में जाकर लेट गया और सोचने लगा, 'गुर्दा, तैरता गुर्दा।' गुर्दों के बारे में जो कुछ

डाक्टरों ने बतलाया था, उसे याद आ गया। एक गुर्दा अपनी जगह से अलग हो गया था और अब तैरता फिरता था। अपनी कल्पना में उसने गुर्दे को पकड़ा और अपनी जगह पर लगा दिया। कितना आसान लगता था! 'मैं अभी प्योत्र इवानोविच के पास जाऊंगा।' (वही दोस्त जिसका एक डाक्टर दोस्त था।) उसने घंटी बजाई, गाड़ी तैयार करने का हुक्म दिया, और जाने की तैयारी करने लगा।

"कहां जा रहे हो, जीन?" उसकी पत्नी ने उदास लहजे में पूछा। आज उसकी आवाज़ में एक असाधारण दयालुता थी।

यह असाधारण दयालुता उसे बुरी लगी। उसने अपनी पत्नी की ओर आंखें तरेरकर देखा।

"प्योत्र इवानोविच के पास जा रहा हूं। ज़रूरी काम है।"

वह अपने मित्र के पास गया, जिसका एक डाक्टर मित्र था, और दोनों डाक्टर से मिलने गए। डाक्टर घर पर ही था। इवान इल्यीच बड़ी देर तक उसके साथ बातें करता रहा।

डाक्टर ने जब उसे बताया कि उसके अन्दर कौन-कौन-सी शारीरिक तथा अवयव-सम्बन्धी तबदीलियां हो रही हैं, तो सब बात स्पष्टतया इवान इल्यीच की समझ में आ गई।

अन्धान्त्र में कोई चीज़ थी, कोई बिल्कुल छोटी-सी, अनाज के दाने के बराबर। इसका इलाज हो सकता था। एक अंग की क्रिया को थोड़ा मज़बूत करने और दूसरे की क्रिया को थोड़ा कमज़ोर करने की ज़रूरत थी, और साथ ही इस चीज़ को वहीं घुला देना था। ऐसा करने से सब ठीक हो जाएगा।

इवान इल्यीच, भोजन के समय से थोड़ा बाद में पहुंचा। उसने खाना खाया और कुछ देर तक खुशी-खुशी बातें करता रहा। उसका जी नहीं चाहता था कि उठकर जाए और अपने कमरे में काम करे। आखिर वह उठा, पढ़नेवाले कमरे में जाकर बैठ गया और काम देखने लगा। कुछेक मुकद्दमों के कागज़ात उसने देखे, अपने काम पर खूब ध्यान लगाया, पर सारा वक्त उसके मन में एक बात चक्कर काटती रही कि एक बड़ा ही जरूरी और निजी मामला है जिसपर विचार करना उसने स्थगति कर रखा है। इस काम से निबटकर उसपर विचार करना होगा। काम समाप्त हुआ तो उसे याद आया कि वह निजी मामला क्या था : वह था अपने अन्धान्त्र पर सोच-विचार करना।

पर उसने अपना ध्यान उस तरफ से हटा लिया। इसके विपरीत वह बैठक में चाय पीने चला गया। वहां पर मेहमान बैठे थे, हंसी-मज़ाक और गाना-बजाना चल रहा था। उन्हीं मेहमानों में जांच-मजिस्ट्रेट भी था, जिसे वे अपनी बेटी के लिए अच्छा वर समझते थे। प्रस्कोव्या फ्योदोरोव्ना के अनुसार इवान इल्यीच उस शाम अन्य दिनों की तुलना में अधिक खुश नज़र आता था। पर इवान इल्यीच एक मिनट के लिए भी यह नहीं भूल पाया कि उसने अपने अन्धान्त्र के बारे में विचारना स्थगित कर रखा है। ग्यारह बजे उसने सबसे विदा ली और अपने कमरे में चला गया। जब से वह बीमार पड़ा था उसने अपने पढ़नेवाले कमरे के साथवाले एक छोटे-से कमरे में सोना शुरू कर दिया था। वह अन्दर गया, कपड़े उतारे, ज़ोला का एक उपन्यास पढ़ने के लिए उठाया, पर उसे पढ़ने के बजाय अपने विचारों में खो गया। उसे ख्याल आया, जैसे उसके अन्धान्त्र की चिरवांछित चिकित्सा हो चुकी है। जिस दाने को घुलना था वह घुल चुका है, जिसे निकालना था वह निकाला जा चुका है, और अब उसका शरीर फिर नियमित रूप से काम कर रहा है। 'बेशक, हमारा काम यही है कि हम प्रकृति की मदद करें,' उसने कहा। यह कहते ही उसे अपनी दवाई याद आई। वह उठ बैठा, दवाई पी, और फिर पीठ के बल लेट गया, और सोचने लगा कि यह दवाई कितनी अच्छी है, इसने झट से उसका दर्द दूर कर दिया है। 'केवल मुझे चाहिए कि मैं इसे बाकायदा पीता रहूं, और हानिकारक चीज़ों से बचने की कोशिश करूं। मैं तो अभी से बेहतर महसूस करने लगा हूं, कितना फरक आ गया है।' उसने अपनी कमर को दबाया। हाथ लगाने पर ज़रा भी दर्द नहीं हुआ। 'मुझे तो कुछ भी महसूस नहीं होता। मैं सचमुच पहले से बहुत अच्छा हो गया हूं।' उसने बत्ती बुझा दी और करवट बदली। उसका अन्धान्त्र ठीक हो रहा था, उस चीज़ को घुला रहा था। सहसा उसे फिर उस दबे हुए दर्द का आभास हुआ—धीमा-धीमा, गम्भीर, निरन्तर। मुंह का स्वाद भी पहले की तरह बिगड़ गया। उसका दिल बैठ गया और सिर चकराने लगा। 'हे भगवान, हे भगवान!' वह बुदबुदाया, 'यह फिर शुरू हो गया है। यह कभी खत्म नहीं होगा।' सहसा हर चीज़ उसे दूसरे ही रंग में नज़र आने लगी। 'अन्धान्त्र''''गुर्दा। यह अन्धान्त्र की बात नहीं। गुर्दे की बात नहीं। यह तो ज़िन्दगी और मौत की बात है। एक वक्त था जब

ज़िन्दगी थी, और अब वह खत्म होती जा रही है, खत्म होती जा रही है, और मैं इसे किसी तरह भी रोक नहीं सकता। मैं क्यों अपने को धोखा दूं? मेरे सिवाय सभी लोग यह जानते हैं कि मैं मर रहा हूं। अब कुछ हफ्तों, कुछ दिनों, हो सकता है कुछ घड़ियों तक की बात रह गई है। किसी वक्त रोशनी थी, अब अंधेरा हो गया है। पहले मैं यहां था, अब मैं वहां जा रहा हूं। कहां जा रहा हूं?' उसका सारा बदन पसीने से तर हो गया, और उसके लिए सांस तक लेना कठिन हो गया। अपने दिल की धड़कन के अलावा उसे कुछ सुनाई न देता था।

'मेरा अस्तित्व समाप्त हो जाएगा। रहेगा क्या? कुछ भी नहीं। मर कर मैं कहां जाऊंगा? क्या यह सचमुच मौत है? उफ, मैं मरना नहीं चाहता!' वह मोमबत्ती जलाने के लिए झट से उठ खड़ा हुआ, कांपते हाथों से मोमबत्ती ढूंढने लगा, बत्ती और शमादान उसके हाथ से छूट-कर फर्श पर जा गिरे, और वह फिर बिस्तर पर निढाल होकर लेट गया। आंखें फाड़-फाड़कर अंधेरे में देखते हुए वह बड़बड़ाया, 'क्या फरक पड़ता है, सब एक ही बात है। मौत! हां मौत! ये लोग नहीं जानते, और ये जानना भी नहीं चाहते, इन्हें मेरे साथ कोई हमदर्दी नहीं। ये गाने-बजाने में मस्त हैं। (बन्द दरवाज़े में से उसे गाने की आवाज़ और साथ में पियानो की धुन सुनाई दी।) इस समय इन्हें कोई फरक नहीं दिखाई देता, पर शीघ्र ही ये भी मरेंगे। पागल कहीं के! पहले मैं जाऊंगा, फिर इनकी बारी आएगी। मौत इनके सिरहाने भी खड़ी होगी। अब ये खुशियां मना रहे हैं, पशु कहीं के!' क्रोध से उसका गला रुंधने लगा। अपने घोर विषाद को वह बयान नहीं कर सकता था। उसे विश्वास नहीं होता था कि हरेक व्यक्ति को इस भयानक आतंक का शिकार होना पड़ता है। वह बिस्तर पर से थोड़ा उठा।

'कहीं कोई गड़बड़ है। मेरा मन ठिकाने नहीं है, उसे ठिकाने लाना चाहिए और फिर सारी समस्या पर शुरू से विचार करना चाहिए।' और उसने विचार करना शुरू किया। 'मेरी बीमारी शुरू कहां से हुई? मुझे कमर में ठोकर लगी, पर उस समय मुझे कोई तक-लीफ नहीं हुई, दूसरे दिन भी नहीं। मामूली-सा दर्द उठा, फिर वह बढ़ने लगा, उसके बाद मैं डाक्टरों के पास जाने लगा, फिर मैं निराश

और उदास-सा रहने लगा। फिर तरह-तरह के डाक्टरों से परामर्श लेने लगा। सारा वक्त मैं कगार के अधिकाधिक निकट पहुंचता जा रहा था। मेरी शक्ति क्षीण होती गई। कगार के और निकट। और मैं यहां आ पहुंचा हूं, हड्डियों का ढांचा रह गया हूं। मेरी आंखों में चमक नहीं। मौत। और मैं अब भी अपने अन्धान्त्र के बारे में सोचता हूं। सोचता हूं कि मैं अपनी अंतड़ियों को ठीक कर लूंगा। और मौत सामने खड़ी है। क्या सचमुच मौत आ पहुंची है?' फिर उसे भय ने जकड़ लिया। वह हांफने लगा, फिर दियासलाई टटोलने के लिए आगे की ओर झुका, पर पलंग के साथ रखी तिपाई के साथ उसकी कोहनी टकराई। तिपाई बीच में पड़ी थी। उसे दर्द हुआ, और गुस्से में आकर उसने ज़ोर से उसपर घूंसा मारा। तिपाई गिर पड़ी। गहरी निराशा में वह हांफता हुआ फिर पीठ के बल लेट गया। उसका जी चाहता था कि वह उसी घड़ी मर जाए।

मेहमान अपने-अपने घरों को जाने लगे थे। जब तिपाई गिरी तब प्रस्कोव्या फ्योदोरोव्ना उन्हें विदा कर रही थी। आवाज़ सुनकर वह कमरे में आई।

"क्या हुआ?"

"कुछ नहीं। अचानक मुझसे तिपाई गिर गई।"

वह बाहर गई और एक मोमबत्ती जलाकर ले आई। उसने देखा, वह बिस्तर पर लेटा हुआ आंखें गाड़े उसे देखे जा रहा है और हांफ रहा है, मानो कोई लम्बा फासला दौड़कर आया हो।

"क्या बात है, जीन?"

"न...नहीं, कुछ नहीं, मुझसे गिर गई है।" ('मैं क्यों इसे कुछ बताऊं? यह कभी नहीं समझेगी,' उसने सोचा।)

और वह नहीं समझी। उसने तिपाई उठाई, मोमबत्ती रखी, और तेज़ी से बाहर चली गई। उसे अपने मेहमानों को विदा करना था।

जब वह लौटकर आई तो उसने देखा कि वह अब भी पीठ के बल लेटा हुआ छत को ताके जा रहा है।

"क्या बात है? क्या तुम्हारी तबीयत पहले से ज़्यादा खराब है?"

"हां।"

उसने सिर हिलाया और बैठ गई।

"मैं सोचती हूं, जीन, क्या डाक्टर लेश्चेतीत्स्की को घर पर बुलाना ठीक नहीं होगा?"

एक प्रसिद्ध डाक्टर को बुलाने का मतलब है बहुत-सा पैसा खर्च-करना। एक व्यंग्यभरी मुस्कान उसके होंठों पर आई, और उसने इन्कार कर दिया। कुछ देर तक वह बैठी रही, फिर उसके पास जाकर उसने उसके माथे को चूम लिया।

उसके इस चूमने से इवान इल्यीच का हृदय घृणा से भर उठा। बड़ी मुश्किल से वह अपने को रोक पाया, वरना वह उसे धकेलकर परे हटा देता।

"तो मैं अब जाऊंगी। भगवान करे कि तुम्हें नींद आ जाए।"

"हां, जाओ।"

6

इवान इल्यीच देख रहा था कि वह मर रहा है। वह हर वक्त निराश रहने लगा।

उसका दिल जानता था कि वह मर रहा है। परन्तु न केवल उसके लिए इस विचार का अभ्यस्त होना कठिन था, बल्कि यह विचार उसकी पकड़ में ही न आता था, बिल्कुल पकड़ में न आता था।

पढ़ाई के दिनों में उसने कीज़वेटर के तर्कशास्त्र में यह संकेतानुमान पढ़ा था : "केयस मनुष्य है, सब मनुष्य नश्वर होते हैं, इसलिए केयस भी नश्वर है।" इसके बाद वह सारी उम्र इस संकेतानुमान को केवल केयस के सम्बन्ध में ही सत्य मानता आया था, अपने सम्बन्ध में नहीं। केयस मनुष्य था, केवल भाववाचक अर्थों में, इसलिए संकेतानुमान उसी पर लागू होता था। परन्तु इवान इल्यीच केयस नहीं था, भाववाचक, अर्थों में मनुष्य नहीं था, वह अन्य मनुष्यों से सदैव ही बिल्कुल भिन्न रहा है। उसके माता और पिता उसे नन्हा वान्या समझते थे, इसी तरह उसके दोनों भाई मीत्या और वोलोद्या भी, कोचवान और आया भी। अपने खिलौनों तक के लिए और कात्या के लिए भी वह नन्हा वान्या ही था। वही वान्या बचपन और लड़कपन और युवावस्था के सभी सुख-दुःखों और उन्मादों को लांघकर बड़ा हुआ था। क्या केयस भी कभी उस गन्ध को जान पाया जो वान्या के फुटबाल के चमड़े से

आती थी, जिसे वान्या इतना प्यार करता था? क्या केयस ने भी कभी अपनी मां के हाथ को इतनी भावुकता से चूमा था, या उसके रेशमी कपड़ों की सरसराहट उसे इतनी प्यारी लगी थी? क्या केयस ने भी कभी स्कूल में मिठाई की टिकियों के लिए ऊधम मचाया था? या कभी किसी युवती से इतना प्रेम किया था? या इतनी योग्यता से कचहरी में किसी मुकद्दमे की अध्यक्षता की थी?

केयस सचमुच नश्वर था, और यह युक्तिसंगत और उचित ही था कि वह मर जाए, परन्तु वह स्वयं, वान्या, इवान इल्यीच, इसके सभी विचारों और भावनाओं को देखते हुए, इसकी स्थिति ही अलग थी। इसका मरना उचित और न्यायसंगत नहीं होगा। यह विचार ही बड़ा भयानक था।

ये सब विचार उसके मन में उठे।

'यदि मेरी किस्मत में केयस की तरह मरना ही बदा था, तो मुझे इसका पता चल जाता, अन्दर से कोई आवाज़ मुझे बता देती। पर मुझे ऐसी किसी बात का भास नहीं हुआ। मैं हमेशा जानता था और मेरे दोस्त भी जानते थे कि मैं उस मिट्टी का बना हुआ नहीं हूं जिसका केयस बनां था। परन्तु अब देखो, यह क्या होने जा रहा है?' उसने मन ही मन कहा, 'परन्तु यह नहीं हो सकता, कदापि नहीं हो सकता। असम्भव है। तिसपर भी यह होने जा रहा है। यह कैसे हो सकता है? इसको कोई कैसे समझे?'

वह नहीं समझ पाया, और उसने इस विचार को झूठा, भ्रामक और रुग्ण समझकर मन में से निकालने की कोशिश की। और इसके स्थान पर सच्चे और स्वस्थ विचारों को जाग्रत करने की चेष्टा की। पर यह विचार केवल विचारमात्र ही न था, वह तो यथार्थता थी, और वह बार-बार उसके सामने आ खड़ी होती।

इस विचार के स्थान पर उसने एक-एक करके कई अन्य विचारों को लाने की कोशिश की, इस आशा से कि इनसे उसे कोई सहारा मिलेगा। उसने फिर से पहले ढंग से सोचने की चेष्टा की, इस विचार-क्रम में वह मृत्यु को भूले रहता था। पर अजीब बात है, जो बातें पहले मृत्यु के विचार को एक पर्दे की तरह ढके रहती थीं, उसे छिपाए रहती थीं और यहां तक कि उसके अस्तित्व तक का पता नहीं चलता था, अब उसे छिपाने में असमर्थ थीं। पिछले कुछ दिनों से इवान इल्यीच उसी विचार-

क्रम को फिर से अपनाना चाहता था जिससे मौत उसकी आंखों के सामने से ओझल हुई रहती थी। मिसाल के तौर पर वह मन ही मन कहता, 'मुझे अपने को काम में खो देना चाहिए। एक समय था जब काम के अतिरिक्त मेरे जीवन का कोई और उद्देश्य नहीं था।' इस तरह वह मन में से सब संशयों को निकालता हुआ, कचहरी जाता। वहां जाकर मित्रों से बातचीत करता, सदा की भांति उनके बीच कुर्सी पर बैठ जाता, बलूत की बनी कुर्सी की बांहों को अपने पतले-पतले हाथों से पकड़ता, बैठते हुए कचहरी में एकत्रित लोगों को, सदा की भांति, एक धूमिल और दंभपूर्ण नज़र से देखता, अपनी बगल में बैठे आदमी की ओर झुकता, कचहरी के कागज़ात इधर-उधर उठाकर रखता, कुछ फुसफुसाकर कहता, फिर सहसा सीधे बैठकर और भौंहें चढ़ाकर वह परिचित वाक्य कहता जिससे अदालत की कार्यवाही शुरू होती है। पर काम के ऐन बीच में, भले ही मुकदमे के किसी भी हिस्से की सुनवाई हो रही हो, कमर का वह दर्द फिर उठ खड़ा होता, और अन्दर ही अन्दर उसे कुरेदने लगता। इवान इल्यीच कोई विशेष ध्यान उसकी ओर न देना चाहता। उसे मन में से निकालने की चेष्टा करता, पर वह वैसे का वैसा अपना नश्तर चलाता रहता। मौत उसके ऐन सामने आकर मानो खड़ी हो जाती, और इवान इल्यीच की आंखों से आंखें मिलाकर एकटक देखने लगती। इवान इल्यीच घबड़ा उठता, उसकी आंखों की चमक मन्द पड़ जाती, और वह एक बार फिर मन ही मन पूछता, 'क्या वही एकमात्र सत्य है?' और उसके साथियों और उसके नीचे काम करनेवाले लोगों को यह देखकर दुःख और आश्चर्य होता कि यह आदमी जो सदैव इतना प्रतिभावान और बारीकियों को पकड़नेवाला न्यायाधीश रहा है, अब चकराने और गलतियां करने लगा है। वह सिर झटकता, अपने को संभालता, और जैसे-तैसे कार्यवाही को अन्त तक निभाता। फिर घर लौट आता। परन्तु सारा वक्त यह निराशापूर्ण विचार उसके मन पर छाया रहता कि जिस चीज़ को वह अपने-आपसे छिपाना चाहता है, उसे कानूनी कार्यवाही भी नहीं छिपा सकती। उससे बचने के लिए कैसा भी अदालती काम हो, उसकी कोई सहायता नहीं कर सकता। सबसे भयानक बात यह थी, कि वह उसका सारा ध्यान अपनी ओर खींच लेती थी, उसे कुछ करने नहीं देती थी, इसके विपरीत, केवल एकटक इसकी ओर, ऐन इसकी आंखों में देखती रहती थी। घोर यन्त्रणा में गलते रहने के अलावा वह कुछ

कर न सकता था।

मन की इस भयानक स्थिति से छुटकारा पाने के लिए उसने अन्य सांत्वनाओं, अन्य ओटों को ढूंढ़ने की कोशिश की। उसे अपने को छिपाने के लिए कोई ओट मिल जाती और कुछ देर के लिए उसे आराम मिलता। पर शीघ्र ही वह भी फट जाती, या पारदर्शी हो उठती, मानो उसमें हर चीज़ को बेधने की शक्ति हो, और संसार की कोई भी चीज़ उसे रोक न सकती हो।

इन्हीं पिछले दिनों में कभी-कभी वह अपनी बैठक में जाता, जिसे उसने इतनी मेहनत से सजाया था। उसी बैठक में वह गिरा था, इसीकी खातिर वह अपनी ज़िन्दगी से हाथ धो रहा था। इस विचार से उसके होंठों पर एक कटु मुस्कान आ जाती। उसे यकीन था कि जिस दिन वह गिरा था, उसी दिन से उसकी बीमारी शुरू हुई थी। उसी बैठक में वह गया और देखा कि साफ चमचमाती मेज़ पर एक गहरी खरोंच पड़ी है। यह क्योंकर पड़ी? उसे कारण का पता चल गया। तस्वीरों की अल्बम के क्लिप का एक किनारा एक जगह से मुड़ गया है। क्लिप कांसे का बना था। उसने अल्बम को उठाया। बड़ी महंगी अल्बम थी, और इसमें उसने बड़े ध्यान से स्वयं तस्वीरें लगाई थीं। बाहर बक्सुआ टेढ़ा हो गया था, अन्दर तस्वीरें उलट-पलट पड़ी थीं, उसे अपनी बेटी और उसकी सहेलियों की लापरवाही पर बेहद गुस्सा आया। उसने बड़ी मेहनत से तस्वीरों को ठीक तरह लगाया, और क्लिप को सीधा किया।

फिर उसे खयाल आया कि क्यों न अल्बमों सहित इस सारे ताम-झाम को उठाकर, कमरे के दूसरे कोने में रख दिया जाए, जहां पौधे रखे हैं। उसने चोबदार को आवाज़ दी। उसकी पत्नी और बेटी मदद करने के लिए आ गईं। पर तीनों में मतभेद हो गया, उन्हें यह तबदीली पसन्द नहीं आई। इसने उन्हें समझाने की कोशिश की, और फिर क्रुद्ध हो उठा। परन्तु यह अच्छा ही हुआ, क्योंकि इससे वह उसे भूले रहा, वह उसके ध्यान से ओझल रही।

पर ज्योंही वह मेज़ को स्वयं वहां से हटाने लगा, तो उसकी पत्नी ने कहा, "मत करो। नौकरों को करने दो। कहीं तुम्हें फिर चोट न लग जाए।" और सहसा वह फिर पर्दे के पीछे से निकलकर सामने आ खड़ी हुई। ऐन उसकी आंखों के सामने से होकर निकल गई। उसका खयाल था कि वह फिर दूर हो जाएगी। पर उसे फिर अपने कमर-दर्द का भास

होने लगा। वह दर्द अब भी वहां पर था, अब भी उसे अन्दर ही अन्दर कुरेदे जा रहा था। वह उसे भूल नहीं सकता था। और वह साफ पौधों के पीछे से उसकी ओर ताके जा रही थी। तो फिर यों हड़बड़ मचाने से क्या लाभ?

'क्या यह सच है कि इन्हीं पर्दों के निकट मैंने अपनी मौत को बुलाया? उसी तरह जिस तरह किले के बुर्जों के निकट, युद्ध के समय सैनिक प्राण खो बैठता है। यह सच नहीं! उफ, कितनी भयानक बात है! कितनी बेहूदा बात है! यह नहीं हो सकता! कभी नहीं हो सकता···परन्तु यह सच है।'

वह अपने पढ़ने के कमरे में जाकर लेट गया। पर निराले में फिर उसे अपने सामने खड़े पाया। ऐन सामने, और वह उसे हटाने में बिलकुल असमर्थ था, कुछ नहीं कर सकता था। वह केवल यही कुछ कर सकता था कि उसके बारे में सोचता जाए, और उसकी रगों का खून क्षण-प्रतिक्षण सूखता जाए।

7

यह कहना कठिन है कि ऐसा क्यों हुआ, पर बीमारी के तीसरे महीने में सब लोग जान गए—उसकी पत्नी, उसकी बेटी, बेटा, नौकर, मित्र, डाक्टर और विशेषकर इवान इल्यीच स्वयं जान गया कि लोगों की रुचि अब उसमें केवल इतनी ही रह गई है कि वह कब अपनी जगह खाली करता है, कितनी जल्दी जीवित मित्रों-सम्बन्धियों को अपनी इस स्थिति की घुटन से छुटकारा दिलाता है, और स्वयं अपनी यन्त्रणाओं से मुक्ति पाता है। इसका कारण जानना कठिन है क्योंकि यह बहुत धीरे-धीरे, एक अदृश्य क्रमानुसार हो रहा था।

उसे अब दिन-ब-दिन नींद कम आने लगी। वे उसे थोड़ी-थोड़ी मात्रा में अफीम और मार्फीन के इंजेक्शन देने लगे। पर इससे कुछ आराम न आया। शुरू-शुरू में तो उसे इस अर्द्धचेतना से, दबे-दबे दर्द से कुछ सुख मिलता क्योंकि यह एक नया अनुभव था, पर शीघ्र ही उसे उतनी ही, बल्कि पहले से भी अधिक यन्त्रणा पहुंचने लगी। अब यह अर्द्धचेतना दर्द से बदतर हो रही थी।

डाक्टरों के आदेशानुसार उसके लिए विशेष प्रकार का भोजन

तैयार किया जाने लगा, पर वह उसे अधिकाधिक अरुचिकर लगता, उससे उसे तीव्र घृणा होने लगी।

इसी तरह उसका पेट साफ रखने के लिए विशेष व्यवस्था की गई। उसके लिए यह एक नई यन्त्रणा बन गई जो उसे हर रोज़ सहनी पड़ती थी। कुछ तो इसकी गन्दगी, बदबू, अटपटेपन के कारण, और कुछ इसलिए कि एक-दूसरे आदमी को इस काम के लिए उसके साथ रहना पड़ता।

पर इस अप्रिय काम में एक सांत्वना भी थी। भण्डारे में काम करनेवाला नौकर गेरासिम कमोड उठाने के लिए आया करता था।

गेरासिम एक साफ-सुथरा, ताज़ादम देहाती युवक था जिसे शहर की खुराक खूब ठीक बैठी थी। वह हर वक्त प्रसन्नचित और खिला-खिला रहता। शुरू-शुरू में तो जब रूसी पोशाक पहने इस साफ-सुथरे लड़के को इतना घृणित काम करते देखा तो इवान इल्यीच को अच्छा न लगा।

एक बार इवान इल्यीच कमोड पर से उठा तो उसमें इतनी ताकत न थी कि वह अपनी पतलून भी ऊपर चढ़ा सके। वह धड़ाम से आराम कुर्सी पर पड़ गया। लेटे-लेटे भयातुर आंखों से वह अपनी नंगी पिंडलियों को देखने लगा। उनपर से उसके पिलपिले पट्ठे लटकने लगे थे।

उसी वक्त गेरासिम हल्के-हल्के किन्तु मज़बूती से पांव रखता हुआ वहां आ पहुंचा। उससे जाड़े की ताज़गी तथा कोलतार की गन्ध आ रही थी जो वह अपने मोटे-मोटे बूटों पर मलकर हटा था। उसने साफ-सुथरी सूती कमीज़ पहन रखी थी और उसके ऊपर घर के बुने साफ कपड़े का लबादा डाल रखा था। कमीज़ की आस्तीने चढ़ी हुई थीं, जिससे उसकी तरुण हृष्ट-पुष्ट बांहें नज़र आ रही थीं। शायद वह डरता था कि उसके अपने चेहरे को देखकर, जिसपर जीवन का आनन्द फूट-फूट पड़ता था, कहीं इवान इल्यीच अपने को तिरस्कृत महसूस न करे। इसलिए बिना इवान इल्यीच की ओर देखे, वह सीधा कमोड के पास जा पहुंचा।

"गेरासिम," इवान इल्यीच ने क्षीण-सी आवाज़ में पुकारा।

गेरासिम ज़रा चौंका, उसे डर लगा कि शायद उससे कोई भूल हो गई है। और जल्दी से वह घूमकर रोगी की ओर देखने लगा। उसके तरुण चेहरे से ही उसके सरल, नम्र स्वभाव का पता चल जाता था। उसकी मसें भींग चली थीं।

"क्या है, हुज़ूर?"

"तुम्हें यह बहुत बुरा मालूम हो रहा होगा। मुझे माफ करना। मैं यह स्वयं कर नहीं सका।"

"आप क्या कहते हैं, हुज़ूर?" और गैरासिम मुस्कराया जिससे उसको आंखें और दांत चमक उठे। "मैं क्यों न आपकी मदद करूं? आप बीमार जो हैं।"

अपने मजबूत, दक्ष हाथों से उसने अपना रोज़ का काम किया, और दबे पांव कमरे से बाहर निकल गया। पांच मिनट बाद वह वैसे ही दबे पांव फिर वापस आया।

इवान इल्यीच अब भी आराम कुर्सी पर पड़ा हुआ था।

लड़के ने साफ कमोड वहां रख दिया। इसपर इवान इल्यीच ने पुकारकर कहा :

"गेरासिम, ज़रा इधर आना भैया, मेरी थोड़ी मदद कर देना।" गेरासिम मालिक की ओर गया। "मुझे उठाओ। मैं खुद नहीं उठ सकता। द्मीत्री यहां पर नहीं है। मैंने उसे बाहर भेज दिया था।"

गेरासिम नीचे को झुका और अपने मजबूत हाथों से—उसका स्पर्श इतना ही हल्का था जितने कि उसके कदम—उसने इवान इल्यीच को धीरे से और बड़ी कुशलता से उठाया, फिर एक हाथ से उसे थामे रख-कर, दूसरे हाथ से उसकी पतलून चढ़ा दी। वह उसे फिर आराम कुर्सी में बैठालने लगा था जब इवान इल्यीच ने उसे सोफे पर ले चलने को कहा। गेरासिम बिना ज़ोर लगाए उसे उठा लाया और सोफे पर बिठा दिया।

"बड़ी मेहरबानी। तुम कितने समझदार हो, कितना अच्छा काम करते हो!"

गेरासिम फिर मुस्कराया, और बाहर जाने को हुआ, परन्तु इवान इल्यीच को उसका वहां ठहरना इतना भला लग रहा था, कि उसने उसे जाने नहीं दिया।

"बुरा न मानो तो वह कुर्सी ज़रा इधर लेते आना। नहीं, वह नहीं, साथवाली, मेरे पांव उसपर रख दो। मैं पांव ज़रा ऊपर कर लूं तो थोड़ा बेहतर महसूस करता हूं।"

गेरासिम कुर्सी ले आया। एक ही झटके में वह फर्श पर कुर्सी पट-कने को था, कि अपने को रोक लिया और बिना हल्की-सी भी आहट

किए उसे फर्श पर टिका दिया, और फिर इवान इल्यीच के पांव उसपर रख दिए। जब गेरासिम ने उसके पांव उठाए तो उसे भास हुआ जैसे अभी से वह बेहतर महसूस करने लगा है।

"मैं पांव ऊपर कर लूं तो बेहतर महसूस करता हूं। वहां से तकिया उठा लाओ और मेरे पांव के नीचे रख दो।"

गेरासिम ने वैसा ही किया। उसने मरीज़ के पांव उठाए और नीचे तकिया रख दिया। अब भी जब गेरासिम ने उसके पांव उठाए तो उसे अच्छा लगा। जब नीचे रख दिए तो तबीयत खराब होने लगी।

"गेरासिम, क्या इस वक्त तुम्हें बहुत काम है?"

"नहीं तो हुज़ूर, बिल्कुल नहीं।" शहरी लोगों से गेरासिम ने सीख लिया था कि बड़ों से कैसे बात करनी चाहिए।

"तुम्हें और क्या काम करना है?"

"कुछ भी नहीं हुज़ूर। मैंने सब काम कर लिया है। कल के लिए थोड़ी लकड़ी चीरना बाकी है, बस।"

"क्या तुम थोड़ी देर के लिए मेरे पांव ऊपर को उठाए रख सकते हो?"

"क्यों नहीं, हुज़ूर।" और गेरासिम ने उसके पांव ऊपर को उठा रखे। और इवान इल्यीच को लगा, जैसे उस स्थिति में उसे बिल्कुल ही कोई दर्द महसूस नहीं हो रहा है।

"लकड़ी का क्या करोगे?"

"आप चिन्ता न करें, हुज़ूर। मैं वक्त निकाल लूंगा।"

इवान इल्यीच ने गेरामिस को बिठा लिया। पांव उठवाए हुए, वह उससे बातें करने लगा। भले ही यह विचित्र बात जान पड़े पर उसे सचमुच महसूस हो रहा था कि यदि गेरासिम उसके पैर थामे रहे, तो उसकी तबीयत सम्भली रहती है।

उसके बाद इवान इल्यीच किसी-किसी वक्त गेरासिम को अपने पास बुला लिया करता, और उसके कन्धों पर अपने पैर रखवा लेता। उस लड़के के साथ बातें करने में उसे बड़ा सुख मिलता। गेरासिम जो भी काम करता, इतने शौक से, इतने सहज और सरल ढंग से, इतनी हंसी-खुशी के साथ कि इवान इल्यीच का दिल भर आता। घर में गेरा-सिम को छोड़कर, और लोगों को स्वस्थ, हृष्ट-पुष्ट और प्रसन्नचित्त देखकर, इवान इल्यीच को चिढ़ होती। और गेरासिम को प्रसन्नचित्त

और स्वस्थ देखकर, चिढ़ने के बजाय उसे संतोष होता।

इवान इल्यीच को सबसे अधिक क्लेश इस बात का था कि सभी लोग उसके साथ झूठ बोलते हैं, कि वह केवल बीमार है, मर नहीं रहा, कि यदि वह चुपचाप डाक्टरों के आदेश का पालन करता जाएगा तो स्वस्थ हो जाएगा। वह भली भांति जानता था कि कुछ भी क्यों न किया जाए, उसकी स्थिति नहीं सुधरेगी, केवल उसकी यन्त्रणा बढ़ती जाएगी और अन्त में वह मर जाएगा। इस झूठ से उसे कष्ट होता। कोई भी इस झूठ को मानने के लिए तैयार न था। सभी जानते थे कि सच क्या है। वह स्वयं भी जानता था। फिर भी उसकी भयंकर स्थिति के कारण सभी इस झूठ को उसपर थोपते चले जा रहे थे। उसे मजबूर करना चाहते थे कि वह भी इस झूठ को सच मानने लगे। जब वह मौत के नाके पर जा पहुंचा है, उस समय उसपर यह झूठ थोपना उसकी मृत्यु की गम्भीर तथा गरिमामयी क्रिया को ओछे स्तर पर ले आना था। उस ओछे स्तर पर जिसपर लोग एक-दूसरे के घर जाते हैं, और भोजन करते हैं, और बैठकों में बैठकर स्टरजन खाते हुए गप्पे हांकते हैं। यह सोचकर इवान इल्यीच को बेहद कष्ट होता, बयान से बाहर। और, अजीब बात है, कई बार जब लोग उसके साथ इस औपचारिक ढंग से व्यवहार करते तो उसके मुंह से निकलने को होता, 'झूठ मत बोलो। तुम भी जानते हो और मैं भी जानता हूं कि मैं मर रहा हूं। और नहीं तो कम से कम झूठ बोलना तो बन्द कर दो!' पर यह कहने का साहस वह कभी भी नहीं जुटा पाया। उसे साफ नज़र आ रहा था कि उसके इर्द-गिर्द के लोग उसकी मृत्यु की गम्भीर भयावह क्रिया को एक अप्रिय घटना के बराबर समझते हैं, एक तरह का अशिष्ट व्यवहार मानते हैं। (जिस भांति लोग उस आदमी को बुरा समझते हैं जो एक बैठक के अन्दर आए, और आते ही बू छोड़ दे, उसी तरह लोग इवान इल्यीच के व्यवहार को भी अशिष्ट समझते थे।) मानो वह शिष्टाचार के नियमों का उल्लंघन कर रहा हो, जिनका वह स्वयं आजीवन गुलाम रहा था। उसे लगता जैसे किसीको भी उसके प्रति सहानुभूति नहीं, क्योंकि कोई भी उसकी स्थिति को समझना नहीं चाहता। केवल एक ही आदमी था जो उसकी स्थिति को समझता था और जिसके दिल में उसके प्रति सहानुभूति थी। वह गेरासिम था। इस कारण उसी एक आदमी को इवान इल्यीच अपने पास रखना भी चाहता था। कभी-कभी गेरासिम

सारी-सारी रात उसके पांव थामे बैठा रहता और उसके कहने पर भी सोने के लिए न जाता। वह कहा करता, "इसकी चिन्ता न कीजिए हुज़ूर, मैं बाद में सो लूंगा।" या वह कहता," आप बीमार जो हैं, मैं आपकी सेवा क्यों न करूं?" ये शब्द सुनकर इवान इल्यीच को सन्तोष होता। गेरासिम ही एक ऐसा आदमी था जो कभी झूठ नहीं बोलता था। उसके प्रत्येक काम से यह पता चलता था कि यथार्थ स्थिति को वही एक आदमी समझता है, और उसे छिपाने की उसे कोई आवश्यकता नज़र नहीं आती। उसे इस बात का दुःख था कि बेचारे मालिक की शक्ति धीरे-धीरे क्षीण हो रही है। एक बार वह इवान इल्यीच के कहने पर कमरे में से जा रहा था जब उसने साफ कह दिया :

"मैं क्यों न आपकी इस वक्त मदद करूं? हम सभी को एक दिन मरना है।" इस तरह उसने बता दिया कि उसे इवान इल्यीच की सेवा करना बुरा नहीं लगता क्योंकि यह सेवा वह एक मरते आदमी की कर कर रहा है। उसे इस बात की आशा थी कि जब उसका समय आएगा तो कोई उसकी भी सेवा करेगा।

एक तो लोगों के झूठ के कारण और इससे सम्बद्ध प्रतिक्रियाओं के कारण इवान इल्यीच दुःखी होता। दूसरे इस बात से कि किसीको उसके प्रति संवेदना न थी जिसकी वह आशा करता था। इतनी देर तक कष्ट भोगने के बाद, कभी-कभी उसके हृयय में तीव्र इच्छा उठती कि जिस तरह कोई बीमार बच्चे को दुलारता है, उसी तरह उसे भी कोई दुलारे। वह चाहता था कि बीमार बच्चे की भांति उससे भी कोई लाड़-प्यार की बातें करे, उसे चूमे, उसकी स्थिति पर आंसू बहाए। पर वह जानता था कि यह असम्भव है। एक तो वह अदालत का प्रतिष्ठित सदस्य था, उसपर बाल पकने जा रहे थे, यह कैसे हो सकता था? पर उसका दिल यही चाहता था। इस भावना से कुछ-कुछ मिलती-जुलती सहानुभूति उसे गेरासिम से मिल पाती। इसीलिए जब गेरासिम उसके पास होता तो उसे सान्त्वना मिलती। इवान इल्यीच रोना चाहता था, वह चाहता था कि कोई उसे दुलराए, उसकी स्थिति पर आंसू बहाए। शेबेक उसे मिलने आता है। वह उसका सहकर्मी है। वह भी अदालत का सदस्य है। उसके सामने इवान इल्यीच रो नहीं सकता, उससे लाड़-प्यार की आशा नहीं कर सकता। इसलिए उसे गम्भीर विद्वत्ता-भरी मुद्रा में बैठना पड़ता है, और आवेदन-न्यायालय के पिछले

निर्णय के महत्त्व पर बिना किसी उत्साह के अपनी राय देनी पड़ती है और बड़ी दृढ़ता से उसका पक्ष लेना पड़ता है। इवान इल्यीच के जीवन के अन्तिम दिनों को कटु बनाने के लिए जिस चीज़ ने सबसे अधिक विष बोला वह था यह झूठ, जो उसके भीतर और बाहर सब ओर फैला हुआ था।

8

सुबह हो चुकी थी। इसका पता इस बात से चलता था कि गेरासिम कमरे से बाहर जा चुका था और चोबदार प्योत्र अन्दर आ गया था। चोबदार ने बत्तियां बुझाईं, एक खिड़की पर से पर्दे हटाए, और दबे पांव, चुपचाप कमरे की सफाई करने लगा। परन्तु सुबह हो या शाम, शुक्रवार हो या रविवार, इवान इल्यीच के लिए कोई फर्क न पड़ता था, सब दिन एक जैसे थे। सारा वक्त घातक पीड़ा अन्दर छीलती रहती, क्षण-भर के लिए भी न थमती; एक ही बात की चेतना उसे रहती कि जीवन, किसी अटल नियम के अनुसार समाप्त होता जा रहा है, परन्तु अभी तक पूर्णतया समाप्त नहीं हो पाया; और संसार की एकमात्र यथार्थता, मृत्यु, घृणित मृत्यु, धीरे-धीरे उसकी ओर बढ़ती चली आ रही है। और इसपर—वह झूठ। उसे दिनों, हफ्तों का ध्यान ही क्योंकर आ सकता था?

"आप चाय पिएंगे, हुज़ूर?"

('प्रातःकाल परिवार के सभी लोग चाय पीते हैं, इसलिए इसे बताना होगा,' इवान इल्यीच ने सोचा।)

"नहीं," उसने कहा।

"शायद हुज़ूर अब सोफे पर आराम करना चाहेंगे?"

('इसे कमरा साफ करना है और मैं इसकी सफाई में बाधक बन रहा हूं। मैं कमरे को खराब कर रहा हूं, मेरे कारण चीजें अस्त-व्यस्त हो रही हैं,' इवान इल्यीच ने सोचा।)

"नहीं, मैं यहीं पर ठीक हूं," उसने कहा।

चोबदार थोड़ी देर तक और काम करता रहा। इवान इल्यीच ने अपना हाथ बढ़ाया। प्योत्र बड़ी उत्कण्ठा से उसके पास दौड़ा आया।

"क्या चाहिए हुज़ूर?"

"घड़ी।"

घड़ी इवान इल्यीच के हाथ के सामने पड़ी थी। प्योत्र ने घड़ी उठा, कर दे दी।

"साढ़े आठ। क्या सब लोग उठ गए हैं?"

"अभी नहीं हुज़ूर। वसीली इवानोविच (बेटा) स्कूल चले गए हैं, और प्रस्कोव्या फ्योदोरोव्ना ने हुक्म दे रखा है कि जब भी आप उनसे मिलना चाहें तो उन्हें फौरन खबर कर दी जाए। क्या उन्हें बुला लाऊं, हुज़ूर?"

"नहीं, रहने दो।" ("मैं थोड़ी चाय पी ही लूं तो क्या हर्ज़ है,' उसने सोचा।) "मेरे लिए थोड़ी चाय ले आओ।"

प्योत्र दरवाज़े की ओर बढ़ा। पर इवान इल्यीच यह सोचकर डर गया कि उसे कमरे में अकेले बैठना पड़ेगा। ('क्या करूं जिससे यह यहीं पर रुका रहे? हां, दवाई का बहाना हो सकता है।') "प्योत्र, मुझे दवाई की खुराक देते जाओ।" ("क्यों न लूं? इससे शायद सच-मुच कुछ फायदा हो।') उसने एक चम्मच दवाई पी ली। ('नहीं, इससे कुछ लाभ नहीं होगा। फिज़ूल है। बिल्कुल अपने को धोखा देने-वाली बात है। इसपर से अब मेरा विश्वास उठ गया है,' वह सोचने लगा जब उसके मुंह में वही मीठा बकबका परिचित स्वाद आया। 'यह पीड़ा मुझे क्यों सताए जा रही है? काश कि यह एक मिनट-भर के लिए थम पाती!') वह कराह उठा। प्योत्र लौट आया। "नहीं, जाओ और मेरे लिए चाय ले आओ।"

प्योत्र चला गया। इवान इल्यीच अकेला रह गया था। कुछ असह्य दर्द के कारण, परन्तु अधिक मानसिक क्लेश के कारण वह कराहता रहा। 'समय का क्रम उसी तरह चल रहा है। लम्बे दिन जो कभी खत्म नहीं होते, और लम्बी, कभी न खत्म होनेवाली रातें। काश कि वह जल्दी आ पाए। कौन जल्दी आ पाए? मौत, अन्धकार! नहीं, नहीं, मौत से तो कुछ भी बेहतर होगा!'

नाश्ते की तश्तरी उठाए प्योत्र अन्दर आया। इवान इल्यीच कुछ देर तक बड़ी व्यग्रता से उसकी ओर देखता रहा, उसकी समझ में नहीं आ रहा था कि यह कौन है और क्या चाहता है। उसके यों घूरने पर प्योत्र कुछ सकपका गया। उसकी सकपकाहट देखकर इवान इल्यीच को होश आया।

"ओह, ठीक है, चाय लाया है," उसने कहा, "रख दो। बहुत अच्छा। बस, मेरे हाथ-मुंह धुला दो, और एक साफ कमीज़ निकाल दो।"

इवान इल्यीच मुंह-हाथ धोने लगा। धीरे-धीरे, थोड़ी-थोड़ी देर रुक-रुककर उसने अपने हाथ धोए, मुंह धोया, दांत साफ किए, बाल काढ़े, और शीशे में अपना चेहरा देखा। चेहरा देखते ही वह डर गया, विशेषकर जब उसने अपने बेजान से बाल ज़र्द, पीले माथे पर चिपके हुए देखे।

कमीज़ बदलते वक्त उसने समझ लिया कि यदि उसने अपना शरीर शीशे में देखा तो वह और भी भयावना होगा, इसलिए वह शीशे के सामने नहीं गया। आखिर सब काम निबट गया। उसने अपना ड्रेसिंग-गाउन पहना, टांगों पर कम्बल ओढ़ा और आराम कुर्सी पर बैठकर चाय पीने लगा। कुछ देर के लिए उसने अपने को ताज़ादम महसूस किया। पर ज्यों ही उसने चाय पीना शुरू किया, उसे फिर दर्द का भास होने लगा, और मुंह का स्दाद बदल गया। जैसे-तैसे उसने चाय पी ली और फिर टांगे फैलाकर लेट गया। लेटते ही उसने प्योत्र को कमरे में से चले जाने को कहा।

फिर वही चक्र चल पड़ा था। क्षण-भर के लिए आशा की एक किरण फूटती पर दूसरे क्षण निराशा का प्रचण्ड सागर उसे लील लेता। सारा वक्त यह पीड़ा, यह असह्य यातना उसे बेचैन किए रहती। जब वह अकेला होता तो पीड़ा असह्य हो उठती। जी चाहता कि किसीको बुलाए, पर वह पहले से जानता था कि इससे कोई लाभ न होगा, बल्कि और भी बुरा होगा। "अगर वह मुझे फिर मार्फीन दे दे जिससे मैं यह दर्द भूले रहूं तो कितना अच्छा हो। मुझे डाक्टर को ज़रूर कहना चाहिए कि सोचकर कुछ बतलाए। यह स्थिति तो बिल्कुल असह्य हो रही है, बिल्कुल असह्य।"

एक घण्टा, फिर दूसरा घण्टा इसी तरह बीत गया। ड्योढ़ी में किसीने घण्टी बजाई। शायद डाक्टर आया है। हां, डाक्टर है, मोटा-ताज़ा, चुस्त, प्रसन्नचित्त, चेहरे पर आत्मविश्वास छलकता है, मानो कह रहा हो, 'तुम डर गए जान पड़ते हो, पर चिन्ता नहीं करो, मैं तुम्हारे डर का कारण अभी दूर किए देता हूं।' डाक्टर जनता था कि चेहरे पर यह भाव लेकर यहां पर आना असंगत है। पर यह

मुद्रा तो उसका नकाब है, जिसे बदलना अब आसान नहीं, बल्कि उतन ही कठिन है जितना कि उस फ्राक-कोट को उतारना, जिसे वह सुबह अपना दौरा शुरू करने से पहले ही पहन लेता है।

रोग को आश्वस्त करने के लिए डाक्टर अपने हाथ बड़े ज़ोर-ज़ोर से मलता रहा।

"मेरे हाथ बहुत ठण्डे हो रहे हैं। बाहर बला की सर्दी पड़ रही है। बस, मिनट-भर और इन्तज़ार कीजिए, मेरे हाथ अभी गरम हो जाएंगे।" ये शब्द उसने ऐसे लहजे में कहे मानो यह बताना चाहता हो कि बस मिनट-भर और इन्तज़ार करने की ज़रूरत है, मेरा शरीर गरम होते ही तुम्हारा रोग जाता रहेगा।

"कहिए, कैसी तबीयत है?"

इवान इल्यीच को लगा जैसे डाक्टर पूछना चाहता है, 'कहिए पेट क्या कहता है?' पर शायद उसे सवाल को इस ढंग से पूछना असभ्य लगा इसलिए उसने सवाल बदल लिया, "कहो, रात कैसे गुज़री?"

इवान इल्यीच ने ऐसी नज़र से डाक्टर की ओर देखा, मानो कह रहा हो, 'क्या तुम्हें झूठ बोलते कभी भी शरम नहीं आएगी?' परन्तु डाक्टर उसका भाव समझना नहीं चाहता था।

"बहुत तकलीफ में हूं," इवान इल्यीच ने कहा, "दर्द न जाता है, न कम होता है। अगर आप मुझे कोई ऐसी चीज़ दे दें जिससे···"

"तुम सब बीमार लोग एक जैसे होते हो। अब मेरे बदन में कुछ गरमी आई जान पड़ती है। अब तो प्रस्कोव्या फ्योदोरोव्ना को भी मेरे शरीर के तापमान के बारे में कोई आपत्ति न होगी। उन्हें हर बात का ध्यान रहता है। अच्छा, तो, गुड मार्निंग," डाक्टर ने कहा और इवान इल्यीच के साथ हाथ मिलाया।

हंसी-मज़ाक छोड़कर, अब डाक्टर ने गम्भीर मुद्रा धारण की, और रोगी को देखना शुरू किया। उसने नब्ज़ देखी, बुखार देखा, छाती ठोंककर देखी, दिल की धड़कन सुनी।

इवान इल्यीच यकीनी तौर पर जानता था कि यह सब झूठ है, निरा धोखा है, पर जब डाक्टर ऐन उसके सामने घुटनों के बल बैठ गया, और आगे को झुककर अपना कान कभी नीचे, कभी ऊपर लगा-कर, आंखें सिकोड़े, गम्भीर मुद्रा बनाए, तरह-तरह के आसनों में उसे देखने लगा, तो इवान इल्यीच उसके प्रभाव में आ गया, वैसे ही जैसे

वह स्वयं वकीलों के भाषणों के प्रभाव में आ जाया करता था, यह भली भांति जानते हुए भी कि वे झूठ बोल रहे हैं, और यह भी जानते हुए कि क्यों झूठ बोल रहे हैं।

डाक्टर अब भी सोफे पर घुटने टेके उसकी छाती को ठोंक-बजाकर देख रहा था जब दरवाज़े की ओर से रेशमी कपड़ों की सरसराहट सुनाई दी, और प्रस्कोव्या फ्योदोरोव्ना की आवाज़ आई। वह प्योत्र पर नाराज़ हो रही थी कि उसने उसे डाक्टर के आने की खबर क्यों नहीं दी।

उसने आते ही पति को चूमा और अपनी सफाई देने लगी कि वह तो कब की जगी हुई हैं, केवल किसी गलतफहमी के कारण वह डाक्टर के आने पर कमरे में नहीं पहुंच पाई।

इवान इल्यीच ने उसकी ओर देखा। उसकी एक-एक चीज़ को ध्यान से देखा और उसका जी कटुता से भर उठा। उसकी चमड़ी कितनी सफेद है, शरीर कितना हृष्ट-पुष्ट, बाज़ू और गर्दन चिकने, बाल और आंखें कैसी चमक रही हैं, अंग-अंग से जीवन का ओज फूट रहा है। इवान इल्यीच का रोम-रोम उसके प्रति घृणा से भर उठा। जब भी वह उसे हाथ लगाती, तो इवान इल्यीच के सारे शरीर में घृणा की एक लहर दौड़ जाती।

पर स्त्री का रवैया अपने पति और उसकी बीमारी की ओर नहीं बदला था। जैसे डाक्टर अपना रवैया अपने मरीज़ों के प्रति स्थिर कर लेते हैं और बदल नहीं पाते, उसी भांति इसने भी अपने पति के प्रति एक रुख अपना लिया था—कि यह अपने रोग के लिए स्वयं ज़िम्मेदार है, यह ऐसी बातें करता है जो इसे नहीं करनी चाहिए। फिर प्यार से उसकी भर्त्सना करती। वह इस रवैये को बदल नहीं सकती थी।

"यह किसी की सुनते ही नहीं। बाकायदा दवाई नहीं लेते सबसे बुरी बात तो यह है कि जिस तरह यह टांगें ऊपर को उठाए लेटे रहते हैं, उससे इन्हें ज़रूर नुकसान होगा।"

उसने बताया कि किस तरह इवान इल्यीच गेरासिम से टांगें ऊपर उठवाए लेटा रहता है।

डाक्टर के होठों पर एक हल्की-सी स्नेह-भरी, अनुकम्पा-भरी मुस्कान आई। वह मानो कह रहा हो, 'मैं क्या कर सकता हूं? हमारे मरीज़ तरह-तरह की कलाबाज़ियां करते रहते हैं। हमें उन्हें

माफ ही करना है।

जांच समाप्त करके डाक्टर ने अपनी घड़ी की ओर देखा। इस-पर प्रस्कोव्या फ्योदोरोव्ना कहने लगी कि चाहे इवान इल्यीच को अच्छा लगे या बुरा, उसने एक प्रसिद्ध डाक्टर को भी आज बुला रखा है और वह और मिखाइल दनीलोविच (यह साधारण डाक्टर का नाम था) दोनों मिलकर जांच करेंगे और आपस में परामर्श करेंगे।

"बस, बस , इसका विरोध नहीं करना। यह मैं तुम्हारी खातिर नहीं, अपनी खातिर कर रही हूं," उसने व्यंग्य से कहा, इसलिए कि वह समझ जाए कि वह यह प्रबन्ध उसीकी खातिर कर रही है ताकि उसे प्रतिवाद करने का अधिकार न रहे। उसकी त्योरियां चढ़ गईं, पर वह बोला कुछ नहीं। वह जानता था कि वह झूठ के ऐसे कुचक्र में फंस गया है कि उसके लिए झूठ-सच पहचानना कठिन हो रहा है।

सच तो यह था कि उसकी स्त्री जो कुछ भी उसके लिए कर रही थी, वह दरअसल अपने ही लिए था। वह कहती भी यही थी कि मैं अपने लिए कर रही हूं, और वह कर भी अपने ही लिए रही थी। लेकिन वह बात इस ढंग से कहती कि यह असम्भव जान पड़ता, और सोचती कि इवान इल्यीच को समझना चाहिए था कि जो कुछ हो रहा है, इसीकी खातिर हो रहा है।

जैसा कि उसने कहा था, ठीक साढ़े ग्यारह बजे प्रसिद्ध डाक्टर आ पहुंचा। फिर उसके शरीर की ध्वनि-परीक्षा हुई, और उसकी उप-स्थिति में, और साथवाले कमरे में, गुर्दों और अन्धान्त्रों के बारे में बड़ी विद्वत्तापूर्ण बातें हुईं। इतनी गम्भीर मुद्रा में सवाल-जवाब हुए मानो समस्या जीवन और मरण की नहीं—जो वास्तव में आंखें फाड़े इवान इल्यीच के सामने खड़ी थी—बल्कि गुर्दों और अन्धान्त्र की है, जिनका रवैया ठीक नहीं रहा और जिन्हें अब मिखाइल दनीलोविच और प्रसिद्ध डाक्टर अपने हाथ में लेकर अपने निश्चयानुसार चलाएंगे।

उसी तरह गम्भीर मुद्रा बनाए डाक्टर ने विदा ली। उस मुद्रा में निराशा का भाव न था। जब इवान इल्यीच ने भय और आशा से चमकती आंखें ऊपर उठाई और डाक्टर से डर-डरकर पूछा कि क्या मैं तन्दुरुस्त हो जाऊंगा, तो जवाब में डाक्टर ने कहा कि मैं पूरे विश्वास के साथ तो नहीं कह सकता, किन्तु इसकी सम्भावना ज़रूर है। डाक्टर जाने लगा तो इवान इल्यीच की आंखें दरवाज़े

तक उसे देखती रहीं। उन आंखों में आशा की ऐसी हृदयविदारक झलक थी कि जब प्रस्कोव्या फ्योदोरोव्ना, डाक्टर के लिए फीस लाने कमरे में से निकली, तो वह भी अपने आंसू नहीं रोक सकी।

डाक्टर के प्रोत्साहन से इवान इल्यीच का फिर हौसला बढ़ा। पर यह अधिक देर तक नहीं रहा। वही कमरा, वही तस्वीरें, वही पर्दे, वही दीवारों का कागज़, वही साज़-सामान, और वही यन्त्रणा सहता हुआ, दर्द से छटपटाता शरीर। इवान इल्यीच कराहने लगा। उन्होंने एक इंजेक्शन दिया जिससे वह बेसुध-सा पड़ रहा।

जब वह जगा तो शाम हो चुकी थी। उसके लिए खाना लाया गया। बड़ी मुश्किल से उसने थोड़ा-सा सूप मुंह में डाला। हर चीज़ फिर वैसी की वैसी हो रही थी। फिर रात घिरने लगी थी।

भोजन के उपरान्त, सात बजे प्रस्कोव्या फ्योदोरोव्ना कमरे में आई। उसने बाहर जाने के लिए कपड़े पहन रखे थे। चेहरे पर पाउडर था, भारी-भरकम वक्ष कसकर बांधा था। आज प्रातः उसने इवान इल्यीच को याद करा दिया था कि परिवार के सब लोग नाटक देखने जा रहे हैं। सार्रा वेरनार नगर में अभिनय करने आई थी। इवान इल्यीच के ही बार-बार इसरार करने पर उन्होंने टिकट लिए थे। पर उसे यह सब भूल चुका था। बल्कि पत्नी का इतना अधिक शृंगार देखकर उसके दिल को चोट भी लगी। परन्तु यह याद करके कि उसके आग्रह पर उन्होंने टिकट खरीदे थे—उसीने कहा था कि कलात्मक अभिनय से बच्चों को अच्छी शिक्षा मिलती है—उसने अपनी भावनाओं को छिपाए रखा।

प्रस्कोव्या फ्योदोरोव्ना कमरे में आई—चेहरे पर आत्मसंतोष, किन्तु कुछ-कुछ अपराधी महसूस करती हुई। वह बैठ गई, पति का हाल पूछा। वह जानता था कि इसका और कोई अभिप्राय नहीं, केवल औपचारिकता निभा रही है। वह इसलिए नहीं पूछ रही थी कि कुछ जानना चाहती थी। जानने को था ही क्या? उसने जो कुछ कहा वह केवल औपचारिकता थी : कि मैं तो कभी जाने का नाम भी न लेती यदि ये कम्बख्त टिकट न ले रखे होते, कि एलैन, उनकी बेटी और पेत्रोविच (जांच-मजिस्ट्रेट, उनकी बेटी का मंगेतर) तीनों जा रहे थे और उन्हें अकेले जाने देना ठीक नहीं है। पर मेरा जी तो ज़रा भी जाने को नहीं, मैं तो तुम्हारे ही पास रहना चाहती हूं। अब इतनी कृपा करना कि जब

तक मैं बाहर रहूं डाक्टर के सभी आदेशों का पालन करते रहना।

"और फ्योदोर पेत्रोविच (बेटी का मंगेतर) तुम्हें मिलना चाहता है। क्या वह अन्दर आ जाए? लीज़ा भी तुम्हें मिलना चाहती है।"

"आने दो।"

बेटी अन्दर आई, बनी-ठनी, शरीर का बहुत-सी हिस्सा उघड़ा हुआ। वह अपने शरीर की नुमाइश करना चाहती थी, जब कि इवान इल्यीच का शरीर दर्द से तड़प रहा था। वह स्वस्थ और हृष्ट-पुष्ट थी, प्रेम में सब कुछ भूली हुई, और दिल में इस बात पर नाराज़ थी कि पिता की बीमारी, क्लेश और आसन्न मृत्यु से उसके सुख पर एक छाया-सी आ पड़ी है।

फ्योदोर पेत्रोविच अन्दर आया। शाम की बढ़िया पोशाक पहने हुए, बाल घुंघराले बनाए हुए, लम्बी, उभड़ी हुई नसोंवाली गर्दन पर सफेद, कलफ लगा कालर, सफेद कमीज़, मज़बूत पिण्डलियों पर तंग काली पतलून, एक हाथ सफेद दस्ताने में, दूसरे में ऑपेरा हैट उठाए हुए।

उसके पीछे-पीछे इवान इल्यीच का बेटा, सरकता हुआ चला आया। वह स्कूल में पढ़ता था। किसीने उसे अन्दर आते नहीं देखा। उसने स्कूल की नई पोशाक पहन रखी थी और हाथों पर दस्ताने चढ़ाए था। बेचारा, उसकी आंखों के इर्द-गिर्द वह काले वृत्त थे, जिनका अर्थ इवान इल्यीच समझता था।

इवान इल्यीच को सदा अपने बेटे पर दया आती थी। परन्तु अब लड़के की सहमी हुई, सहानुभूतिपूर्ण आंखों को देखकर उसे भय लगने लगा था। इवान इल्यीच को महसूस हुआ जैसे गेरासिम के बाद बास्यां ही एक ऐसा व्यक्ति है, जो उसे समझता है और जिसके दिल में उसके प्रति सहानुभूति है।

सब बैठ गए। उन्होंने फिर पूछा कि उसकी तबीयत कैसी है। थोड़ी देर तक कोई कुछ नहीं बोला। लीज़ा ने मां से नाटक-गृह की दूरबीन के बारे में पूछा। इसपर मां-बेटी में छोटा-सा झगड़ा उठ खड़ा हुआ कि किसने दूरबीन गलत जगह पर रख दी है। बड़ी भद्दी-सी बात हुई।

फ्योदोर पेत्रोविच ने इवान इल्यीच से पूछा कि क्य। उन्होंने सार्रा बेरनार का अभिनय देखा है। पहले तो प्रश्न ही इवान इल्यीच की समझ में नहीं आया, फिर उसने कहा :

"नहीं, क्या तुमने देखा है?"

"हां, 'आद्रीने लेकूव्रूर' में।"

प्रस्कोव्या फ्योदोरोव्ना बोली कि एक-दूसरे नाटक में तो उसने ऐसा अच्छा अभिनय किया कि उसका मन मोह लिया। बेटी की राय इससे भिन्न थी। इसपर उसके अभिनय की स्वाभाविकता और आकर्षण पर बहस होने लगी। इस बहस में दोनों ने वहीं कुछ कहा जो सदैव ऐसे विषयों पर कहा जाता है।

वार्तालाप के दौरान फ्योदोर पेत्रोविच की नज़र इवान इल्यीच पर पड़ी और वह चुप हो गया। और लोगों ने भी उसकी ओर देखा और चुप हो गए। इवान इल्यीच ऐन अपने सामने देखे जा रहा था। उसकी आंखें क्रोध से चमक रही थीं, जिसे वह छिपा नहीं पा रहा था। कुछ करना होगा, पर क्या किया जा सकता है? इस चुप्पी को तोड़ना होगा, परन्तु किसीमें भी इसे तोड़ने की हिम्मत नहीं थी। सब डर रहे थे कि किसी बात से इस झूठ का भण्डाफोड़ हो जाएगा जिसे शिष्टता की खातिर कायम रखा ज़ा रहा था, और सब बात अपने असली रूप में सामने आ जाएगी। सबसे पहले लीज़ा ने साहस जुटाया और चुप्पी तोड़ी। चाहती तो थी कि उस भावना को छिपाए रखे, जो उस वक्त हर कोई महसूस कर रहा था, पर इसके विपरीत उसने उसे प्रकट कर ही दिया।

"अगर हमें जाना है तो फिर उठो," उसने घड़ी देखते हुए कहा। यह घड़ी उसके पिता ने उसे उपहार-रूप दी थी। उसी समय उसके चेहरे पर एक हल्की-सी महत्त्वपूर्ण मुस्कान भी दौड़ गई जो किसी दूसरे व्यक्ति को नज़र नहीं आई, और जिसका अर्थ केवल वह और उसका मंगेतर ही जानते थे। फिर रेशमी कपड़ों की सरसराहट के साथ वह उठ खड़ी हुई।

सब उठ खड़े हुए, विदा ली और चले गए।

इवान इल्यीच ने सोचा जैसे उनके चले जाने के बाद वह बेहतर महसूस करने लगा है। कम से कम उस झूठ से तो उसे छुटकारा मिला। उन्हींके साथ झूठ भी चला गया। पर दर्द और आतंक अब भी पीछे रह गए थे। वही पुराना दर्द, वही पुराना भय जिनसे अधिक निर्मम कुछ न था, जिनसे क्षण भर के लिए भी चैन न मिलता था। अब वे और भी तेज़ होने लगे थे।

फिर उसी रफ्तार से वक्त रेंगने लगा, एक-एक मिनट, एक-एक घंटा, पहले की ही तरह। इसका कोई अन्त न था। तिसपर भी अनिवार्य अन्त को त्रास उसके हृदय में बढ़ने लगा था।

"हां, भेज दो गेरासिम को," उसने प्योत्र के प्रश्न का उत्तर देते हुए कहा।

9

जब उसकी पत्नी लौटी तो काफी देर हो चुकी थी। वह धीरे-धीरे दबे पांव अन्दर आई, पर उसे आहट मिल गई। उसने आंखें खोली, फिर झट से बन्द कर लीं। वह चाहती थी कि गेरासिम को बाहर भेज दे और स्वयं उसके पास बैठे, परन्तु उसने आंखें खोली और बोला :

"नहीं, तुम चली जाओ।"

"क्या तुम्हें दर्द ज़्यादा है?"

"कोई परवाह नहीं।"

"थोड़ी अफीमवाली दवाई ले लो।"

उसने मान लिया और दवाई का घूंट भर लिया। वह बाहर चली गई।

प्रातः तीन बजे तक वह अर्द्धचेतन अवस्था में यन्त्रणा सता रहा। अपनी कल्पना में उसने देखा कि वे लोग उसे एक तंग काली बोरी के रन्दर घुसेड़ने की कोशिश कर रहे हैं, वह अधिकाधिक उसमें घुसता जा रहा है, परन्तु वे लोग उसे नीचे तक नहीं पहुंचा पाते। उनके इस भयानक व्यवहार से वह बड़ा दुःखी है। वह डर रहा था, तिसपर भी वह बोरी के अंदर जाना चाहता था। इस तरह वह एक ही साथ, अपने को रोकने की भी चेष्टा कर रहा था और अन्दर घुसने की भी। सहसा बोरी उसके हाथ से निकल गई और वह गिर पड़ा, और उसकी आंख खुल गई। गेरासिम अब भी पलंग के पायताने बैठा था और चुपचाप, ऊंघे जा रहा था। इवान इल्यीच, अपनी पतली-पतली टांगें लड़के के कन्धों पर रखे, लेटा हुआ था। टांगों पर मोजे चढ़े थे। कमरे में, शेड के नीचे अब भी बत्ती जल रही थी। इवान इल्यीच को अब भी दर्द हो रहा था।

"जाओ, चले जाओ, गेरासिम," उसने फुसफुसाकर कहा।

"कोई बात नहीं, हुज़ूर, मैं कुछ देर बैठूंगा।"

"नहीं, जाओ।"

उसने टांगें नीची कर लीं, करवट बदली, और गाल के नीचे अपना हाथ रखकर लेट गया, और उसका दिल अपने प्रति अनुकम्पा से भर उठा। वह इस इन्तज़ार में रहा कि गेरासिम साथवाले कमरे में चला जाए। ज्योंही वह चला गया, उसने मानो अपनी लगाम ढीली कर दी और बच्चों की तरह बिलख-बिलखकर रोने लगा। वह अपनी निःसहायता पर रोता था, अपने भयावने एकाकीपन पर, लोगों की निर्दयता पर, भगवान की निर्दयता पर, और इसलिए भी कि भगवान का अस्तित्व नहीं था।

'तुमने यह सब क्यों रचा? क्यों तुमने मुझे संसार में भेज दिया? मैंने कौन-सा पाप किया था जिसकी तुम मुझे इतनी कड़ी सज़ा दे रहे हो?'

उसे किसी उत्तर की आशा न थी। इसका उत्तर था भी कोई नहीं, हो भी नहीं सकता था। इसी कारण वह रो भी रहा था। दर्द फिर शुरू हो गया; परन्तु इवान इल्यीच हिला-डुला नहीं, न ही किसीको बुलाया। उसने केवल मन ही मन इतना-भर कहा, 'ठीक है, मारो, और ज़ोर से मारो! पर किसलिए मारते हो? मैंने तुम्हारा क्या बिगाड़ा है?'

फिर वह चुप हो गया। उसने रोना बन्द कर दिया। सांस तक लेना बन्द कर दिया और बड़े ध्यान से कान लगाए सुनने लगा। उसे जान पड़ा जैसे वह किसी मनुष्य की नहीं, अन्तःकरण की आवाज़ सुन रहा है, अपने विचार-प्रवाह को सुन रहा है।

'तुम चाहते क्या हो?' यह था पहला विचार जो काफी स्पष्टता से उसके मन में शब्दबद्ध हो पाया। 'तुम क्या चाहते हो? तुम क्या चाहते हो?' उसने दोहराकर अपने से पूछा। 'मैं दुःख भोगना नहीं चाहता। जीना चाहता हूं,' उसने उत्तर दिया।

एक बार फिर वह बड़े ध्यान से सुनने की चेष्टा करने लगा, यहां तक कि उसका दर्द भी उसे विचलित नहीं कर पाया।

'जीना? कैसे जीना चाहते हो?' उसके अन्तर्तम से आवाज़ आई।

'जैसे पहले जीता था, एक शिष्ट, सुखी जीवन।'

'क्या सचमुच तुम्हारा जीवन पहले बहुत शिष्ट और सुखी था?' आवाज़ आई। और वह मन ही मन अपने सुखी जीवन की सर्वोत्तम घड़ियों को याद करने लगा। पर, उसे यह देखकर अचम्भा हुआ कि

सुखी जीवन की वे सभी घड़ियां अब वैसी नहीं लगती थीं, जैसी कि वह समझता आया था। हां, बचपन की सबसे पहली स्मृतियां अब भी सुखद लगती थीं। उसके बचपन के बहुत-से दिन सचमुच बड़े प्यारे थे, लगता जैसे उन दिनों जीवन में कोई प्रयोजन था। काश, कि वे दिन फिर लौट आते! वह व्यक्ति अब कहां था जिसने उस सुखद जीवन का रस लिया था? इवान इल्यीच को लगा, जैसे वह किसी अन्य व्यक्ति की स्मृतियों को जगा रहा है।

फिर वे स्मृतियां सामने आने लगीं जिनका नायक आज का इवान इल्यीच था। इवान इल्यीच के एकाग्र मन को वे सब बातें निरर्थक और घृणित जान पड़ने लगीं जो किसी समय आह्लादपूर्ण लगा करती थीं।

ज्यों-ज्यों वह अपने बचपन के बाद, वर्तमान के निकट आता जाता, उसे अपना सुख निरर्थक और संदिग्ध लगने लगा। इसकी शुरुआत न्याय-विद्यालय से हुई। कुछेक बातों में वहां के अनुभव अच्छे भी थे, वहां हंसी-खेल था, मैत्री थी, जीवन में आशा थी। पर ज्यों-ज्यों वह ऊपर की कक्षाओं में पहुंचता गया त्यों-त्यों ये सुख विरल होते गए। उसके बाद उसकी नौकरी शुरू हुई। शुरू-शुरू के दिनों में, जब वह गवर्नर का सेकेट्री था, तब भी उसे कुछेक अच्छी बातों का अनुभव हुआ। उनमें से अधिकांश का सम्बन्ध प्रेम से था। फिर क्रमशः उसका जीवन असम्बद्ध होता गया और अच्छी चीज़ें और भी कम होती गईं। उसके बाद अच्छाई और भी कम होती गई। जितना ही वह नौकरी में आगे बढ़ता जाता उतनी ही अच्छाई कम होती जाती।

फिर उसकी आंखों के सामने उसके विवाह का चित्र घूम गया। उसकी शादी बहुत ही अचानक हो गई थी। फिर उसका भ्रमजाल टूटा। उसे अपनी पत्नी के श्वास की गन्ध याद हो आई, वह कामान्धता, और फिर वह बनावटीपन! वह नीरस धन्धा—पैसे की चिन्ता, वर्ष प्रति-वर्ष चलनेवाली चिन्ता। एक वर्ष, फिर दूसरा, तीसरा, दस साल, बीस साल, बिना किसी परिवर्तन के। जितनी ही अधिक यह चिन्ता होती, उतना ही अधिक जीवन नीरस होता जाता। 'मानो मैं सारा वक्त नीचे ही नीचे जा रहा हूं, जहां मैं यह समझे बैठा था कि मैं ऊपर ही ऊपर उठ रहा हूं। ठीक है, ऐसा ही था। मेरे मित्र भी यही कहते थे कि मैं ऊंचा उठ रहा हूं, परन्तु वास्तव में स्वयं जीवन ही मेरे पांव तले भरभराता जा रहा था। और आज मैं मौत के किनारे आ पहुंचा हूं।

'यह सब क्या हो रहा है? क्यों हो रहा है? विश्वास नहीं होता। विश्वास नहीं होता कि मेरा जीवन इतना निरर्थक और घृणित था। पर यदि मान भी लें कि वह घृणित और निरर्थक था, तो मैं मर क्यों रहा हूं, इतनी कठोर यन्त्रणा में क्यों मर रहा हूं? कहीं कोई भूल हुई हैं।

'शायद मैंने अपना जीवन उस ढंग से व्यतीत नहीं किया जैसे कि करना चाहिए था,' उसके मन में विचार उठा। 'पर यह कैसे हो सकता है कि मैंने अपना जीवन ठीक तरह से न बिताया हो? मैं हर बात उसी तरह करता था जैसे कि करनी चाहिए थी,' उसने मन ही मन जवाब दिया। फिर फौरन इस उत्तर को मन में से निकाल दिया। जीवन और मृत्यु के समूचे प्रश्न का उत्तर दे पाना उसे असम्भव लग रहा था।

'अब तुम क्या चाहते हो? जीना? किस भांति जीना चाहते हो? मानो तुम अदालत में हो, और अदालत का परिचायक चिल्लाए जा रहा है—जज साहिबान तशरीफ ला रहे हैं!—जज आ रहा है, जज आ रहा है!' उसने मन ही मन दोहराकर कहा, 'वह आ पहुंचा, जज आ गया! पर इसमें मेरा दोष नहीं है!' उसने क्रोध से चिल्लाकर कहा, 'मेरा क्या दोष है?' उसने रोना बन्द कर दिया, और मुंह दीवार की ओर करके एक ही बात बार-बार सोचने लगा, 'क्यों, किस कारण मुझे यह भयानक यन्त्रणा सहनी पड़ रही है?'

परन्तु चाहे जितना ही वह विचार करे, उसे कोई उत्तर नहीं मिल पाता था। जब भी उसके मन में यह विचार उठता (और ऐसा अक्सर होता था) कि उसने उस भांति जीवन व्यतीत नहीं किया जैसे कि उसे करना चाहिए था, तो वह फौरन इस असंगत विचार को अपने मन से निकाल देता, यह कहकर कि उसने सर्वथा उचित ढंग से अपना जीवन व्यतीत किया है।

10

दो सप्ताह और बीत गए। इवान इल्यीच अब सोफे पर ही पड़ा रहता था। सोफे पर इसलिए पड़ा रहता था कि वह बिस्तर पर नहीं लेटना चाहता था। अधिकांश समय दीवार की ओर मुंह किए लेटे रहता, और अकेले छटपटाता रहता। उसकी यन्त्रणा का वर्णन नहीं किया जा सकता। अकेले ही पड़े-पड़े वह इन जटिल प्रश्नों का उत्तर भी ढूंढ़ा

करता, 'यह क्या है? क्या सचमुच यह मौत है?' और कोई आन्तरिक आवाज़ उत्तर देती, 'हां, यह सचमुच मौत है।' 'फिर यह यन्त्रणा क्यों?' जवाब आता, 'कोई कारण नहीं।' बस, यहीं तक यह बात पहुंच पाती। इसके अतिरिक्त कोई उत्तर न मिलता।

जब से यह बीमारी शुरू हुई थी, और वह पहली बार डाक्टर के पास गया था, इवान इल्यीच का जीवन दो परस्पर-विरोधी मनःस्थितियों में बंट गया था, जो बारी-बारी से आती रहती थीं। एक थी निराशा की स्थिति, इस पूर्वाभास की कि भयानक, अगम्य मृत्यु निकट आ रही है; दूसरी थी आशा की, जिसकी प्रेरणा से वह अपने शरीर की क्रियाओं का बड़े ध्यान के साथ निरीक्षण करता रहता। एक समय उसकी नज़र के सामने अपना गुर्दा या अन्धान्त्र होता और वह सोचता कि यह कुछ देर के लिए अपना काम ठीक तरह से नहीं कर रहा है; दूसरा वक्त होता जब उसे मौत के सिवाय कुछ भी नज़र नहीं आता था जो भयानक और अथाह थी जिससे छुटकारा पाने का कोई उपाय न था।

बीमारी के शुरू के दिनों से ही ये दो मनःस्थितियां चल रही थीं। पर ज्यों-ज्यों उसकी बीमारी बढ़ती गई, उसके गुर्दों और अन्धान्त्र के सम्बन्ध में अनुमान अधिकाधिक काल्पनिक और असम्भव होते गए, परन्तु आनेवाली मौत की चेतना अधिकाधिक स्पष्ट होने लगी।

इतना याद-भर करने से ही कि उसकी हालत तीन महीने पहले क्या थी और अब क्या है, किस तरह क्रमशः वह नीचे ही नीचे उतरता चला गया है, आशा की सम्भावना तक मिट जाती थी।

इस एकाकीपन में, अपने जीवन के अन्तिम दिनों में, वह सारा वक्त दीवार की ओर मुंह किए लेटा रहता, और केवल अपने अतीत के बारे में सोचा करता। इस आबाद शहर में, जहां इतने मित्र और सम्बंधी रहते थे, वह बिल्कुल अकेला था। यदि वह समुद्र के तल पर पड़ा होता तो भी वह इतना अकेला न होता। एक एक करके बीते दिनों के चित्र उसके सामने उभरने लगते। उनका आरम्भ तो सदा हाल ही की किसी घटना से होता, पर फिर वे दूर अतीत में चले जाते, उसके बचपन में, और वहां बड़ी देर तक मंडराते रहते। कभी उसे सूखे आलूबुखारे याद हो आते जो उसे एक दिन खाने को दिए गए थे। इसपर अवश्य उसे बचपन के पिचपिचे आलूबुखारों की याद हो आती, उनका विशेष स्वाद मुंह

में आ जाता, वह लार याद आ जाती जो आलूबुखारों की गुठलियां चूसते समय मुंह में से निकला करती थी। इस स्वाद को याद करके, एक के बाद एक उस समय की स्मृतियों का एक तांता-सा लग जाता : धाय, भाई, खिलौने इत्यादि। 'मुझे उनके बारे में नहीं सोचना चाहिए''' इससे दिल में दर्द उठता है जिसे मैं सह नहीं सकता, इवान इल्यीच मन ही मन कहता और अपने विचारों को वर्तमान में खींच लाता। वह सोफे को पीठ पर लगे बटन और सोफे के बढ़िया चमड़े में पड़ी सिलवट के बारे में सोचने लगता। 'यह चमड़ा महंगा है परन्तु टिकाऊ नहीं। इसे खरीदते वक्त पत्नी के साथ मेरा झगड़ा हुआ था। जब हमने पिताजी के बैग का चमड़ा उधेड़ा था, तो वह चमड़ा दूसरी किस्म का था। तब हमें दण्ड दिया गया था, और मां हमारे लिए पेस्ट्रियां लाई थीं। जो झगड़ा उसपर उठा था, वह भी दूसरी किस्म का था।' एक बार फिर उसके विचार बचपन की ओर भागते। उनके कारण मन दुःखी होता, और वह किसी दूसरी बात पर ध्यान लगाकर उन्हें मन में से निकालने की कोशिश करता।

परन्तु उसी समय अन्य स्मृतियां मन में उठने लगीं। उस समय भी उसे भास होने लगता कि अपने अतीत में जितना ही वह दूर जाता है, उतना ही अधिक ज़िन्दगी बदतर होती जाती है। उस समय जीवन में अधिक अच्छाई और ओज था। अच्छाई और ओज दोनों एक रूप थे। 'जिस भांति मेरी यन्त्रणा बढ़ती जा रही है, उसी भांति मेरा समूचा जीवन बद से बदतर होता चला गया है। एक ही सुहावना काल था और वह जीवन के आरम्भ में। उसके बाद जीवन की हर चीज़ पर अधिकाधिक कालिमा छाती गई, और वह कालिमा अधिकाधिक गहरी होती गई। जितनी दूरी अब मुझे मौत से अलग किए हुए है, उसके प्रतिलोमानुपात में''' इवान इल्यीच सोचता रहा। और उसके मन में एक पत्थर का चित्र कौंध गया जो बढ़ते वेग से गिर रहा था। जीवन क्या है, निरन्तर बढ़ते हुए दुःखों का एक तांता, जो तीव्रतर गति से अपने गन्तव्य की ओर बढ़ता चला जा रहा है। और यह गन्तव्य क्या है? घोरतम क्लेश। 'मैं गिर रहा हूं''' वह चौंका, उसने इसका मुकाबला करने और अपने हाथ-पांव हिलाने की कोशिश की, परन्तु वह अब जान गया था कि मुकाबला करना असम्भव है। उन विचारों से थककर, वह फिर सोफे की पीठ पर टकटकी बांधे देखने लगा—वह अपने सामने से उस

चीज़ को हटा नहीं सकता था जो अपना कराल रूप लिए उसके सामने खड़ी थी। वह इन्तज़ार करने लगा कि कब वह गिरेगा, कब उसे वह आखिरी धक्का लगेगा, कब वह नष्ट हो जाएगा। 'मुकाबला करना असम्भव है,' उसने मन ही मन कहा। 'काश कि मुझे इसका कारण मालूम हो पाता! पर यह भी असम्भव है। यदि मेरे जीवन-व्यवहार में कोई अनुचित बात रही हो तो इसका कुछ मतलब हो सकता है। पर यह मानना असम्भव है।' और उसे अपने जीवन की नेकी, शिष्टता, और औचित्य याद हो आया। 'मैं यह नहीं मान सकता,' उसने मुसकराकर होंठ खोलते हुए, मन ही मन कहा, मानो उसकी मुस्कान देखकर कोई धोखे में आ जाएगा। 'इसका कोई मतलब नहीं! यन्त्रणा। मृत्यु। क्यों?'

11

इसी तरह पन्द्रह दिन और बीत गए। इस बीच वह घटना घट गई जिसका उसे और उसकी पत्नी को इन्तज़ार था। पेत्रोविच ने शादी का प्रस्ताव रखा। यह एक दिन सायंकाल की बात है। दूसरे दिन प्रातः प्रस्कोव्या फ्योदोरोव्ना अपने पति के कमरे में आई। वह मन ही मन सोच रही थी कि किस भांति यह प्रस्ताव उसके सामने रखे। उस रात इवान इल्यीच की हालत और भी बिगड़ गई थी। जब प्रस्कोव्या फ्योदोरोव्ना कमरे में पहुंची तो वह उसी सोफे पर लेटा हुआ था, पर दूसरे ढंग से। वह पीठ के बल लेटा हुआ था और कराहे जा रहा था। उसकी आंखें एकटक सामने देख रही थीं।

उसकी पत्नी ने दवाई के बारे में कुछ कहना शुरू किया। वह घूमकर उसकी ओर देखने लगा। उसे उसकी आंखों में अपने प्रति इतनी गहरी घृणा नजर आई कि वह अपना वाक्य भी पूरा नहीं कर पाई, और चुप हो गई।

"भगवान के लिए मुझे चैन से मरने दो," वह बोला।

वह बाहर जाने को हुई, परन्तु उसी वक्त उनकी बेटी अन्दर आ गई और अभिवादन के लिए उसके पास गई। उसने बेटी की ओर भी वैसी ही नज़र से देखा। जब बेटी ने पूछा कि तबीयत कैसी है तो बड़ी रुखाई के साथ बोला कि जल्दी ही तुम लोगों को मुझसे छुटकारा मिल जाएगा। दोनों चुप हो गई, और थोड़ी देर तक बैठी रहीं। फिर उठकर

चली गईं।

"इसमें हमारा क्या दोष है?" लीज़ा ने अपनी मां से कहा। "बात तो ऐसी करते हैं, मानो सब हमारा कसूर हो। मुझे पापा की हालत पर रहम आता है, पर वह हमें क्यों इतना दुःखी करते हैं?"

रोज़ की तरह आज भी डाक्टर ऐन वक्त पर आया। इवान इल्यीच ने उसी तरह घूरते हुए उसे 'हां' और 'न' में जवाब दिए। अंत में कहने लगा :

"तुम अच्छी तरह जानते हो कि अब कुछ नहीं हो सकता। मुझे छोड़ दो।"

"हम तुम्हारी यन्त्रणा को तो कम कर सकते हैं।"

"नहीं, तुम वह भी नहीं कर सकते। मुझे छोड़ दो।"

डाक्टर बैठक में चला गया और जाकर प्रस्कोव्या फ्योदोरोव्ना को बताया कि इवान इल्यीच की हालत बहुत खराब है। वह इस वक्त घोर पीड़ा में है। उसकी पीड़ा कम करने का एक ही साधन है कि उसे अफीम दी जाए।

डाक्टर ने ठीक कहा था। इवान इल्यीच का शरीर इस समय घोर यन्त्रणा भोग रहा था। पर शारीरिक यातना से भी बढ़कर उसकी यातना नैतिक थी। और वास्तव में यही उसके दुःख का कारण थी।

उस रात वह गेरासिम के उनींदे, हंसमुख, चौड़े चेहरे की ओर देखे जा रहा था। उसके मन में विचार उठा, 'क्या मालूम, यह बात ठीक हो कि मैंने अपना जीवन, अपना वयस्क जीवन, उस भांति व्यतीत नहीं किया जैसे कि करना चाहिए था?' इसी विचार से उसकी नैतिक यन्त्रणा शुरू हुई थी।

यह विचार उसके मन में कौंध गया। क्या मालूम यह ठीक ही हो। उसे यह बात सर्वथा असम्भव जान पड़ती थी (कि उसका जीवन उचित ढंग से नहीं गुज़रा)। उसके मन में यह विचार बार-बार उठने लगा, 'ऊंचे रुतबेवाले लोगों की रुचियों तथा धारणाओं के विपरीत जो भावनाएं मेरे मन में उठा करती थीं, और जिन्हें मैं दबा दिया करता था, वे कोमल, सूक्ष्म भावनाएं जिनके अस्तित्व का ठीक तरह से पता भी न चलता था, क्या वही सच हों, और बाकी सब सच्चाई से दूर की बातें हों? मेरा सरकारी काम, मेरे रहन-सहन का ढंग, मेरा परिवार, मेरी सामाजिक तथा व्यावसायिक रुचियां—ये सभी उस सच्चाई से दूर हो

सकती हैं।' उसने इन चीज़ों का पक्ष लेने की कोशिश की, परन्तु सहसा ही उसे इनकी निरर्थकता का बोध हुआ। पक्ष लेने के लिए था ही क्या?

'यदि यह बात है,' उसने मन ही मन कहा, 'और मैं इस जानकारी के साथ जीवन छोड़े जा रहा हूं कि जो कुछ मुझे मिला था मैंने सब लुटा दिया, और अब कुछ भी नहीं हो सकता, वक्त हाथ से निकल गया है—तो फिर क्या होगा?' वह पीठ के बल पड़ रहा और एक बिल्कुल ही पृथक् दृष्टिकोण से अपने जीवन का विश्लेषण करने लगा। जब आज प्रातः उसने पहले चोबदार को, फिर पत्नी को, फिर बेटी, और अन्त को डाक्टर को देखा, तो उन लोगों के प्रत्येक शब्द से, एक-एक हरकत से उस सत्य का समर्थन हो रहा था, जो गत रात उसपर प्रकट हुआ था। उनमें उसने अपने को देखा, उसे वे सब तत्त्व नज़र आए जिनसे उसका जीवन बना था, और उसे स्पष्ट नज़र आने लगा कि ये सब वास्तविक सत्य से दूर की चीज़ें थीं, कि यह सब एक बहुत बड़ा और भयंकर धोखा था, जो उससे जीवन तथा मृत्यु के सत्य को छिपाता रहा था। इस ज्ञान से उसकी शारीरिक यन्त्रणा और भी बढ़ गई, दस गुना अधिक बढ़ गई। वह कराहता, छटपटाता और मुट्ठियों में अपने कपड़े भींचता रहा। उसे जान पड़ता जैसे उसके कपड़े उसे रुंध रहे है, उसका गला घोंट रहे हैं। इसलिए वह उनसे नफरत करने लगा था।

उसे अफीम की बहुत बड़ी खुराक दी गई। वह सब कुछ भूल गया, पर भोजन के समय यही क्रिया फिर शुरू हो गई। उसने सबको कमरे में से बाहर निकाल दिया और बिस्तर पर छटपटाने लगा।

उसकी पत्नी अन्दर आई और बोली :

"प्यारे जीन, एक काम करो, मेरी खातिर।" (मेरी खातिर?) "इससे तुम्हें कोई नुकसान नहीं पहुंच सकता। अक्सर लोगों को इससे लाभ पहुंचता है। तुम्हें कोई कष्ट नहीं करना पड़ेगा। कई बार भले-चंगे लोग भी···"

वह आंखें फाड़े उसकी ओर देखने लगा।

"क्या? धार्मिक अनुष्ठान करा लूं? क्यों? मैं नहीं कराना चाहता। और अभी तो···"

वह रोने लगी।

"नहीं करवाओगे, प्रिय? मैं अभी पादरी को बुला भेज़ती हूं। वह बहुत भला आदमी है।"

"अच्छी बात है," उसने कहा। उसके सामने अपने पापों का स्वीकार करते हुए इवान इल्यीच का दिल द्रवित हो उठा, उसकी शंकाएं मिटती-सी जान पड़ीं। इससे उसकी यातना भी कम हुई, और क्षण-भर के लिए उसकी आशा फिर जाग उठी। वह फिर अपने अन्धान्त्र के बारे में सोचने लगा। सम्भव है, उसका इलाज हो जाए। धार्मिक अनुष्ठान कराते समय उसकी आंखों में आंसू भर आए।

अनुष्ठान के बाद उन्होंने उसे लिटा दिया। कुछ देर के लिए उसे ऐसा महसूस हुआ जैसे वह पहले से बेहतर हो गया है। उसका दिल फिर एक बार स्वस्थ हो जाने की आशा से भर उठा। उसे उस ऑपरेशन की याद हो आई जो डाक्टर ने एक बार करने को कहा था। 'मैं ज़िन्दा गहना चाहता हूं, मरना नहीं चाहता,' उसने मन ही मन कहा। उसकी पत्नी उसे मुबारक देने आई, उसने वही बातें कहीं जो रोज़ कहती थी, फिर बोली :

"तुम्हारी तबीयत पहले से बेहतर है न, प्यारे जीन?"

"हां," उसने बिना उसकी ओर देखे जवाब दिया।

उसके कपड़े, उसकी काया, उसके चेहरे का भाव, उसका स्वर—सभी कह रहे थे—'यह सब सत्य से बहुत दूर है। जो कुछ भी अभी तक तुम्हारे जीवन का अंग रहा है, या है, वह सब झूठ है, धोखा है, तुमसे जीवन और मरण के सत्य को छिपाता रहा है।' ज्योंही उसे यह ख्याल आता, उसी समय उसका हृदय घृणा से भर उठता, और घृणा के साथ घोर पीड़ा शरीर को चीरने लगती, और पीड़ा के साथ उसे अपनी अनिवार्य तथा आसन्न मृत्यु का ध्यान हो आता। शरीर नई-नई बातें महसूस करने लगा। उसके अन्दर कोई चीज़ मुड़ने और टूटने लगी और उसका दम घोंटने लगी।

जब उसने अपने मुंह से 'हां' शब्द निकाला तो उसके चेहरे का भाव अत्यन्त डरावना था। उसकी आंखों में देखते हुए उसने 'हां' कहा और फिर औंधा पड़ गया। जिस तरह झटके से वह लेटा, उसे देखकर कोई भी आदमी हैरान रह जाता कि इतने कमज़ोर आदमी में इतनी ताकत कहां से आ गई। लेटते ही वह चिल्लाया :

"जाओ! चली जाओ! निकल जाओ यहां से!"

12

इसके बाद तीन दिन तक निरन्तर वह चीखता-चिल्लाता रहा। उसकी चिल्लाहट दो कमरों से आगे तक सुनाई देती थी और सुनने वाले कांप उठते थे। जिस घड़ी उसने अपनी पत्नी के सवाल का जवाब दिया, उस घड़ी उसने समझ लिया था कि सब खेल खत्म हो चुका है, कोई आशा नहीं रह गई, अन्त आ पहुंचा है और उसकी सभी शंकाएं, बस शंकाएं ही बनी रह जाएंगी, और उनका समाधान कभी नहीं हो पाएगा।

"ओह! ओह! ओह!" वह भिन्न-भिन्न स्वरों में चीखता। शुरू-शुरू में वह चिल्ला उठता: "मैं...नहीं चा...ह...ता!" और उसके बाद केवल 'ओह, ओह!' चिल्लाहट सुनाई देती।

इन तीन दिनों में उसे महसूस होता रहा जैसे समय की गति थम गई है, और वह उस काले बोरे के विरुद्ध संघर्ष कर रहा है, जिसमें कोई अदृश्य तथा अदम्य शक्ति उसे घुसेड़े जा रही है। वह उस व्यक्ति की भांति छटपटाता रहा, जिसे फांसी की सजा मिल चुकी हो, और यह जानते हुए कि बचाव का कोई रास्ता नहीं, वह जल्लाद की बांहों में छटपटाने लगे। वह जानता था कि प्रतिक्षण, इस तीव्र संघर्ष के बावजूद, वह उस भयावह चीज़ के निकटतर होता जा रहा है। वह सोचता था कि उसकी इस यन्त्रणा का कारण यह है कि उसे ज़बरदस्ती उस काली बोरी में घुसेड़ा जा रहा है, पर इससे भी अधिक इसलिए कि उसमें रेंगकर उसके अन्दर जाने की शक्ति नहीं है। यह विश्वास कि उसने अपना जीवन उचित ढंग से व्यतीत किया है, उसे रेंगकर अन्दर जाने से रोक रहा था। अपने जीवन का इस तरह पक्ष लेना उसकी प्रगति में बाधक बना हुआ था। इस कारण उसकी यन्त्रणा और भी बढ़ गई थी।

सहसा किसी शक्ति ने उसकी छाती और कमर में घूंसा मारा, जिससे उसका सांस टूट गया और वह सीधा उस सूराख के अन्दर चला गया। सूराख के पेंदे में उसे थोड़ी-सी टिमटिमाती रोशनी दिखाई दी। उसे उस समय वैसे ही महसूस हुआ जैसे एक बार रेलगाड़ी में बैठे-बैठे हुआ था। उसे लगा था जैसे गाड़ी आगे बढ़ी जा रही है, जबकि दर-असल वह पीछे की ओर जा रही थी। फिर सहसा उसे वास्तविक

दिशा का बोध हुआ था।

'मैंने अपना जीवन उस ढंग से व्यतीत नहीं किया जैसे कि करना चाहिए था,' उसने मन ही मन कहा। 'पर कोई बात नहीं। अब भी वक्त है, मैं इसीको सच्चा बना सकता हूं। पर सत्य है क्या?' उसने अपने-आपसे पूछा, और सहसा चुप हो गया।

यह बात तीसरे दिन की अन्तिम घड़ियों में, उसके मरने से एक घण्टा पहले हुई। ऐन उसी वक्त उसका बेटा धीरे-धीरे उसके कमरे में आया और अपने पिता के बिस्तर के पास खड़ा हो गया। मरणासन्न व्यक्ति अब भी चीख-चिल्ला रहा था और बांहें पटक रहा था। एक हाथ बेटे के सिर को भी जा लगा। बेटे ने उसे पकड़ लिया, और अपने होंठों से लगा लिया, और रोने लगा।

ऐन इसी वक्त वह उस सूराख के अन्दर घुसा था और उसे वह रोशनी दिखाई दी थी। उसी समय उसपर यह सत्य प्रकट हुआ था कि उसका जीवन उस भांति नहीं बीत पाया जैसे कि बीतना चाहिए था, कि अब भी वह उसका सुधार कर सकता है। 'सच्चा जीवन क्या है?' उसने अपने-आपसे पूछा, और चुप होकर सुनने लगा। उस समय उसे इस बात का बोध हुआ कि कोई उसका हाथ चूम रहा है। उसने आंखें खोलीं और अपने बेटे की ओर देखा। उसका दिल उसके प्रति द्रवित हो उठा। उसकी पत्नी अन्दर आई। इवान इल्यीच ने एक नज़र पत्नी की ओर डाली। उसका मुंह खुला था और वह एकटक उसे देखे जा रही थी—नाक और गालों पर आंसू बह रहे थे जिन्हें पोंछा नहीं गया था। चेहरे पर निराशा का भाव था। उसका दिल पत्नी के प्रति भी अनुकम्पा से भर उठा।

'मैं इन्हें सता रहा हूं,' उसने सोचा, 'उन्हें मेरे कारण दुःख हो रहा है। मेरे चले जाने के बाद उनके लिए स्थिति बेहतर हो जाएगी।' यह बात वह उन्हें कह देना चाहता था, पर कहने की उसमें शक्ति नहीं थी। 'पर कहने से क्या लाभ, मुझे कुछ करना चाहिए,' उसने सोचा। उसने पत्नी की ओर देखा और बेटे की ओर आंख का इशारा किया।

'इसे ले जाओ...बेचारा...और तुम भी,' उसने कहा। साथ ही वह कहना चाहता था, 'मुझे माफ कर दो,' परन्तु उसके होंठों से निकला 'मुझे भूल जाओ'। पर गलती सुधारने की उसमें ताकत नहीं थी। उसने केवल हाथ हिला दिया, इस ख्याल से कि जिसे समझना है,

यह उसका अर्थ समझ लेगा।

और शीघ्र ही उसपर यह बात स्पष्ट हो गई कि हर वह चीज़ जो उसे यन्त्रणा पहुंचा रही थी, और जिसे वह अपने पर से हटा नहीं पा रहा था, अब अपने आप गिर रही है, दोनों तरफ से गिर रहीं है, पसियों तरफ से, सभी तरफ से गिर रही है। उनके प्रति उसका दिल भर आया। वह सोचने लगा कि उनके दर्द को दूर करने के लिए उसे जरूर कुछ करना चाहिए। इस यन्त्रणा से अपने को और उनको मुक्ति दिलानी होगी। 'यह कितनी अच्छी बात है, कितनी सरल!' उसने सोचा! 'और यह दर्द?' उसने अपने-आपसे पूछा, 'इसे मैं कैसे दूर करूं? हे दर्द, कहां हो तुम?'

वह दर्द को ढूंढ़ने लगा।

'हां, यह रहा, पर इसकी क्या चिन्ता, रहने दो इसे।'

'और मौत! मौत कहां है?'

वह मौत के भय को खोजने लगा जिसका वह अभ्यस्त हो चुका था। वह उसे मिली नहीं। मौत कहां गई? मौत है क्या चीज़? चूंकि मौत नहीं रही, इसलिए मौत का भय भी नहीं रहा।

मौत के स्थान पर अब वहां पर रोशनी थी।

"तो यह बात है!" सहसा वह ऊंची आवाज़ में बोल उठा, "अहा, क्या ही सुख है!"

यह सब क्षण-भर में हो गया, पर इस क्षण का महत्त्व चिरन्तन था। आसपास खड़े लोगों के लिए उसकी मृत्यु-यातना और दो घण्टे तक रही। उसके गले में घरघराहट होती रही, उसका दुर्बल शरीर बार-बार सिकुड़ता रहा। पर धीरे-धीरे वह घरघराहट बन्द हो गई।

'बस, समाप्त!' किसीने कहा।

उसने ये शब्द सुने और अपने अन्तर्तम में इन्हें दोहराया! 'मृत्यु समाप्त हो गई,' उसने मन ही मन कहा, 'अब मृत्यु नहीं रही।'

उसने एक लम्बी सांस खींची, जो बीच में ही टूट गई, अपने अंग फैलाए और मर गया।

नाच के बाद

"आपका कहना है कि मनुष्य अच्छे-बुरे का निर्णय स्वतन्त्र रूप से नहीं कर सकता, सब कुछ परिस्थितियों पर निर्भर करता है। आप कहते हैं कि मनुष्य जो कुछ भी बनता है, परिस्थितियों के हाथों बनता है। मैं यह नहीं मानता। मैं समझता हूं कि सब संयोग का खेल है। कम से कम अपने बारे में तो मुझे यही लगता है···"

हमारे बीच बहस चल रही थी। बहस का विषय था परिस्थितियों को बदलने की आवश्यकता। कहा गया कि मनुष्य के चरित्र को सुधारने से पहले जीवन की परिस्थितियों में सुधार करना ज़रूरी है। बहस के खात्मे पर ये शब्द हमारे दोस्त इवान वसील्येविच ने कहे। हम सब उनका बड़ा मान करते हैं। सच तो यह है कि बहस के सिलसिले में किसी-ने भी यह नहीं कहा कि अच्छे और बुरे का निर्णय स्वतन्त्र रूप से नहीं हो सकता है। पर इवान वसील्येविच की आदत है कि बहस की गरमागरमी में जो सवाल उनके अपने मन में उठते हैं, वह उन्हींके जवाब देने लगते हैं और उन्हीं विचारों से सम्बन्धित अपने जीवन के अनुभव सुनाने लगते हैं। किसी घटना की चर्चा करते समय अक्सर वह इस तरह खो जाते हैं कि उन्हें चर्चा के उद्देश्य का भी ध्यान नहीं रहता। बातें वह सदा बड़े उत्साह और सच्चाई से सुनाते हैं। इस बार भी वही कुछ हुआ।

"कम से कम अपने बारे में तो यही कहूंगा। मेरे जीवन को ढालने में परिस्थितियों का हाथ नहीं रहा, किसी दूसरी ही चीज़ का हाथ रहा।"

"किस चीज़ का?" हमने पूछा।

"यह एक लम्बी दास्तान है। अगर आप यह समझना चाहेंगे तो मुझे कहानी शुरू से आखिर तक सुनानी पड़ेगी।"

"तो सुनाइए न।"

इवान वसील्येविच ने क्षण-भर सोचकर सिर हिलाया।

"ठीक है, वह कहने लगे, "मेरे सारे जीवन का रुख एक रात-भर में, या यों कहें एक सुबह-भर में ही बदल गया।"

"क्यों, क्या हुआ?"

"हुआ यह कि मैं किसी लड़की से प्रेम करने लगा था। इससे पहले भी मैं कई बार प्यार कर चुका था, पर रंग इतना गाढ़ा कभी न हुआ था। इस बात को काफी मुद्दत हुई है, अब तो उस बेटियों तक की भी शादियां हो चुकी हैं। उसका नाम था ब०, वरेन्का ब०।" इवान वसील्येविच ने उसका पूरा नाम बताया। "आज पच्चास बरस की उम्र में भी वह देखते ही बनती है, पर उस समय तो वह केवल अठारह वर्ष की थी और कहर ढाती थी, ऊंचा-लम्बा, सांचे में ढला-सा, छरहरा बदन, गर्वीला, हां गर्वीला! वह सदा इस तरह सीधे तनी रहती मानो झुकना उसके लिए असंभव हो। उसका सिर ज़रा-सा पीछे की ओर झुका रहता। सामने खड़ी होती तो शानदार कद और सलोने चेहरे के कारण रानी-सी लगती। वैसे वह ऐसी दुबली-पतली थी कि उसकी हड्डी-हड्डी नजर आती थी। उसको रोबीली चाल-ढाल से डर लगता, पर उसके होंठों पर हर वक्त लुभावती, मधुर मुस्कान खेलती रहती। उसकी आंखें बेहद खूबसूरत थीं, हर वक्त दमकती रहतीं। जवानी जैसी उमड़ी पड़ी थी। अदम्य आकर्षण था उस लड़की में।"

"इवान वसील्येविच तो सचमुच कविता करने लगे हैं, कविता।"

"मैं चाहे जितनी भी कविता करूं पर उसका सौन्दर्य उसमें बांध नहीं सकता। खैर, यह एक दूसरी बात है। इसका मेरी कहानी से कोई सम्बन्ध नहीं। जिन घटनाओं का मैं ज़िक्र करने जा रहा हूं, वे सन् 40 के आसपास घटीं। उस समय मैं एक प्रान्तीय विश्वविद्यालय में पढ़ता था। मैं नहीं जानता कि बात अच्छी थी या बुरी पर जो बहस-मुबाहिसे और गोष्ठियां आजकल होती हैं, वे उन दिनों हमारे विश्वविद्यालय में नहीं होती थीं। हम जवान थे और जवानों की तरह रहते थे—पढ़ते-पढ़ाते और जीवन का रस लूटते। मैं उन दिनों बड़ा हंसोड़ और हट्टा-कट्टा युवक था। इसपर तुर्रा यह कि अमीर भी था। मेरे पास एक बढ़िया घोड़ा था। मैं लड़कियों के साथ बर्फगाड़ी में बैठकर पहाड़ों की ढलानों पर से फिसलने जाया करता था (तब स्केटिंग का फैशन नहीं चला

था)। पीने-पिलाने की पार्टियों में भी मैं अपने विद्यार्थी दोस्तों के साथ जाया करता। (उन दिनों हम शैम्पेन के अतिरिक्त और कुछ न पीते थे। अगर जेब खाली होती, तो हम कुछ भी न पीते। आजकल की तरह वोद्का तो हम छूते भी नहीं थे।) पर सबसे अधिक मुझे नाच और पार्टियां भाती थीं। मैं अच्छा नाचता था और देखने में भी बुरा न था।"

"इतनी विनय की शायद ज़रूरत नहीं, क्यों?" एक महिला ने चुटकी ली। "हम सबने आपकी उन दिनों की तसवीर देखी है। आप तो बड़े खूबसूरत जवान थे।"

"शायद रहा हूंगा, पर मेरे कहने का यह मतलब नहीं था। मेरा प्रेम नशे की हद तक जा पहुंचा। एक दिन मैं एक नाचपार्टी में गया। पार्टी का आयोजन श्रवटाइड के आखिरी दिन मार्शल ने किया था। मार्शल बड़े अच्छे स्वभाव का बूढ़ा आदमी था। अमीर था, कामिरहैर की उपाधि प्राप्त था और इस तरह की पार्टियां करने का खासा शौकीन था। उसकी पत्नी भी उतने ही अच्छे स्वभाव की थी। जब मैं उनके घर पहुंचा तो वह मेहमानों का स्वागत करने के लिए पति के साथ दरवाज़े पर खड़ी थी। मखमली गाउन पहने थी, और सिर पर हीरों की छोटी-सी जड़ाऊ टोपी लगा रखी थी। उसकी गर्दन और कन्धे गोरे और गुदगुदे थे और उनपर बढ़ती उम्र के चिह्न नज़र आने लगे थे। कन्धे उधड़े हुए थे, जैसे तस्वीरों में चित्रित महारानी येलिज़वेता पेत्रोव्ना के दिखाए जाते हैं। नाचपार्टी बहुत शानदार रही। जिस हॉल में इसका आयोजन हुआ था वह भी बड़ी सज-धजवाला था। मशहूर गवैये और साज़िन्दे मौजूद थे। वे संगीत-रसिक ज़मींदार की मिल्कियत में थे। खाने को बहुत कुछ था, और शैम्पेन की तो जैसे नदियां बह रही थीं। मैंने शराब नहीं पी—मुझे प्रेम का नशा जो था! मैं इतना नाचा, इतना नाचा कि थककर चूर हो गया। मैंने हर तरह के नाच में भाग लिया—क्वाड्रिल, वाल्ज़, और पोलोनाइज़ में। और यह कहने की ज़रूरत नहीं कि मैं सबसे अधिक वरेन्का के साथ नाचा। वह सफेद गाउन और गुलाबी रंग का कमरबन्द पहने थी। हाथों में बढ़िया चमड़े के दस्ताने थे, जो उसकी नुकीली कोहनियों तक पहुंचते थे। पांवों में साटिन के जूते पहने थी। मज़ूर्का नाच के वक्त एक अनीसिमोव नाम का कम्बख्त इंजीनियर मेरे साथ दांव खेल गया और वरेन्का के साथ नाचने लगा। इसके लिए मैंने उसे कभी माफ

नहीं किया। ज्यों ही वह हॉल के अन्दर आई, वह उसके पास जा पहुंचा और नाचने का प्रस्ताव रखा। मुझे पहुंचने में थोड़ी देर हो गई थी। मैं पहले हेयर-ड्रेसर के पास फिर दस्ताने खरीदने चला गया था। इस-लिए मज़ूर्का वरेन्का के साथ नाचने के बजाय मुझे एक जर्मन लड़की के साथ नाचना पड़ा। उससे किसी ज़माने में मेरा प्रेम रहा था। मैं सोचता हूं कि उस शाम मैं उस लड़की के साथ बहुत बेरुखी से पेश आया। मैंने न तो उससे कोई बात की और न ही उसकी तरफ देखा। मेरी आंखें तो दूसरी ही लड़की पर गड़ी थीं—वही लड़की जिसका कद ऊंचा, बदन छरहरा और नाक-नक्शा सांचे में ढला-सा था और जिसके बदन पर सफेद गाउन और गुलाबी कमरबन्द था। उसकी गालों में गड्ढे पड़ते थे। चेहरे पर उत्साह और खुशी की लाली थी। और आंखों में भोलापन और मृदुता छलकती थी। केवल मेरी ही आंखें उसपर नहीं जमी थीं, सभी उसीको निहार रहे थे। यहां तक कि स्त्रियां भी। बाकी सभी स्त्रियां उससे हेच लगती थीं। उसके सौन्दर्य से प्रभावित हुए बिना कोई नहीं रह सकता था।

"कायदे से देखा जाए तो मज़ूर्का नाव के मामले में मैं उसका जोड़ीदार नहीं था, इसपर भी ज़्यादा वक्त मैंने उसके साथ नाचने में बिताया। बिना किसी झेंप-संकोच के वह नाचती हुई सारा कमरा लांघती सीधी मेरी ओर चली आती। मैं भी बिना निमन्त्रण का इन्त-ज़ार किए, उछलकर उसके पास जा पहुंचता। वह मुस्कराती। ऐ उसके दिल की बात भांप जाता, इसके लिए वह मुस्कराकर मुझे धन्य-वाद देती। पर जब मैं और एक दूसरा पुरुष नाच में उसके पास पहुंचते और वह मेरा गुप्त नाम न बूझ पाती तो अपने दुबले-पतले कन्धे बिचका देती और अपना हाथ दूसरे पुरुष की ओर बढ़ा देती। फिर मेरी ओर देखकर हल्के-से मुस्कराती, मानो अफसोस कर रही हो और मुझे ढाढ़स बन्धा रही हो। मज़ूर्का के बाद वाल्ज़ नाच होने लगा। मैं बड़ी देर तक उसके साथ नाचता रहा। नाचते-नाचते उसकी सांस फूलने लग गई, वह मुस्कराती और धीमे से फ्रेंच में कहती, 'एक बार और!' मैं उसके साथ नाचता जाता। मुझे लगता जैसे कि मैं हवा में तैर रहा हूं। मुझे अपने शरीर का ध्यान तक न रहा।"

"जी, ध्यान तक न रहा। क्या कहते हैं! आपको खासा ध्यान रहा होगा दोस्त, जब आपने उसकी कमर में हाथ डाला होगा। आपको

अपने ही नहीं, बल्कि उसके भी शरीर का ध्यान रहा होगा," एक आदमी ने चुटकी ली।

इवान वसील्येविच का चेहरा तमतमा उठा, उसने ऊंची आवाज़ में कहा, "तुम अपने बारे में या आजकल के युवकों के बारे में सोच रहे होंगे। तुम लोग शरीर के सिवा और किसी बात के बारे में सोच ही नहीं सकते। हमारा ज़माना ऐसा नहीं था। ज्यों-ज्यों हमारा प्रेम किसी लड़की के लिए गहरा होता जाता था, हमारी नज़रों में उसका रूप एक देवी के समान निखरता जाता था। आज तुम्हें केवल टांगें और टखने और शरीर के अंग-प्रत्यंग ही नज़र आते हैं। तुम्हारी दिलचस्पी केवल अपनी प्रेमिका के नंगे शरीर में रह गई है। पर मैं, जैसे अलफांल कार्र ने लिखा है—सच मानो, वह बहुत अच्छा लेखक था—अपनी प्रेयसी को सदा कांसे के वस्त्रों में देखा करता था। उसकी नग्नता उघाड़ने के बजाय हम सदा, नोह के नेक बेटे के समान, उसे छिपाने की चेष्टा किया करते थे, पर यह बात तुम्हारी समझ में नहीं आएगी।"

"इसकी बातों की परवाह न कीजिए, आप अपनी कहिए," एक दूसरे श्रोता ने कहा।

"हां, तो मैं उसके साथ नाचता रहा, मुझे वक्त का कोई अन्दाज़ न रहा। साज़िन्दे बुरी तरह थक गए थे—आप तो जानते हैं कि नाच क खात्मे पर क्या हालत होती है—वे मज़ूर्का की ही धुन बजाते रहे थे। इस बीच वे बुज़ुर्ग जो बैठक में ताश खेलने में व्यस्त रहे थे, तथा स्त्रियां और दूसरे लोग उठ-उठकर खाने की मेज़ों की ओर जाने लगे थे। नौकर-चाकर इधर-उधर भाग-दौड़ रहे थे। तीन बजने को हुए। हम इने-गिने बाकी मिनटों का रस निचोड़ लेना चाहते थे। मैंने फिर उससे नाचने का अग्रह किया। और हम शायद सौवीं वार कमरे के एक सिरे से दूसरे सिरे तक नाचते चले गए।

"'भोजन के बाद मेरे साथ क्वाड्रिल नाचोगी न?' उसे उसकी जगह पहुंचाते हुए मैंने पूछा।

"'ज़रूर, अगर मां-बाप ने घर चलने का इरादा नहीं किया तो,' उसने मुस्कराते हुए कहा।

"'मैं उन्हें नहीं करने दूंगा,' मैंने कहा।

"'मेरा पंखा तो ज़रा देना,' वह कहने लगी।

"'मेरा दिल नहीं चाहता कि मैं यह पंखा तुम्हें लौटा दूं,' उसका

सस्ता-सा सफेद पंखा उसके हाथ में देते हुए मैंने कहा।

" 'घबराओ नहीं, यह लो,' उसने कहा और पंखे में से एक पंख तोड़कर मुझे दे दिया।

"मैंने पंख ले लिया। मेरा दिल बल्लियों उछलने लगा और रोम-रोम उसके प्रति कृतज्ञ हो उठा। मेरे मुंह से एक शब्द भी न निकला। आंखों ही आंखों से मैंने अपने दिल का भाव जताया। उस समय मैं असीम सुख और आनन्द का अनुभव कर रहा था। मेरा दिल जाने कितना बड़ा हो उठा था। मुझे लगा जैसे में पहलेवाला युवक ही नहीं रहा। मुझे अनुभव हुआ कि मैं किसी दूसरे लोक का प्राणी हूं, जो कोई पाप नहीं कर सकता, केवल नेकी ही नेकी कर सकता है।

"मैंने वह पंख अपने दस्ताने में खोंस लिया। और वहीं उसके पास खड़ा रह गया। मेरे पांव जैसे कील उठे।

" 'वह देखो, वे लोग मेरे पिताजी से नाचने का आग्रह कर रहे हैं,' उसने एक ऊंचे-लम्बे, रोबीले आदमी की तरफ इशारा करते हुए कहा। वह कर्नल की वर्दी में दरवाज़े में खड़ा था। कन्धों पर चांदी के झब्बे थे। घर की मालकिन तथा अन्य स्त्रियों ने उसे घेर रखा था।

" 'वरेन्का, इधर आओ,' घर की मालकिन ने कहा—उस महिला ने जिसके सिर पर जड़ाऊ टोपी थी और कन्धे रानी येलिज़वेता के-से थे।

"वरेन्का दरवाज़े की ओर जाने लगी तो मैं उसके पीछे हो लिया।

" 'अपने पिता से कहो, बेटी, कि तुम्हारे साथ नाचें।' फिर कर्नल की ओर घूमकर मालकिन बोली, "ज़रूर नाचो, प्योत्र व्लादिस्लाविच।'

"वरेन्का का पिता ऊंचा-लम्बा, खूबसूरत, रोबीला व्यक्ति था। उम्र काफी बड़ी थी। जान पड़ता था कि उसकी तन्दुरुस्ती का पूरा-पूरा ख्याल रखा जाता है। दमकता चेहरा, ज़ार निकोलाई प्रथम की तरह ऐंठी हुई सफेद मूछें, सफेद ही कलमें जो मूछों से जा मिली थीं। आगे की ओर कढ़े हुए बालों ने कनपटियां ढक रखी थीं। चेहरे पर लुभावनी, मधुर मुस्कराहट, जैसी बेटी के, वैसी ही बाप के। वह मुस्कराता तो उसी आंखें चमक उठतीं और होंठ खिल उठते। शरीर उसका बड़ा खूबसूरत था, फौजी अफसरों की तरह चौड़ी, आगे को उभरी हुई छाती और उसपर कुछेक तमगे, कन्धे चौड़े और टांगें लम्बी और गठी हुई। वह पुराने ढंग का फौजी अफसर था।

"हम दरवाज़े के पास पहुंचे तो कर्नल बार-बार कह रहा था—

'मुझे अब नाचने-वाचने का अभ्यास नहीं रहा।' इसपर भी उसने मुस्कराते हुए पेटी से तलवार उतारी, और पास खड़े एक लड़के को थमा दी। लड़के ने बड़ी उत्सुकता से तलवार ले ली। कर्नल ने बढ़िया चमड़े का दस्ताना अपने दायें हाथ पर चढ़ाया। 'सब बात नियम के अनुसार होनी चाहिए,' उसने मुस्कराते हुए कहा, और फिर अपनी बेटी का हाथ अपने हाथ में लेकर, थोड़ा-सा घूमकर नाचने के अन्दाज़ में खड़ा हो गया और नाच की संगत के लिए संगीत का इन्तज़ार करने लगा।

"मज़ूर्का की धुन बजने लगी। कर्नल ने एक पांव से फर्श पर ज़ोर से ठोंका दिया, और दूसरा पांव तेज़ी से घुमाकर नाचने लगा। फिर उसकी ऊंची-लम्बी काया कमरे में वृत्त से बनाती हुई थिरकने लगी। कभी धीरे-धीरे, बड़े बांकपन से, और कभी तेज़-तेज़, ज़ोर से वह एड़ियां ठकोरता। वरेन्का लता की तरह लचीली, उसके साथ-साथ तैरती। वह भी अपने छोटे-छोटे रेशम-से मुलायम पैर उठाती और ताल पर अपने पिता के कदमों के साथ-साथ, कभी लम्बे डग भरती तो कभी छोटे। सभी मेहमानों की निगाहें उनकी एक-एक हरकत पर गड़ी रहीं। मेरे हृदय में उस समय सराहना से अधिक गहरे आनन्द की भावना रही। कर्नल के बूट देखकर तो मेरा मन जैसे द्रवित हो उठा। यों तो वे बढ़िया बछड़े के चमड़े के बने थे, परन्तु पंजे फैशन के अनुसार नोकदार होने के बजाय, चौकोर थे। जाहिर है कि उन्हें फौज के मोची ने बनाया था।—कर्नल फैशनेबुल बूट नहीं पहनता है, साधारण बूट पहनता है ताकि अपनी बेटी को अच्छे से अच्छे कपड़े पहना सके और उसे सोसाइटी में ले जा सके—मैंने मन ही मन कहा। इसी कारण, कर्नल के बूटों को देखकर मेरा मन द्रवित हुआ था। कर्नल किसी ज़माने में जरूर ही अच्छा नाचता रहा होगा। अब उसका शरीर बोझिल हो गया था, टांगों में भी वह लचक न रह गई थी, वह तेज़ और नाज़ुक मोड़ न ले सकता था, पर कोशिश जरूर कर रहा था। दो बार वह हॉल में गोल चक्कर-सा काटता हुआ घूम गया। इसके बाद उसने अपने दोनों पांव खोले, और फिर सहसा उन्हें एकसाथ जोड़कर एक घुटने के बल बैठ गया। लोग 'वाह-वाह' कर उठे। इसमें कोई सन्देह नहीं कि उस समय उसके भारी-भरकम बदन का घुटने पर खासा दबाव पड़ा। वरेन्का की स्कर्ट उसके घुटने के नीचे दब गई। उसने मुस्कराते हुए उसे छुड़ाया और बड़े बांकपन से नाचती हुई कर्नल के इर्द-गिर्द घूम गई। कर्नल को

थोड़ी-सी कठिनाई का अनुभव हुआ मगर वह उठ खड़ा हुआ और बड़े प्यार से, दोनों हाथों में अपनी बेटी का मुंह लेकर, उसका माथा चूमा। फिर वह उसे मेरी ओर ले आया। उसने मुझे अपनी बेटी का नाच का साथी समझा, पर मैंने इस स्थिति से इन्कार किया। इसपर वह दुलार से मुस्कराया और अपनी तलवार पेटी में बांधते हुए बोला :

"कोई बात नहीं, तुम अब इसके साथ नाचो।'

"जिस तरह शराब की बोतल से पहले कुछ बूंदें रिसती हैं और फिर धार फूट निकलती है, ठीक वैसे ही मेरे अन्तर से वरेन्का के प्रति प्यार उमड़ पड़ा। इस प्यार ने सारे विश्व को आलिंगन में भर लिया। क्या हीरों को टोपीवाली घर की मालकिन, क्या घर के मालिक, क्या मेहमान और क्या मुझसे रूठा हुआ अनीसिमोव, सझीके प्रति मैंने असीम अनुराग का अनुभव किया। वरेन्का के पिता के प्रति, जिसने चौकोर पंजोंवाले बूट पहन रखे थे और जिसकी मुस्कान अपनी बेटी की मुस्कान से मिलती-जुलती थी, मेरे हृदय में श्रद्धा का भाव उठने लगा।

"मज़ूर्का समाप्त हुआ। मेज़बानों ने हमें भोजन के लिए आमन्त्रित किया। परन्तु कर्नल व० खाने के मेज़ पर नहीं आया। बोला, 'मैं अब और न रुक सकूंगा, क्योंकि मुझे कल सुबह जल्दी उठना है।' मुझे डर लगा कि वह अपने साथ वरेन्का को भी ले जाएगा, पर वरेन्का अपनी मां के साथ बनी रही।

"भोजन के बाद मैं वरेन्का के साथ क्वाड्रिल नाचा। इसका उसने मुझे वचन दिया था। मैं समझ रहा था कि मेरी खुशी चरम सीमा तक जा पहुंची है। पर नहीं, अब वह और भी अधिक बढ़ने लगी, और क्षण-प्रतिक्षण बढ़ती गई। हमने प्रेम की कोई बात नहीं की। वह मुझसे प्रेम करती है या नहीं, यह एक सवाल रहा। पर, इस विषय में न तो मैंने उससे कुछ पूछा और न ही अपने मन से मैं प्रेम करता हूं, यह मैंने अनुभव किया, और यह बात मुझे अपनी जगह काफी लगी। डर लगा तो केवल यह कि कहीं रंग में भंग न हो।

"मैं घर पहुंचा, कपड़े बदले और सोने की तैयारी करने लगा, मगर नींद कहां? हाथ में वह पंख और वरेन्का का दस्ताना अब भी पकड़े हुए था। दस्ताना उसने मुझे अपनी मां के साथ बग्घी में चढ़ते समय दिया था। इन चीज़ों पर निगाह पड़ते ही मुझे उसका चेहरा याद हो आता था। या तो उस समय जब नाच के लिए दो पुरुषों में से चुनते

हुए उसने मेरा गुप्त नाम बूझ लिया था और मधुर स्वर में कहा था, "'गर्व' है क्या तुम्हारा नाम?' और हाथ मेरी ओर बढ़ा दिया था। या भोजन करते समय शैम्पेन के हल्के हल्के घूंट भरते हुए उसने गिलास के ऊपर से मेरी ओर देखा था। उसकी आंखों में मृदुता छलक रही थी। पर उसका सबसे सुन्दर रूप मुझे वह लगा था जब वह अपने पिता साथ नाच रही थी। कैसी सुगमता से उसके साथ-साथ तैरती और अपने प्रशंसकों की ओर गर्व और उल्लास से देखती जा रही थी! यह गर्व और उल्लास का भाव जितना अपने प्रति था उतना ही अपने पिता के प्रति भी। दोनों प्राणी, अपने आप हो, बिना किसी चेष्टा के मेरे दिल में समा गए थे और मेरे स्नेह के केन्द्र बन गए थे।

"मेरे भाई का देहान्त हो चुका है पर उस समय मैं और वह, एक साथ रहते थे। मेरे भाई के सभा-सोसाइटी में कोई रुचि न थी और वह इन नाचपार्टियों में कभी भी नहीं जाते थे। उन दिनों स्नातक-परीक्षा की तैयारी कर रहे थे और बड़ा आदर्श जीवन बिताते थे। उस समय वह तकिये पर सिर रखे गहरी नींद में सो रहे थे। आधे चेहरे पर कम्बल था। उन्हें देखकर मेरा दिल दया से भर उठा। वह मेरी भावना, मेरे उल्लास और मेरे सुख से अनभिज्ञ थे और मैं उसमें उन्हें भागीदार बना भी न सकता था। मेरा नौकर, पेत्रूशा, मोमबत्ती जलाकर ले आया और कपड़े बदलवाने लगा। लेकिन मैंने उसे रुखसत कर दिया। उसकी आंखें नींद से बोझिल हो रही थीं और बाल बिखरे हुए थे। वह मुझे बहुत भला लगा। किसी तरह की आहट न करने के खयाल से मैं दबे पांवों अपने कमरे में चला गया और बिस्तर पर जा बैठा। मैं बेहद खुश था यहां तक कि मेरे लिए सोना असम्भव हो रहा था। मुझे लगा जैसे कमरे में बड़ी गर्मी है। बिना वर्दी उतारे मैं चुपचाप बाहर ड्योढ़ी में आ गया और ओवरकोट पहनकर दरवाज़े से बाहर निकल आया।

"लगभग पांच बजे मैं नाच से लौटा था, और मुझे लौटे भी लग-भग दो घण्टे हो चले थे। इसलिए जब मैं बाहर निकला तो दिन चढ़ चुका था। मौसम भी बिलकुल श्रवटाईड के दिनों का-सा था—चारों तरफ धुंध छाई थी, सड़कों पर बरफ पिघल रही थी और छतों से टप-टप पानी की बूंदें गिर रही थीं। उन दिनों ब० परिवार के लोग शहर से बाहर के हिस्से में रहा करते थे। उनका मकान एक खुले मैदान के सिरे पर था। दूसरे सिरे पर लड़कियों का एक स्कूल था। एक ओर

लोगों के टहलने की जगह थी। मैं अपने घर के सामनेवाली छोटी-सी गली लांघकर बड़ी सड़क पर आ गया। सड़क पर लोग आ-जा रहे थे। बर्फगाड़ियों पर गाड़ीवान लकड़ी के तख्ते लादे लिए जा रहे थे। गाड़ियों के बमों से लकीरें पड़ रही थीं। बर्फ पर गहरे निशान बनते जा रहे थे। घोड़ों पर पानी से पालिश किए साज़ कसे थे। उनके गीले सिर एक लय में हिल रहे थे, गाड़ीवान कन्धों पर छाल की चटाइयां ओढ़े थे, और बड़े-बड़े बूट चढ़ाए गाड़ियों के साथ-साथ कीचड़ में धीरे-धीरे चले जा रहे थे। मुझे हरेक चीज़ प्यारी और महत्त्वपूर्ण लग रही थी: सड़क के दोनों तरफ के घर भी, जो धुंध में बड़े ऊंचे नज़र आ रहे थे।

"मैं उस मैदान के पास जा पहुंचा जहां उनका मकान था। मुझे वहां एक सिरे पर, जहां लोग टहलने जाया करते थे, कोई बड़ी काली-सी चीज़ नज़र आई। साथ ही ढोल और बांसुरी बजने की आवाज़ भी कानों में पड़ी। वैसे तो हर घड़ी मेरा मन खुशी से नाचता रहा था, और मज़ूर्का की धुन जब-तब मेरे कानों में गूंजती रही थी, पर यह संगीत कुछ अलग ही लगा—तीखा और भद्दा-सा।"

" 'यह भला क्या हो सकता है?' मैं सोचने लगा। मैं उसी आवाज़ की दिशा में फिसलन-भरी सड़क पर बढ़ा। सड़क मैदान के बीचोंबीच से जाती थी, और उसपर छकड़े अक्सर ही आते-जाते रहते थे। मैं कोई सौ कदम गया हूंगा कि मुझे धुन्ध में लोगों की भीड़-सी नज़र आई। बात साफ हुई। वे फौजी सिपाही थे। मैंने सोचा कि सुबह की कवायद कर रहे होंगे। मेरे साथ-साथ सड़क पर एक लोहार चला जा रहा था। उसने एप्रन और जाकेट पहन रखे थे। कपड़ों पर जगह-जगह तेल के धब्बे थे। उसके हाथ में बड़ी-सी गठरी थी। मैं उसके साथ हो लिया। पास जाकर मैंने देखा कि सैनिकों की दो कतारें आमने-सामने खड़ी हैं। उन्होंने काले कोट पहन रखे हैं, उनके हाथों में बन्दूकें हैं और वे चुपचाप खड़े हैं। उनके पीछे दो आदमी हैं—एक बांसुरी बजानेवाला और दूसरा ढोल पीटनेवाला लड़का। दोनों कोई धुन निकाल रहे हैं। धुन वही तीखी और भद्दी है।

"हम रुक गए। 'ये क्या कर रहे हैं?' मैंने लोहार से पूछा।

" 'एक तातार को सज़ा दी जा रही है। उसने फौज से भागने की कोशिश की थी,' लोहार ने गुस्से के साथ जवाब दिया और दोहरी कतार के दूसरे सिरे की ओर आंखें फाड़-फाड़कर देखने लगा।

"मैं भी उसी ओर देखने लगा। दो कतारों के बीच कोई भयानक चीज़ हमारी ओर बढ़ती आ रही थी। वह एक आदमी था, कमर तक नंगा, हाथ दो बन्दूकों के साथ बन्धे हुए जिन्हें दो फौजी दायें-बायें पकड़े हुए थे। उनके साथ-साथ एक ऊंचे-लम्बे कद का अफसर चला आ रहा था। वह ओवरकोट पहने था और सिर पर फौजी टोपी थी। यह अफसर मुझे परिचित-सा लगा। अपराधी की पीठ पर दोनों तरफ से हण्टर पड़ रहे थे। उसका शरीर कांप-कांप जाता और उसके पांव, पिघलती बर्फ में बार-बार धंस जाते। इस तरह वह धीरे-धीरे आगे को सरकता रहा। बीच-बीच में वह पीछे की ओर दुबक-सा जाता तो दोनों फौजी, जो बन्दूकों के ज़रिये उसे ले जा रहे थे, उसे आगे को धकेल देते और जब वह आगे की ओर भहराने लगता तो उसे पीछे की ओर घसीटते ताकि वह गिरे नहीं। साथ-साथ, स्थिर कदम रखता वह ऊंचे-लम्बे कद का अफसर बढ़ता आ रहा था। वह भूलकर भी पीछे न रहता। मेरी नज़र उसके दमकते चेहरे, उजली मूंछों और गलमुच्छों पर पड़ी। मैंने फौरन पहचान लिया कि यह वरेन्का का बाप है।

"हण्टर के हर वार पर अपराधी का चेहरा दर्द से ऐंठ उठता, वह बेचैन होकर उस ओर देखता जहां से हण्टर पड़ा था। उसका मुंह खुला रहता। उसके सफेद दांत दमकते थे। बार-बार वह कुछ कहता। जब तक कि वह मेरे नज़दीक नहीं आ गया, मुझे उसके शब्द ठीक-ठीक सुनाई नहीं दिए। वह बोल नहीं, सिसक रहा था। जब वह मेरे नज़दीक पहुंचा तो मैंने सुना, 'रहम करो भाइयो, भाइयो कुछ रहम करो।' पर भाइयों को कोई रहम नहीं आ रहा था। वह ऐन मेरे सामने आ पहुंचा। एक सैनिक ने बड़ी दृढ़ता से आगे बढ़कर तातार की पीठ पर इतने ज़ोर से हण्टर मारा, कि उसकी आवाज़ हवा में गूंज गई। तातार आगे को गिरनेवाला था, पर फौजियों ने झटके से उसे उठा लिया। फिर दूसरी तरफ से एक हण्टर और पड़ा, इसके बाद फिर इस तरफ से, और फिर उस तरफ से···कर्नल उसके साथ-साथ चलता रहा। कभी वह अपने पांवों की ओर देखता और कभी अपराधी की ओर। हवा में गहरी सांस लेता, गाल फुलाता, और फिर धीरे-धीरे, होंठ सिकोड़कर मुंह से हवा निकालता। जब यह जुलूस मेरे पास से निकल गया, तो मुझे क्षण-भर के लिए सैनिकों की कतार के बीच से अपराधी की पीठ की झलक मिली। मैं उसका बयान नहीं कर सकता। वह बेहद भयानक

थी, गीली, और लाल-लाल, और यहां से वहां तक बद्धियां ही बद्धिया थीं। मुझे विश्वास न हुआ कि यह एक इन्सान का शरीर है।

"'हे भगवान!' मेरे पास खड़ा लोहार बुदबुदाया।

"जुलुस आगे को बढ़ने लगा। उस गिरते-पड़ते, बार-बार दया की भीख मांगते जीव पर दोनों तरफ से कोड़े पड़ते गए। ढोल बजता गया, बांसुरी में से वही तीखी धुन निकलती रही, और रोबीला कर्नल उसी तरह रोब-दाब से अपराधी के साथ चलता गया। सहसा कर्नल रुक गया और तेज़ी से एक सैनिक की ओर बढ़ा :

"'चूक गए, क्यों? मैं तुम्हें सिखाऊंगा!' उसकी क्रोध-भरी आवाज़ मेरे कानों में पड़ी। उसने अपने मज़बूत, चमड़े के दस्ताने से लैस हाथ से, नाटे-छोटे, दुबले-पतले सैनिक के मुंह पर तमाचे पर तमाचे जड़ने शुरू कर दिए, क्योंकि सैनिक का हण्टर पूरे ज़ोर के साथ तातार की लहूलुहान पीठ पर नहीं पड़ा था। 'यह ले! और ले! समझ में आया? नये हण्टर लाओ!' कर्नल ने चिल्लाकर कहा, मुड़ा और उसकी नज़र मुझपर पड़ी। मुझे देखकर अनदेखा करते हुए, उसने बुरी तरह भौंहें सिकोड़कर बड़े गुस्से से मेरी ओर देखा और झट से पीठ फेर ली। मैंने बड़ी शर्म महसूस की। मेरी समझ में न आया कि मुड़ूं तो किस ओर को मुड़ूं। मुझे लगा कि जैसे मैं कोई घिनौना काम करते पकड़ा गया हूं। मैं सिर झुकाए, तेज़ चाल से घर लौट आया। सारा रास्ता मेरे कानों में बजते ढोल और तीखी बांसुरी की आवाज़ आती रही। 'रहम करो, भाइयो!' की दर्द-भरी चीख और 'यह ले, और ले! समझ में आया?'—कर्नल की गुस्से और दम्भ से भरी चिल्लाहट कानों के पर्दे फाड़ती रही। मेरा दिल इस तरह दर्द से भर उठा कि मुझे लगा जैसे कि सचमुच मेरे दिल में पीड़ा होने लगी है। मुझे मतली आने लगी, यहां तक कि मुझे बार-बार राह में ठिठकना पड़ा। रह-रहकर जी चाहता कि मैं कै कर, किसी तरह, इस दृश्य से ईपजी घृणा को अपने अन्दर से बाहर निकाल दूं। मुझे याद नहीं कि मैं कैसे घर पहुंचा, और कैसे जाकर बिस्तर पर पड़ गया। पर, ज्यों ही आंख लगने को हुई, वह दृश्य फिर आंखों के सामने घूमने लगा, सारी आवाज़ें फिर मुझे सुनाई देने लगीं, और मैं उठकर पलंग पर बैठ गया।

"हो न हो, कोई न कोई बात ऐसी ज़रूर है जिसे वह आदमी जानता है पर मैं नहीं जानता, कर्नल के बारे में सोचते हुए मन ही मन

कहा। —अगर उसकी तरह सब कुछ मेरी समझ में भी आ जाए तो शायद इस तरह मेरा दिल नहीं दुखे—पर, हज़ार चेष्टा करने पर भी, मेरी समझ में वह बात नहीं आई जो उस कर्नल को मालूम थी। नतीजा यह कि कहीं शाम को जाकर मेरी आंख लगी और सो भी तब जब मैं एक मित्र के घर गया और मैंने अन्धाधुन्ध शराब पी ली। साफ है कि शराब पीने के बाद किसी चीज़ की सुध-बुध न रही।

"आप क्या समझते हैं कि मैंने इस दृश्य से कोई बुरा नतीजा निकाला? हरगिज़ नहीं। मैं तो इस निष्कर्ष पर पहुंचा कि यदि उस सारे कृत्य के पीछे ऐसा कोई विश्वास है, और हर आदमी उसे आवश्यक समझकर अंगीकार कर लेता है, तो कोई न कोई बात ऐसी ज़रूर है जिसका पता बाकी सबको तो है, पर केवल मुझे नहीं। आखिरकार मैं भी इस रहस्य का भेद पाने की कोशिश करने लगा। पर, वह रहस्य मेरे लिए सदा रहस्य ही बना रहा। और चूंकि मैं उसे समझ नहीं पाया, इसलिए फौज में भरती भी नहीं हुआ, हालांकि मैं फौज की नौकरी करना चाहता था। वैसे, फौज की नौकरी ही क्या, मैं तो कोई और नौकरी भी नहीं कर पाया। बस, मैं कुछ भी नहीं बन पाया!"

"हम खूब जानते हैं कि आप क्या कुछ बन पाए हैं," एक मेहमान बोला, "यह कहना ज़्यादा मुनासिब होगा कि अगर आप न होते तो जाने कितने ही लोग कुछ न बन पाते।"

"यह बड़ी फिजूल-सी बात आपने कही है," इवान वसील्येविच ने सचमुच चिढ़कर कहा।

"खैर, तो आपके प्रेम का क्या हुआ?" हमने पूछा।

"मेरा प्रेम? मेरे प्रेम को तो उसी दिन पाला मार गया। जब उस लड़की के चेहरे पर वह अनमनी-सी मुस्कराहट नज़र आती, तो मैदान में खड़ा कर्नल मेरी आंखों के सामने आ जाता। मैं सकपका उठता, और मेरा दिल बेचैन होने लगता। होते-होते मैंने उससे मिलना छोड़ दिया और मेरा प्रेम धीरे-धीरे मर गया। ऐसी ही बातें कभी-कभी समूचे जीवन का रुख बदल देती हैं, और आप हैं कि कहे जा रहे हैं कि जो कुछ करती हैं बस, परिस्थितियां ही करती हैं," उसने अन्त में कहा।

OOO